フェア・プレイ

ジョシュ・ラニヨン

冬斗亜紀〈訳〉

All's Fair 2

FAIR PLAY

by Josh Lanyon

translated by Aki Fuyuto

Monochrome Romance

FAIR PLAY

by Josh Lanyon

フェア・プレイ

FAIR PLAY

主な登場人物

タッカー・ランス

FBI特別捜査官。
エリオットの元同僚で恋人。

エリオット・ミルズ

元FBI特別捜査官。
現在は大学で歴史を教える。

ローランド・ミルズ	エリオットの父。集合体《コレクティブ》のリーダー
アンドリュー・コーリアン	連続殺人犯。エリオットの元同僚
ウィル・マコーレー	ラジオパーソナリティで人気ブロガー
トーヴァ	タッカーの母親
ジョージ・クリフトン・ブルー	シアトル市議会議員
ジェシー・ミルズ	エリオットの母

集合体《コレクティブ》の元構成員

トム・ベイカー	今は一流弁護士
オスカー・ノブ（ノビー）	オーガニック農場を経営
ミーシャ・ワインスタイン	ローランドの元妻。女性の人権の運動家
フランク（フランクリン）・ブルー	人気のフォークシンガーだった 飛行機事故で死亡
J・Z・マクギャヴィン	当時、ローランドの片腕だった人物
ルース・マーゴリーズ	ローランドの元妻
スージー・D	反戦運動にはあまり興味がなかった女性メンバー
スター	一番若いメンバー

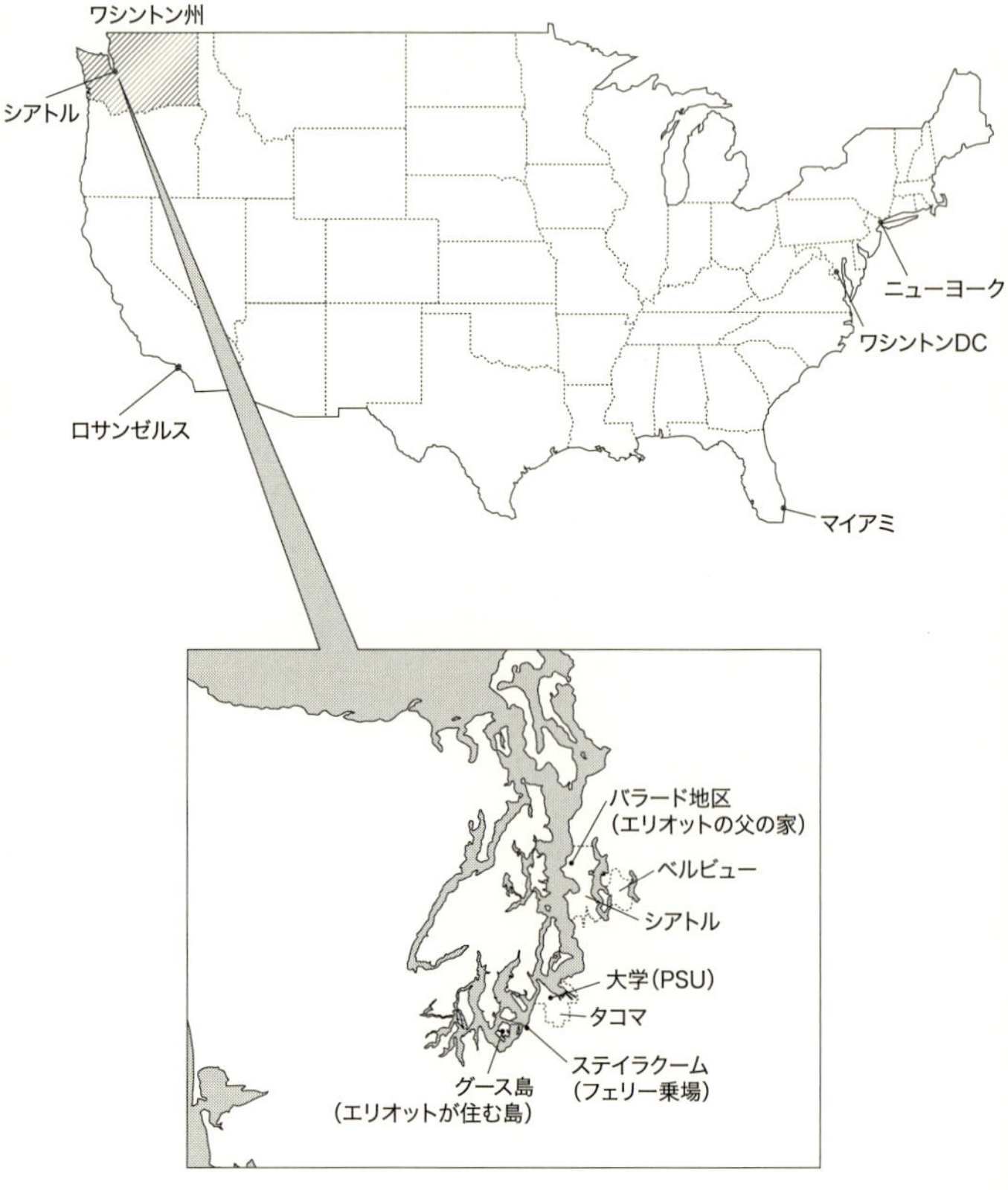
ワシントン州
シアトル
ロサンゼルス
ニューヨーク
ワシントンDC
マイアミ
バラード地区
（エリオットの父の家）
ベルビュー
シアトル
大学（PSU）
タコマ
ステイラクーム
（フェリー乗場）
グース島
（エリオットが住む島）

小さいが陽気で忠実で、情熱あふれる読者の一群、作業の裏方として勤勉に働く人々へ。

マリリン、ジャネット、ジョアンナ、カラティア、スーザン、ジュリア、カレン。

ありがとう。これは、あなた方のための一冊だ。

1

夜中の三時に鳴り出した電話。いい知らせだったためしがない。

「俺が出る」

タッカーの声は眠そうだ。自分の携帯を手で探している。

「家の電話だよ」

エリオットは呟いて、顔の上に枕を引き寄せた。教職のありがたさというやつだ。夜中三時の電話は、もはや彼宛ではない。

タッカーがぶつぶつ言いながら携帯を投げ捨て、次に、家の電話の受話器を叩き落とした。あわてて飛びついたせいでマットレスがはずみ、エリオットは呻《うめ》いた。

「悪い」受話器をつかまえたタッカーが、かすれ声で名乗った。「ランスだ」

沈黙。

タッカーが、口調をあらためて問い返した。

「もう一度、説明してくれますか？」

　エリオットは目を開け、耳をすます。

　ひどく長く思えた沈黙の末、タッカーが言った。

「すぐ、二人でそっちに向かいます」

　ガチャンと受話器を戻し、ベッドサイドのランプをつける。

「エリオット。起きろ」

「もう起きてる」エリオットはすでにベッドカバーを押しやっていた。「どうした？　何だ」

「すぐ出るぞ」

　エリオットの心臓が、アドレナリンと恐れとで凄まじい速さで打ちはじめる。ランプの光にくらむ目でタッカーの表情を読もうとした。

「お前の親父さんは無事だ」タッカーははっきり、そこを強調した。「だが、家は駄目だった」

「何だって？」

　エリオットの腕にタッカーがふれ、ぐっとつかんだ。

「火事があったんだ。親父さんは無傷で脱出した、何ともない。だがどうやら家はすっかり焼け落ちてしまったらしい」

　ショックのあまり、エリオットは動けなかった。恐怖がはっきりと心に根を張る前にタッカーが簡潔に説明してくれていたが、それでも。生まれ育った家が、焼けた？　ある意味で、それも多くの意味で、あの家は今もエリオットにとって帰る場所なのだ。

エリオットはタッカーの腕を払ってベッドから飛び下り、軽率な動作のせいで再建手術した膝に走った痛みもほとんど意識できなかった。

「この時間じゃもうフェリーはないし——」

「俺の船を出す」

エリオットはうなずいた。まともな声を出せる気がしなかった。

タッカーがバスルームに向かうと、エリオットは機械的に室内を動いて着替えを出し、ジーンズとセーターを着ながら、何が要ることになるか、海を渡ってシアトルでこの突然の災難に対処した後の一日の予定を考えようとした。

島の暮らしは、この点が面倒だ。常に先を見越して動く必要がある。今日、仕事には行くだろうか？　ローランドに何か必要なものはあるのか——当たり前のもの以外に。

窓の外は黒々とした夜だ。高い木々のシルエットが、まだ深い闇に溶けている。夜明けの気配は見えない。空気は湿っぽく、冷たい。島の空気はいつでも少し湿気がある。エリオットは身震いした。

バスルームのドアが開くと、エリオットはたずねた。

「さっき、電話の向こうは父さんだったのか？」

「いや。近所の人からだ。なんて名前だったか——ミセス・マクギリカディ？」

「マクギリヴレイ。じゃあ父さんは――」

「何ともない。彼女の話じゃ、まだ消防と話している最中だと」

タッカーは顔をしかめた。

「お前の父親のことだ、もっとまともな時間になるまで待って、連絡してくるつもりだったのかもな」

たしかに。やりかねない。それどころかローランドの性格を思えば、火事についてはすぐ知らせず、明日の夜――もう今夜か――エリオットがディナーのために家へ寄る瞬間まで黙っていたかもしれない。タッカーと暮らすようになってじき六ヵ月だが、今もエリオットは毎週木曜には父親と夕食をするようにしていた。

ともあれ、エリオットの携帯ではなく家の電話に連絡が来た理由は、これでわかった。

着替えをすませ、エリオットは、たくましい肩にアイロンの利いた白いシャツをぐいとあげて手早くボタンを留めていくタッカーを見つめた。焦りを抑えこもうとする。タッカーだって、ぐずぐずしているわけではない。もう起きてしまったことだ。十分やそこら、たとえ半時間遅れたところで、物事を変えられはしない。

しかしエリオットは、火事が起きたということ自体、まだどうにも腑に落ちずにいた。父親はまだまだヒッピーのように奔放だが、だらしのない人間ではない。寝煙草もしない、そもそも煙草は吸わないのだ。家は古い街並みのバラード地区に建つ昔のバンガローだったが、しっかり丁寧に手入れされていた。大体にして、夜中の三時に、乾燥機に溜まった糸くずや料理中の不手際による失火が起きるとも思えない。

タッカーが使い終わったバスルームに入ったエリオットは、制汗スプレーを吹いて顔を洗い、ひげ剃りと歯磨きをすませた。今日の仕事に出勤するかどうかはまだ見通しが立たない。父親の家で、何が待ち受けているか次第だ。

バスルームを出て、声をかけた。

「準備できたか？」

「ああ」

タッカーがショルダーホルスターを装着し、携帯電話をポケットに入れた。彼はＦＢＩの捜査官だ。シアトル支局所属の。彼とエリオットもそこで出会ったのだった。エリオットもＦＢＩ捜査官だったが、職務中に撃たれて、永遠に現場に戻れなくなったことから辞めた。現在、エリオットはピュージェットサウンド大学《PSU》で歴史を教えている。そういう暮らしに満足していた。大体は。

まだ夜明けまで一時間を残して、二人はキャビンを後にした。ニッサン３５０Ｚのヘッドライトがよぎると、つやつやしたベリーの茂みや、木の幹に誰かが刻んだ内緒の言葉が照らし出され、時おり、ギラッと何かの目が光った。鬱蒼とした静かな森をエリオットは素早く走り抜け、タッカー所有のセーリングクルーザーが係留されたヨットクラブがあるドラド・ベイマリーナへ向かった。タッカーはまだシアトルに部屋を借りているが——ＦＢＩの勤務時間を思えば現実的だ——大体の夜にはフェリーで島まで帰ってきた。そしてありがたいことに、本土側に車を残してくる習慣だ。

マリーナに停めた車から下りると、周囲に人影はなかった。夏の、セーリングシーズン中だというのに、この小さなマリーナに停泊する船の数はそう多くない。車のドアが閉まる音が、無人の駐車場に響きわたった。

営業時間外のレストランの前に立つ旗竿の滑車と上げ綱が、金属の柱に当たって、幽霊船の鐘のような音を鳴らしていた。海風はねっとりと、魚臭い。頭上では、船に掲げられた色のない三角旗が無秩序にはためき、濡れた石を踏みながら、二人はタッカーのブル・フィッシュ号へ歩みよった。

出港に、さして時間はかからない。お互いの役回りはすでに定まっている。タッカーより移動に手間どるエリオットは、先に乗船してモーターを始動させる。低くうなり出したエンジンをエリオットが見ている間に、タッカーが係留ロープをほどいた。波が船体をパシャパシャとなめては、波止場に騒がしく打ち寄せる。海藻《ケルプ》の金色の浮袋が、緑がかった波間でゆらゆらと漂っていた。

艇尾が波止場から離れていくタイミングを見計らって、タッカーがもやい綱を投げ、船上へとび乗った。エリオットは舵の前の位置をタッカーにゆずり、コーヒーを淹れに甲板下へ下りた。インスタントコーヒーでクリームなしだが、たっぷりのアイリッシュ・ウイスキーが利いている。

苦いブラックコーヒーを、タッカーのところへ運んでいった。

「ありがとう」

タッカーが礼を言う。熱いコーヒーを一口飲んだ。夜明け前の薄闇の中、その目は青く光っていた。

「大丈夫か？」

「まあね」

エリオットはそう、笑みを作った。こんな状況下でもほとんど会話がない二人は、他人からは妙に見えるかもしれない。だが二人とも、答えが出ない問いをぐずぐず悩んで気力や体力を空費しないよう訓練されている。タッカーはすでに知る限りの情報をエリオットに伝えたし、現時点ではそれでよしとするほかない。タッカーがここにいてくれるだけで、充分に心強い。

向き直って、エリオットは近づくケトロン島の光を見つめた。顔を打つ波しぶきの冷たさと塩辛さに身が引き締まる。深く、心を落ちつかせるように息を吸った。

いいスピードだ、およそ十五ノット。追い風だし、どうせ二十分程度の航海だ。

ついに東の空に訪れた夜明けは、黒い紙を端から燃やす炎のようで、闇のふちが縮み、夜が蒸発していく。

不意に、重い波がドンと、ブル・フィッシュ号の船首を揺らした。

「嘘だろ――」

タッカーが呟く。

暗い物思いからはっと醒めたエリオットは、ギリギリで、コククジラが数メートル先の海面から宙に身を躍らせるのを見ることができた。クジラが海に落ちると、その波と白い泡で船がまた揺れた。金属の手すりをつかんで体を支える。このあたりは海峡の最深部でもないし、水深も平均して一四〇メートルほどしかなく、六月中旬はコククジラのシーズンには遅い。早春のうちにアラスカからバハ・カリフォルニアへと回遊していくクジラだ。

「でかい魚だな」

エリオットは呟く。

二人は、薄闇の中で互いを見つめ合った。タッカーの笑みがチラリと白く光る。エリオットの唇も、応じて微笑にゆるんだ。

ガレージはすっかり焼失していた。家は全焼でこそないが、焼け落ちたも同然だ。青ざめた光の中、エリオットは黒焦げの残骸を見つめたが、あまりにも受けとめきれない光景だった。

ずらりと並ぶ消防車のまだ稼働中のエンジンが吐く排気ガスと、煙のとがった臭いとで、空気がつんと苦い。庭も、ほとんど焼けていた。大きな年経た藤の木が黒くねじれ、折れている。バラの茂みの残骸に、灰が雪のように積もっていた。芝生はどろどろで、踏み荒らされた沼地のようだ。

ぼんやりと、肩をぐっとつかんだタッカーの手を感じ、エリオットはその無言の力強さをありがたく思う。

瓦礫から顔をそむけ、人々の群れに目を走らせる——濡れてくすぶる家の残骸をつつき回る消防士、毎度皆の邪魔ばかりしている野次馬——そしてついに、近所の人々の輪の中に立つ父親の姿を見つけた。隣人たちはバスローブ姿だったり仕事着だったりで、皆が早口に何かしゃべっている。

ローランドは、ジーンズの上に、エリオットが子供の頃から見慣れた赤と灰色のビーコンのバスローブを羽織っていた。白いものが混じってきた髪はいつもと同じく一つに縛っていたが、いつも以上にまとまりがない。小さな金庫のようなものを抱えていた。

「父さん！」

ローランドは振り向き、驚いて、二人の方へやってきた。

「エリオット？　こんなところで何をしている」

ローランドが小型の金庫を抱いたままなので、二人はぎこちなく抱き合った。ローランドは背はそれほどないががっちりした体軀《たいく》だ。頑強な骨格だし、筋肉もしっかりついている。だが

この朝ばかりは、その体もしぼんで見え、服と髪からは煙のにおいがした。エリオットは父を両腕でしっかりと抱く。体を引いてから、言い返した。

「どういう意味だ、何をしているって？　ミセス・マクギリヴレイが電話をくれて、やっと——」

声が途切れた。父は憔悴し、そして実に初めて、年老いて見えた。もう一度抱きしめたい衝動をやっとこらえる。

「一体どうして、こんな？」

ローランドが首を振った。

「電気回線か何かのせいだろ、古い家だ」そこで深く息を吸う。「……だったからな」

すぐそばに黙って立っているタッカーに気付き、ローランドは疲れた笑みを絞り出した。

「タッカー」

タッカーがぼそっと答える。

「ご無事で何よりです、ミスター・ミルズ」

うなずいてから、ローランドは言葉など出ないかのように首を振った。

「どうやって外に出られた？」

エリオットはたずねた。無理に、また家の方を見る。もし父が目を覚ますのが間に合わなかったら——助かる見込みなどなかっただろう。炎以上に、煙に巻かれて多くの人々が死に至っている。

「火はガレージから広がったんだが、ありがたいことに家の中の火災報知器が鳴ったんでな。どうにか、ギリギリ、ズボンを穿いて、財布を持ち、金庫を取りに行くまで間に合った。外に出て、庭のホースから水を出したが……」

ガーデニングのホース一本で、たちまち灼熱地獄と化しただろう炎に立ち向かおうと？

「冗談だろ」

また、タッカーの手がエリオットの肩に置かれた。力をくれている。ここにいると。いや、タッカーがたよりになることはエリオットも知っているのだが、ただタッカーがエリオットの先入観以上に情に篤《あつ》い男なのだと、わかってきたのは最近だ。

「何か俺たちにできることは？」タッカーがたずねた。「何でも言って下さい」

「いや、大丈夫な筈だ。まともな保険に入っているしな」ローランドが陰気に答えた。「今こそあの吸血ヒルどもが保険料に見合う働きをする番だ」

「どうやら、いつもの調子が戻ってきたようだよ」

エリオットにそう言われて、重々しかったタッカーの口元が淡い微笑にゆるんだ。

エリオットの視線の先で、消防士たちが黄色く重いホースをたたもうと水と空気を抜きにかかっている。戦いは終わりだ。後処理の段階に入っている。救急車もなし、検死医の車もなし。心の底からほっとしながらも、エリオットの口をついて出たのは、父をいさめる言葉だった。

「金庫なんか放っておいてまず逃げるべきだった。出られなくなっていたかもしれないんだぞ。火事は、一分一秒が勝負なんだ」

「母さんが、こんな時のためにと準備しておいてくれた金庫だ、持たずに逃げられるか」

エリオットの返事は、消防隊長が近づいてきたせいで途絶えた。隊長はまだ黄色いヘルメットと防護服姿だ。

「ミルズ教授?」

エリオットとローランドがそろって「ああ」と返事をした。

隊長は赤ら顔の中年男で、顔の右側に白っぽい傷が走っていた。淡い瞳で、エリオットとローランドを見比べる。

「家の持ち主は私だ」とローランドが言う。

「隊長のバリスです」

ローランドが握手の手を差し出した。

「今回の働きすべてに感謝したい、バリス隊長」

「あまりお役に立てなくて残念でした。だがもっと早く到着していても我々にできることは大してなかったでしょう」

「それは、つまり?」

エリオットより早くタッカーがたずねた。

バリスがローランドへ告げる。

「つまりですね、あくまで非公式な話ですが、我々が放火調査を要請したことを、お知らせしておこうかと」

「放火？」

エリオットがおうむ返しにした。

ローランドは無言だった。

「放火かもしれないと思っているんですか？」

バリスがエリオットを見る。短く答えた。

「放火だと、確信しているんです」

2

「でも私、『ダンス・ウィズ・ウルブズ』が大好きなんです」

レスリー・ミラチェックが、ブライアントホールでのエリオットの〈映画と歴史―アメリカ西部〉の授業の最前列から文句を言った。

「あの映画は、インディアンに対する共感を見せたりステレオタイプ以外の描き方をした、初めての映画でしょう？」

　エリオットはおだやかな口調で返した。

「たしかに、ラコタ部族への共感的なまなざしは、映画ファンにとっては驚きや新たな視点への目覚めのきっかけになったかもしれない。だが、いかなる意味でも、あれはネイティブアメリカンを好意的に描いた初めての映画でも、初めてのヒット映画ですらなかった」

　考えてみれば、レスリー・ミラチェックがいたのは二学期前のことだ。今ここにいるのは、リアン・ミラー。若々しい胸と長い脚をした、また別のブロンド娘。少し教職にいるうちに、学生たちは皆同じように見えてくるものだ。一方で、彼らの独創的な発想や深い洞察力に驚かされることもしばしばだが。

　だがリアン・ミラーやその他の『ダンス・ウィズ・ウルブズ』がリアルなアメリカ西部の描写だと信じる者は、その枠には入らない。映画内の髪形からして、どうだ。ステレオタイプからの脱却？　むしろ、古くさいステレオタイプを受けのいい新たなステレオタイプで上塗りした、というところだ。だがミラーは悪い子ではないし、『ダンス・ウィズ・ウルブズ』を古典映画だと思ってしまうほどに若い。

　まったく、夏の休暇が始まる日がじつに待ち遠しい。二度と夏学期の担当など引き受けるものか。

「ですけど、歴史っていうのも、ただの物語でしょう?」

ミラ・イーガンが口をはさんだ。

何だと。それは駄目だ。エリオットの中にいる元法執行官の部分が、その言葉に食いつく。

「そうとは言えない」彼はミラ・イーガンに言った。「事実はあくまで事実だ。インディアン移住法の調印は一八三〇年、これは重要かつ動かせない事実だ。一八六三年、この映画の舞台となった年には、スー族と白人との間にはすでに相当の交流があった。事実をどう解釈するかは分かれることもあるだろうが、事実それ自体は、主観で曲げてはならない」

ミラ・イーガンの顔は恥ずかしさと反発心とで赤く染まっていた。リアン・ミラーと、ほらね、というような視線を交わす。エリオットは内心で溜息をついた。この二人の学生たちの耳に自分の言い方がどう聞こえているかはわかっている。それに、完全にフェアな態度でもなかった。そもそも歴史とは何だ? 過去の事実の積み重ね? 過去の事実をつなぎ合わせた物語? その物語に対しての解釈?

学生たちというのは、自分の考えに反論されるのを嫌がるものだ。実際、その点は昔から時代を超えて変わっていない、とすら言えるかもしれない。ある種、その点だけは。大学生だった時のエリオットも、その態度や信念で父親と衝突したものだ。あれはおそらく、この学生たちと同年代だった頃のローランドが、ワシントン大学のベトナム反戦運動において、傑出したリーダーだったせいもあるだろう。

そんな過去があるせいか、今朝、放火だろうと聞かされてもローランドは至って平然としていた。

「こんなことになるかと心配はしていた」

そう、消防隊長のバリスに向かって答えたものだ。

そしてエリオットが舌をもつれさせているうちに、ローランドは冷静に説明した――少し前、過激派としての若き日々を書いた回想録の出版をやめろという、脅迫の手紙を受け取っていたと。

「多分『マザー・ジョーンズ』誌に載った本の予告を見たんだろうな」

考えこみながら、ローランドはそう結んだ。

エリオットの忍耐もそこで切れた。

「その話、俺に知らせておくべきだとは思わなかったのか?」やっとそう吐き出す。「誰かに脅迫されてるって、せめて一言言っておこうと?」

「それは連邦法に反している」

タッカーも口をはさむ。ローランドがエリオット相手に黙っていたことを指しているわけではない。

勿論、その言葉はローランドの引き金になって、彼は言論の自由に対する数々の、そして様々な連邦政府の介入や曲解について、政府への長年の不信をぶちまけはじめた。タッカーにとっては、まさしく雄牛の前で振られた赤い布。実に楽しくなりそうだ——家の再建までの間、グース島の家で三人一緒に暮らすのは。エリオットは本心から、タッカーとローランドが朝のコーヒーを飲みながら挨拶を交わす光景が楽しみでならなかった。

と言っても、ほとんどの朝、彼にもタッカーにもコーヒーの暇などないのだが。

気持ちをきっぱり切り替え、エリオットは学生たちへと意識を戻した。

「君らのほとんどは『ソルジャー・ブルー』や『小さな巨人』『夕陽に向って走れ』といった映画を覚えているには若すぎるだろう。だがこれらはすべて、六十年代後半から七十年代初頭にかけて、西部劇の転換点となった映画たちだ」

先を続け、昔の映画や西部、西部劇についても語りながら、エリオットはその間ずっと、誰が何故、父を殺そうとしたのかと考えていた。

ローランドは、あの態度ほど根っから無頓着なわけがない。ショックを受けた筈だ。エリオットだってまだ動転しているし、ローランドがまともな反応を見せなくとも不思議ではない。少なくとも、いつも以上にまともでなくとも。

教室の奥の時計がついに定時になった。ほっとしたエリオットが授業を終わらせると、民族大移動が始まる。ぞろぞろ出ていく学生たちに形式的にうなずきながら、エリオットは来週の期末試験に関する質問に答えた。

夏学期の第一期は来週の金曜までだ。それがすぎれば、エリオットは夏いっぱい休暇だ。彼はそれを楽しみにしていた。指折り数えているくらいに。ほぼ五年ぶりの本格的な長期休暇だ——撃たれた後の長い回復期を別にすれば。

教壇に戻ると、ティーチング・アシスタントのカイルが、提出された映画評の残りをまとめているところだった。

カイルがちらっと顔を上げる。

「何かありました、教授？」

アーモンド型の目と蜂蜜色の肌をした人目を惹く青年で、あちこちのピアスと緑のモップのような髪がその仕上げだ。

エリオットは小さく微笑した。

「少し寝不足でね」

ローランドの家の火事のことはまだ誰にも言っていない。広まれば大学内はざわつくだろう——ローランドはここPSUの、ある種、伝説的存在だ。

「ああ、成程？」

カイルがニヤつく。彼は、エリオットがタッカーとくっついたのを心底祝福している一人で、夜な夜な二人がローランドいわくの〝ぶっちゃけた〟行為に励んでいると信じているふしがある。

現実にはそうはいかない。タッカーの勤務時間からしても。タッカーはまだ例の〈彫刻家《スカルプター》〉

事件の捜査の仕上げに関わりながら、地元の政治家ジョージ・クリフトン・ブルーを狙ったネット上の暗殺依頼未遂事件も捜査していた。

とは言え、昨夜はなんとかひねり出した時間を一緒にすごした——だから、そう、エリオットが疲労を覚えるのも当然か。早朝の電話で起こされるまで二時間しか眠っていない。

レポートを集め終えたカイルに礼を言い、ブリーフケースにその束をつっこむと、エリオットは中庭を回りこんだ向こうにあるハンビーホールのオフィスへと向かった。足どりはきびきびしている。ほんの六ヵ月前よりずっと膝の痛みに悩まされなくなり、順調な回復ぶりがありがたい。ほとんど痛みなくすごせるというのは、決して小さなことではないのだ。

空気はぬるく、花の香りがした。枝を広げたブナの木は花盛りで、灰色がかった枝一面に小さな黄緑色の花が散っている。バラも花を咲かせ、薄桃色、ピンク、紅色と、あらゆる赤の濃淡を集めてきたようだ。眺めのいいキャンパスだった。芝生は整えられ、堂々とした煉瓦の建物は蔦に覆われている。古風な見た目と裏腹に、ここは西海岸でも有数のリベラルな校風の大学だった。

行き交う学生たちの姿はいつもより少ない。この夏の間、寮に残る学生の数もわずかだ。数人の若者たちが芝生でくつろいで読書やおしゃべりに興じている。三、四人が次の授業に向けて去っていく。可哀想に。屋内にとじこもって机上の空論を学びたい天気ではない。どんな論であれ。どんな概念や理論も。

樹木苑の〝さまよいの小径〟を通り抜けたが、この六月の午後、そこはまるで茂みの中にあるアロマテラピーの店を歩き抜けていくようだった。樹冠が落とす緑色の影。キャンパスの刈りこんだ芝生の香りと入り混じる、ハシドイの花や松のスパイシーな香り。金色の花粉が宙をきらきらと漂った。エリオットは胸いっぱいに香りを吸う。朝は、煙のにおいばかり嗅いですごした。

携帯電話が鳴った。相手の番号を見る。

タッカーからだ。

エリオットは電話に出た。

「やあ」

『親父さんの様子は?』

「この数時間、新情報はなし。最終確認時には、まだ保険会社や火災調査官とニュースレポーターを相手にしていた」

『レポーター。素晴らしい』

「まさに、俺もそう思ったよ。なあ、父さんに、家に泊まるよう勧めてくれてありがとう。お前からっていうのは、俺が言うよりよかった」

タッカーはあっさりと流した。

『言うに決まってるだろう。ほかのどこに泊まらせるって言うんだ。それに、俺たちが目を配れるところにいてくれたほうがいい』

「まったくだ」

『お前は、大丈夫か？』

いつも、驚いてしまう。エリオットにしてみれば意外な、このタッカーの気遣いに。その優しさに心が温まるし、落ちつかずいたたまれなくもなる。自分が勝手に決めつけてきたタッカーの姿とかけ離れすぎているせいか。

「俺？　何ともないよ。ただ、昼寝したくてたまらないけどな」

タッカーが笑った。

『それは年を取ったってことだな』

「お前よりは若いぞ、この年寄り」

『そう違わないさ。たった二年だ』タッカーはまた笑う。『オフィスの鍵をかけて一時間くらい寝たらどうだ』

「誘惑されるね」エリオットは慎重に切り出した。「火災調査の予備調査報告書を読みたいんだが」

間があった。

『――俺に、それを手に入れろということか』

「お前の方が手に入れられる可能性は高い、と思っている」

『たのむから言ってくれるなよ、まさかお前まで親父さんのあの政府の陰謀説を本気に──』

「俺のことはわかってるだろ？　陰謀論者は一家に一人で充分だ」

タッカーが溜息をついた。

『手に入るかどうか見てみるよ』

「悪いな」

電話口から離れたところで、タッカーが誰かと話している。またその声が戻った。

『オーケー、行かないと。今夜また。気をつけてな』

気をつけて、というのは仕事中のタッカーの暗号だ。意味は「愛してるよ」。

「そっちもな。じゃあ、後で」

エリオットは電話を切り、かすかに微笑んだ。

ハンビーホールにつくと、長く狭い階段を上り、弾丸型のアーチの重厚な木の扉を開け、しんとした建物へ入った。廊下にはカーペットクリーナーや消毒剤の香りがうっすらと漂い、そして多分、かすかにマリファナの匂いもした。非日常的な静けさ。だが夏学期の間というのは、いつも放課後の居残りのような雰囲気がするものだ。

アン・ゴールドの空の教室のドアが開いていた。アンが教壇のそばに立ち、設計図を丸めている。通りすぎるエリオットにひとつうなずいた。エリオットもうなずき返した。

アンも、ほかの同僚講師と同様、去年の秋の出来事以降、エリオットに対してよそよそしく礼儀正しい距離を置いていた。別に、誰も学内の連続殺人犯《シリアルキラー》をつかまえたことでエリオットを非難してはいないが、元FBI捜査官という経歴をあらためてつきつけることになったのは、学内の好感度を上げる役には立たない。警官や捜査官は——たとえ元でさえ——人々に警戒される。

エリオットは廊下の先のオフィスへと歩きつづけた。ブリーフケースとキーを持ち替えてドアの鍵を開け、中へ入る。また携帯が鳴った。今度はローランドからの新たな状況報告だった。

エリオットは父の話に耳を傾け、大体は黙っていた。ローランドは取材はすべて断っており、エリオットから見るとそれはいいニュースだ。もし『マザー・ジョーンズ』誌の記事が放火のきっかけになったのであれば、マスコミに騒がれないようおとなしくしておく方が絶対にいい。

家は建て直せるし、そうなるだろう。だが人生の思い出の品——本、写真、絵など——は永遠に失われたままだ。出生証明書や婚姻証明書、免許証などの重要な書類があの小型金庫の中で無事だったのがせめてもだった。となると、あれを取りに戻ったローランドは正しかったのかもしれないが、あのギリギリの状況で貴重な時間を失うリスクを思うと、エリオットの心臓が苦しくなる。

とにかく、今はまた説教するような時ではない。ローランドの声は疲れきり、エリオットが聞いたこともないほど打ちのめされる寸前に聞こえた。だが、タイミングがどれほど悪かろうと、エリオットには、朝からどうしても頭を離れない疑問があった。

口調をさりげなく保ち、非難の響きを持たせまいとする。〝容疑者に反感を抱かせない〟のがルール。

「父さん、ひとつわからないんだけど、どうして脅迫されていることを俺に黙ってたんだ？」

『大げさなことを言うな。一通の手紙にすぎん。俺が悪意の手紙を受け取ったのが初めてだとでも思うのか？』

「その手の手紙だったのか？　ただの悪意の手紙？」

ローランドの一瞬のためらいが、充分な答えだった。

「正確に、その手紙にはなんて書いてあったんだ」

『正確な文章までは覚えとらん』

「父さん」

疲れ切っているせいで、ローランドはこらえきれない溜息を洩らした。

『本当だ。だが大体こんな感じだった――息の根を止められたくなければ本は出版するな』

努力は要ったが、エリオットは口調を抑えた。

「それはメールで来たのか、それとも郵便？」

『普通の郵便に混ざってきた』

「いつ届いた？　文字はパソコン、手書き？　封筒の特徴は思い出せないか？　消印の有無は？　どんな切手だった？」

人生初めてエリオットにも、無事に帰ってきた子供の尻を叩く両親の気持ちがわかった。

『エリオット、もう何ヵ月も前のことだ。覚えちゃいない。ほとんど忘れてたくらいだ』

「そんな手紙のことを一体どうやって忘れられるっていうんだ」

『さっきも言ったろう』今やローランドの口調はつっけんどんだった。『悪意の手紙を受け取るのは初めてじゃないからな』

「手書きだったのか？」エリオットはさらに問いかける。

『白いコピー用紙にオレンジのクレヨンで書かれてたよ。封筒はよくある事務封筒。差出人名なし、切手はフォーエバー切手だ。消印はシアトル。あの手紙について思い出せることなどその程度だ』

はじめの主張より、随分詳しく覚えていたものだ。

「手がかりにはなる。もうひとつ聞きたい。誰が送ってきたと思う？」

『そいつはどういう質問だ？　どうやって俺に相手の正体がわかるって？』

ローランドがつっぱねる。珍しいくらい苛立っていて、どれほどの疲労とストレスがかかっているのか伝わってくる。

エリオットは口調をやわらげようとした。

「父さんの回想録の出版をやめさせたがっているのは誰だ？」

『知るか』

「勘弁してくれよ、父さん。誰かが昨夜、父さんの家に火をつけたんだぞ。父さんを殺そうとしたんだ。回想録を出版されたくない誰かだ。相手の心当たりくらいあってもいい筈だろ！」

ローランドがぴしりと言い返した。

『言ってるだろうが。見当もつかん』

エリオットの心が沈む。父親の声の刺々しい怒りにひるんだわけではない。その声にあった、聞き間違いようもない嘘の響きのせいだった。

3

タッカーが言った。

「嘘というわけじゃないかもしれないぞ」

「嘘だよ。声ではっきりわかった。親父は、俺に一度も嘘をついたことがないってのに」

エリオットはベッドで火災の予備調査報告書を読んでいる途中だったが、顔を上げると、服を脱いで真っ白なTシャツと赤青チェックのボクサーショーツ姿になったタッカーを半ば無意識に目で愛でた。

　タッカーは、大きな体軀の男だ。広い肩幅、力強い胸板、たくましい筋肉がついた腕と脚。大きいが、太ってはいない。頑丈な骨格の上に、無駄な肉などひとかけらもない。普通なら不格好に見えたりバランスが悪くなるほどの体格だが、身ごなしがいいタッカーは、威風堂々《いふうどうどう》として見えた。あるいは、その気になれば威圧的にも。

　エリオットがその迫力に威圧されたことがあるわけではないが。エリオットはこっそりと、愛情をこめて微笑んだ。銅色の髪と白い肌のタッカーは、日焼けしやすい。鼻先と肩の先端がまだピンク色だ。二人はこの前の週末、オル野外プールへ泳ぎにいったのだ。島の公園にある、自然湧出の湖の遊泳場だ。

　あれは、いい一日だった。もう何百万年も昔のことのような気がする。

　エリオットは、また予備調査報告書に視線を落とした。大体はメモやスケッチ、それに現時点で火元と疑われる場所の数枚の写真。今のところガレージが出火元だと推定されており、ガレージにはあれだけの規模の火事を起こせる燃料もあったと見られていた。火の回りの速さも、想定される燃料や気流の向きと合致すると。

　家と敷地、立地や天候についての包括的な分析もあった。さらに、証人となる可能性のある人物のとても短いリスト。どれだけ短いかというと、ゼロだ。同じく容疑者リストもゼロ。

　だがこれはまだ、調査のほんの第一歩にすぎない。

「親父さんの本、お前は読んだのか？」

タッカーがたずねた。

「いいや」エリオットは顔を上げ、苦笑した。「正直、すっかり忘れてた。エージェントとの契約に漕ぎつけた後、親父はあまりあの本の話をしなかったから、立ち消えになったもんだと思ってた——そしたらいきなり出版契約を結んで、あの回想録が世に出るって話になったわけだ」

「じゃあ何が書かれているのかは知らないのか」

「さっぱりだよ」

「見当は？」

「親父はいつも波風を立てるとか、寝た子を起こしてやるとか言ってたよ。どういう意味かは神のみぞ知るだ。寝た子っていうのがただの言葉の綾《あや》なのか、特定の相手が頭にあるのかもわからない」

タッカーが考えこんだ。

「あの人は、どのくらい無茶をやらかしてそうなんだ？　お前の親父さんの悪名高さは俺も数々の逮捕歴から知ってるが、一度も重罪に問われたことはない、だろう？　うちの最重要危険人物リストに載ったこともない」

「そうなんだよ。あんな回想録を誰かが読みたがるなんて思わなかったし、まさかそれで親父を殺しにかかるほど身の危険を感じる人がいるとは、とてもな」

「読ませてくれとたのむ手もあるだろう」

「出版社に言わないと、原稿が手に入らないだろうな。メモや古い下書きは火事で燃えたって言ってたから」

「原稿は金庫に入れてなかったのか」

「ああ」

金庫の中にあったのは、重要な書類のほかには、母が何年も前にしまっておいた写真だった。夕食後、ローランドは金庫の鍵を開け、コダクロームのポジフイルムや、曾祖父と曾祖母のセピア色の肖像写真、赤ん坊や子供時代のエリオット――一本欠けた前歯と細い、長い髪の少年――や結婚式の写真を見ていった。数世代の家族の歴史とまでは言えないが、ないよりはいい。それを見ながらローランドは目を潤ませていた。写真に心動かされたのか、こんな惨事にそなえてこれらの写真を選び出し、守ってくれた妻のジェシー・ミルズを想ってか。それが終わると、エリオットは父と自分に一杯ずつウイスキーを注いだ。

父のために、すべて元通りにしたい。だがそんなことは不可能な以上、エリオットはこんなふうにローランドを傷つけた相手に報いを受けさせたかった。心底。

「警察も読みたがるだろう」とタッカーが言った。

「どうだろうな。今のところの有力な仮説は、ただの怒れる右翼が、名の知れた左翼が最近流行りの回想録を出すことにキレたっていうものだしな」

「悪い仮説じゃない」

「ああ、いかにもありそうな話だ。特に去年、ネオコンのブロガー、ウィル・マコーレーが〈テロリストの終身教授〉と親父を皮肉ったコラムを書いてくれたことだしな」

「ウィル・マコーレー？　あの男はラジオのパーソナリティじゃなかったか」

　タッカーがベッドスタンドに携帯を置く。

「両方の顔があるのさ」

「〝ネオコン〟なんて言い回し、いまだにするのか」

　タッカーが腕時計を外した。

「そのブログ記事には、二百ものコメントが寄せられてたよ」

「お前の父親が書きこんだ分は除いてか？」

　エリオットは苦笑いを返してから、続けた。

「コメントのほとんどが、暴力で報復するべきだと外野の連中が息巻いてるものだったよ。どうせ皆、あの頃のことを知ってるような年でもないだろうに」

「誰かが、そのブログ記事に触発されたと思うのか？」

「可能性はある、と考えている。警察もそう考えている。だけど親父はそうは思ってない」

「しかし親父さんは、何を考えているかは言おうとしないわけだ」

「そう」

タッカーがベッドに上ると、その重みでマットレスが沈む。ひんやりとした清潔なシーツの間に体をすべりこませ、ほっとした呻きをこぼした。

エリオットは調査報告書をフォルダに戻し、床へ放り出すとごろりと体を返して、微笑みながらタッカーを見下ろした。

「お帰り、船乗り」

二人はキスをした。愛情はこもっていたが、それほど熱っぽいキスではなかった。どちらも疲れているし、あれこれ気が散ってもいる――だがタッカーの唇のやわらかさは常にエリオットの心を解きほぐす。タッカーの口元のラインは厳しく、時に険しい言葉を吐くこともあった口だが、彼のキスはあまりにも甘く、優しい。

だからエリオットはたっぷりと時間をかけ、キスを深めた。体を引こうとした彼を、タッカーが後頭部に手をかけて引きとめ、甘くやわらかな唇を合わせたまま離さない。

「まったく、長い航海だったよ」

やがてタッカーがそう呟き、エリオットはやっと呼吸を取り戻す。

エリオットはうなずいた。長く、ひどい一日だった。だがもっと長く悲惨な一日になったかもしれないことも、よくわかっていた。父親が無事で元気で、安全な階下の客室にいることが、心の底からありがたい。

ベッド脇のランプを消し、もう一度体をのばす。タッカーと手足がぶつかり合った。もっと大きなベッドの方がいいのだろう――クイーンサイズは、背が高く肩幅のある二人の男がおさまるには少々狭苦しい。だがタッカーは気にしていないようだったので、エリオットにも文句を言う気はなかった。

開いた窓の外から、コオロギやカエルの鳴き声、家の裏の厳重なゴミバケツを開けようとがんばるアライグマの苛ついた声など、夜の音が漂ってくる。

タッカーが大きなあくびをした。

エリオットはたずねる。

「コーリアンの件の進み具合はどうだ？」

「進んでる」

「被害者の頭部が捨てられた場所はまだ特定できないのか？」

「ああ」

「あのイカレ野郎はまだ話そうとしないのか。交換条件狙いだとか？」

タッカーが腕をのばし、エリオットの手を探り当てると、口元へ引き寄せて拳にキスをした。

「寝る前にシリアルキラーの話はやめてもらってもいいか」

「そうだな、わかった」

それは理解できる要請だったが、タッカーが突然〈彫刻家《スカルプター》〉の事件についてまるで話そうとしなくなったのが、エリオットには少し引っかかっていた。理由がよくわからない。タッカーは今でもほかの事件については話すし、仕事の中身を隠そうとはしていないから、エリオットを仕事から締め出そうとしているわけではない。もしかしたら、あの〈彫刻家《スカルプター》〉の事件についに嫌気がさしてきたのかもしれない。実際、気の滅入るような事件だった。

「悪い」

エリオットはそう言って、タッカーの手を握りしめ、謝意を伝えた。

タッカーが握り返し、手を離して、疲れた息をついた。

てっきりそのまま眠りに落ちたと思っていたが、タッカーは不意に、思いふけるような口調で聞いた。

「お前、本気で、父親から嘘をつかれたことがないと信じているのか？」

「ああ、信じてるよ。親父が俺に嘘をついたことはない。まあ、ほら、サンタクロースやイースター・バニー、ジョン・F・ケネディを信じる純真な気持ちをそっと育んでくれたのは例外としてね。最初の二つは、どちらかというと母さんの仕業だと思うし」

タッカーは愉快そうな音を立てたが、口に出しては言った。

「お前の父親は、普通以上に秘密の多そうな男だと思うがな」

「ああ、多分。だけど、うちの両親はいつも、正直さと率直なコミュニケーションを大事にしてきた。何かについて、話したくないとかまだ話せないと言うのはいいが、嘘をついてはならない。絶対に」

　タッカーは黙っていた。彼は自分の子供時代を語らない。エリオットは、タッカーが里親の元で育ったのは知っている。もしかしたら今タッカーは、エリオットの経験と、自分の数少ない家族や家庭についての記憶を重ねてみようとしているのかもしれなかった。タッカーの話では、里親はいい人だったし、きちんと世話もしてくれたが、ほかにも十代の男の子の養子を二人引き取っており、家族の真似事は決してしなかったという。全員が、その暮らしが形式的なものであり、一時的な同居にすぎないとわかっていた。

「それでもあの人は、お前を守るためなら嘘をつくだろう」

　やがて、タッカーがそう言った。

　エリオットは考えこむ。

「でも、親父が一体、何から俺を守るっていうんだ？」

4

「今日、一人でここに残って大丈夫か？」

　翌朝、エリオットは家を出がけにローランドへたずねた。春にフェリーの時刻表が変わって、今では彼とタッカーは六時十五分の便に乗らねばならない。まったく、毎朝目覚ましのアラームが鳴る瞬間だけは、たかが十五分がひどく惜しい。

ローランドが、物思いから顔を上げた。コーヒーマグを置いて微笑する。

「当たり前だろう。俺の心配はいらん」

「そりゃ心配するよ」

「やめとけ。かけがえのないようなものは何もなくさずにすんだ」ローランドは肩をそびやかした。「全部、ただの物だ」

エリオットは、昨夜優しい手で古い写真やスライドをすべて見ていった父の目にあった涙を思った。たしかに、物だ。だが集め、大事にしてきた物というのは、誰にとっても人生の大きな一部だ。

「お前たちが今夜家に帰ってくるなら、夕食は俺が作ろう」

ローランドが続けた。今朝は随分と彼らしさが戻り、だが目の下には隈が、ひげ面の顔にはやつれた色があった。白髪も増えただろうか?

「俺は帰ってくるよ。タッカーの方はわからないが」

居間からタッカーが言葉を投げた。

「まだ何とも言えない、決まったら知らせる」

「何を食うにせよ、温め直せばすむしな」ローランドが時計に目をやった。「フェリーに遅れるぞ、二人とも」

後ろ髪を引かれながら、エリオットは結局は言った。

「じゃあ、また今夜、父さん」

ローランドは機嫌よくうなずいた。

「お前の親父さん、持ち物がほとんど焼けたことを、あの態度ほどさっぱり割り切ってるのか？」

フェリー乗り場までの短いドライブの途中、タッカーがそうたずねた。

「わからない。昨夜は茫然としていたみたいだったし。今日はぐっと、いつもの父さんらしかったな」

二人は島に二つしかない外食先の片方、コーヒー・ハウスに寄ってコーヒーをテイクアウトすると、エリオットのニッサン車の中に座ってコーヒー片手にのんびり会話を交わし、ずんぐりした白いフェリーが青い海に白波を立てながら、湾内をゆっくり近づいてくるのを眺めた。

「あと一週間もすれば、俺一人の船旅だな」

タッカーが呟いた。スーツのネイビーブルーの色が、その目の青さと髪の赤い輝きを際立たせている。

エリオットは微笑んだ。

「秋までは」

夏の残りの日々を、自分のために使えるのを楽しみにしてきた。自分と、タッカーのためだけに。さて、ローランドの存在もそこに組みこまなければ。

まあ問題ない。タッカーはまだ一日のほとんどは仕事に出ているので、ローランドと互いに噛みつき合うほどの暇はない。八月になれば、エリオットとタッカーはバカンス旅行に出かけるつもりだった。初めて、二人で。どこに行くかはまだ決めていない。どこがいいか、あれこれ話し合うのを二人とも楽しみすぎていた。

「今日の午後は理学療法士のところに行くんだろ？」

「ああ」

エリオットの膝はもう最大限まで回復していたが、六ヵ月前に右腕を折ったので、今も二週に一度は深部組織マッサージに通っている。と言っても、押してつついて持ち上げてのばして、というあの動きは〝マッサージ〟と呼ぶには大がかりすぎるように思えたが。

「夕食に間に合うかどうか、後で電話する」

「あんまり気にするな」

そうは言ったが、タッカーとローランドの双方が互いに歩みよる姿勢を見せているのがエリオットにはありがたかった。毎回そうは行かない。

フェリーがステイラクームに着くと、エリオットはタッカーが車を停めている場所まで彼を送り、それから大学へ向かった。

夏学期の金曜は、一つしか講義を担当していない。その〈アメリカの超越主義、ニューイングランドの超越主義者及びその批評家についての学際的研究〉は、大学の講義の中ではごく優しいと言えた。哲学部の学部長ドクター・フィッシュが盲腸炎で倒れたので、エリオットに担当が回ってきたのだ。基本的にはエマーソンの著書、ソローの『森の生活』、フラーの『十九世紀の女性』、ホーソーンの『ブライズデール・ロマンス』などを読ませて議論することになる。採点を要するレポートもないし、ドクター・フィッシュはすでに期末試験の準備も——おそらく二十年前から——すませてあった。なので、エリオットは質問に答え、試験は文学や歴史よりずっと哲学よりになるというヒントを数回ほのめかしてから、時間通りにオフィスへ切り上げた。

誰一人、エリオットの助言や導きを求めに訪れなかったので、リンカーンの大統領就任によって南北戦争は不可避となったのか、というテーマでの出来の悪いレポートたちの採点を片付けてから、エリオットは理学療法士のところへ向かった。

午後遅くに島へ戻り、キャビンまで車を走らせたところで、レンタカーのナンバープレートを付けた白いスバル車が停まっているのに気付いた。

その意味を考えながら、エリオットはガレージに自分の車を入れる。ローランドは車をレンタルするつもりだなど一言も言っていなかったが、借りてもおかしくはない。海に囲まれた小島でじっとしていられる性格ではないのだ。それでも、もし誰かが本当に父を焼き殺そうとしたなら、その父がガタゴト呑気《のんき》に田舎道をドライブするのには賛成しにくい。

ブリーフケースを手に、エリオットはガレージからキッチンへと入った。焼き立てパンのなつかしい香りに出迎えられて、腹が鳴る。ドアを大きく開いた時、女の声が聞こえた。

「なら、もう私にどうしてほしいのか、さっぱり」

「これは俺だけの問題じゃなく――」

ローランドが、エリオットに気付いて言葉を切った。とび上がりこそしなかったが、ぎょっとしたように見えた。

「随分と早かったな！」

予想外の喜びに響かせようとしていたが、やや上滑り気味だ。

女は、大体、ローランドと同年代に見えた。背が高く、ひょろっとしていて、白髪まじりの焦げ茶の髪を短く刈りこんでいる。黒いTシャツには〈女性《ウーマン》よ、胸を張れ《アップ》！〉のスローガンが表記され、黒と青の縞のフレームの四角い眼鏡をかけていた。彼女も、エリオットの出現にまごついているようで、家主であるエリオットとしては少々納得いかない。

「夏学期だから」エリオットはローランドに思い出させる。「昼前には終わるんだ」

女性に向けては、挨拶がわりにうなずいた。

「ああ、なら随分と遅いお帰りだな？」

無理に場を盛り上げようとする口調があまりにもローランドらしくなく、エリオットはふっと警戒を抱く。一体、何だ？

ローランドがその女を見やり、気詰まりな雰囲気がさらに長引く前に、女がニコッとして言った。

「あなたのことは知ってるよ。エリオットでしょう」握手の手を差し出す。「やっと会えて、よかった」

「エリオット、彼女はミーシャ・ワインスタインだ。古い友人でな」とローランドが言った。

「古い友人、というのはいい言い方」ミーシャの握手は力強く、温かかった。エリオットにウインクする。「私は、あなたのお父さんの最初の妻でね」

「ああ」

エリオットはあっけにとられて、生返事をした。

父が、前にも結婚していたのは知っている。正確に言うなら、前に二度結婚していたのは。昔話だ。どうでもいいし、何の関わりもない。ローランドが今でも元妻たちと連絡を取っているとは知らなかったが。勿論、連絡を取るべきでない理由もない。父が、母を誰より愛していたことは今さら疑う余地などないのだ。そうは言っても。

ミーシャが笑い出した。

「まったく、さすが元ＦＢＩ。まばたきもしなかったんじゃないの？」

ほう。別におもしろくも何ともなかったが、エリオットは微笑した。ローランドの表情からは、彼がミーシャとの実際の関係を知られたかったのかどうかまでは読めなかった。

「どうも、俺の知らないことも多いようだね」とエリオットは言う。

「ローリーのそばにいると、皆そのうちそういう気分になるからね」ミーシャが返した。「あなた、今はＰＳＵで教えてるんでしょう？　仕事は楽しい？」

エリオットは自分の仕事の楽しさを語った。ミーシャの質問にもすべて答える。ミーシャは次々と会話をつなぐ質問を飛ばし、エリオットについてかなり詳しく知っているのは明らかだった。おかげで、この彼女との初対面がエリオットにとって余計に奇妙なものになっている。

ミーシャは、エリオットのすべての返事に熱心に聞き入り、ローランドは機嫌よくところどころ相槌を打っていたが、時がすぎればすぎるほど、エリオットは自分がこの場の邪魔者で、二人が彼を追い払いたがっているのを肌で感じる。

元ＦＢＩ捜査官でなくとも、この二人には何かあるとすぐわかる。だが、好奇心を別として、それがエリオットに何の関係がある？　たとえ関係があったところで、邪魔者だとわかっているところに図々しく居座る理由にはなるまい。ローランドはエリオットの子供でもなければ捜査の容疑者でもないのだ。

エリオットが捜査することは、もうないのだから。

「そろそろ失礼して、夕食までに用を片付けておかないと」エリオットはついに話を切り上げた。「会えてよかった、ミーシャ」

ミーシャが微笑む。本心からの微笑は、少なからぬ安堵を含んでいた。

ローランドもほっとした様子だったが、ミーシャよりはうまく隠していた。

「夕食は六時の予定だ。ナスとパルメザンチーズのキャセロール」

「いいね。楽しみだ」

野菜のキャセロールでは、タッカーはきっと物足りないだろう。先に警告しておいたほうがいいだろうか。

ミーシャが言った。

「本当に、ついにあなたの顔を見られて、どんなにうれしいか、エリオット」ローランドへは奇妙な笑みを見せる。「昔ね、あなたのお父さんは――私たち皆が――こんな暴力と混沌にまみれた世界に子供を生むなんて、倫理に反すると、固く信じていたものよ」

彼ら自身がその手で暴力と混沌に火をつけた、この世界に。

「その主義を変えてくれてうれしいよ」とエリオットは父へ言葉を向ける。

「色々なものが変わったのさ」

ローランドの微笑みは温かく、エリオットも笑みを返した。

子供の頃からいつも、この一点は疑うことなく信じられた――親から愛されていると。

別れの挨拶にミーシャへうなずき、二階へ上がると、理学療法のマッサージオイルと鎮痛ジェルを洗い流した。少し体が痛むが、心地よい疲れだった。湯の熱が気持ちいい。思いきりシャワーを出して、首から肩を熱い雨に打たせた。

シャワーから出た時にも、まだミーシャの車が家の前に停まっていた。エリオットはタオルで体を乾かしながら、寝室の窓からその車を眺めた。

ジーンズとTシャツに着替え、仕事部屋に入ってパソコンを立ち上げる。

以前は、梢の向こうに海を臨む見事な見晴らしのこの部屋は、エリオットの寝室だった。だが去年の秋のおぞましい事件の後、彼とタッカーとでいくらか改装をした。今では元寝室がこうしてエリオットの仕事部屋となり、エリオットとタッカーは針葉樹の樹冠とはるかなレーニア山が見える新しい寝室で眠った。

色々と用事があると言ったのは、嘘ではない。だが気付くと、階下のくぐもった声につい耳をすませていた。このキャビンは作りがしっかりしている。言葉は聞きとれなかったが、口調からして二人は言い争っているようだった。声を抑えて、だが真剣に。

ミーシャ・ワインスタイン、とパソコンに打ちこんで検索すると、ワインスタイン・カンパニーなるところで撮られたミーシャなんとかという女優の写真が山ほど出てきた。色々なミーシャとワインスタインで埋まった何ページかの末、やっと目標にたどりつく。ミーシャ・ワインスタイン、ニューヨークの〈女性・子供のための公正センター〉理事。その組織の活動は、主に低所得層の女性への教育と法的なサポートのようだ。ミーシャは十年以上も理事を務めていた。

彼女の公式の人物紹介には〝フェミニスト〟と〝人権活動家〟という肩書きが記されており、そうそうたる実績と学位がずらりと列記されていた。

すべて、文句のつけようもない。だが……エリオットはさらに掘り下げていく。

窓の外で、鳥が甘く歌っていた。階下ではまだ二人が話している。言い合いはもう終わったようだ。

ついにエリオットは、数年前の新聞に載ったミーシャの〈女性・子供のための公正センター〉理事就任を批判している論評記事を見つけた。ミーシャのことを「六十年代の過激派で元犯罪者」と評している。


一九八四年、全国的な反戦運動〈民主社会を目指す学生連合《SDS》〉の暴力的セクト〈集合体《コレクティブ》〉の元メンバー、ワインスタインは、ブリンクス社の装甲輸送車への武装強盗未遂事件（一九七五年、ワシントン州スノホミッシュ郡）への関与を認めた。十から十五年の懲役刑となったが、一九九二年に模範囚として釈放された。そして二〇〇四年、ワインスタインはニューヨークの〈女性・子供のための公正センター〉理事という垂涎の地位におさまったのだ。

論評記事の残りを、エリオットは苦々しく読んだ。彼自身、一九六〇年代の過激派や元犯罪者にそう好意的なわけではないが、服役は社会的な罪の償いとしてあるべきだ。だが、世の中には、いつまでも許そうとしない人々がいる。

クリックでその画面を閉じると、椅子にもたれ、梁《はり》がむき出しになった天井のヒマラヤ杉の丸太を見つめた。突飛な偶然も存在する、というのは、捜査官なら誰でも経験する。だがローランドの前妻、それもニューヨーク在住の元過激派メンバーが、たまたまローランドの家が焼失したその時にふらりとやってきたら？　それが偶然であるわけがない。どちらかが、あるいは別の誰かが連絡を取ったのだ——何のために？

廊下の向こうから、エリオットの携帯が鳴る音が聞こえてきた。エリオットは耳をすます。タッカーからの着信音。

椅子を押しやると、立っていって携帯を探し、放り出したままのズボンのポケットの中にやっと見つけた。

すでに切れていたが、タッカーは伝言メッセージを残していた。

『俺だ。少し立てこんでな、こっちに泊まることになりそうだ。親父さんに、夕食に顔を出せなくて悪いとあやまっといてくれ』

間が空いた。

『……愛してるよ』

タッカーがそう言って、電話が切れた。

愛してるよ？

エリオットは携帯の画面を凝視した。切手サイズのタッカーの写真が、謎めいたまなざしで見つめ返してきた。

タッカーが本土の部屋に泊まるのは、決して珍しいことではない。だが飾らない「愛してるよ」の言葉？　それは珍しい。実際、通話のタッカーの声もどこかおかしかった。こわばっていた。タッカー以外の誰かのものだったなら、それは——不安そう、と言ってもいいほどの声だった。

5

「何か俺の知らない事情があるのか？」

フェリー乗り場の方角へ、土の道をガタゴト走り去るミーシャのスバル車を見送ってから、エリオットは階下へ下り、声をかけた。

ローランドは笑い声を立てた。さっきの、事情あり気な雰囲気は勘違いかと思うほど、くつろいだ笑いだった。

「あるわけないだろ。彼女の顔を見てびっくりしたのは俺も一緒さ。ミーシャは火事のことをノビーから聞いて、すぐ飛行機に飛び乗ってきたんだよ」

オスカー・ノブ、すなわち「ノビー」もまた、ヒッピー花盛りの遠い時代からのローランドの革命仲間だ。ベルビューのすぐ外にオーガニック農園を持っている。

「どうして？」

ローランドが眉をひそめた。

「何が、どうしてだ？」

「ミーシャと普段から連絡を取ってたわけじゃないんだろう？　どうして彼女がそんなあわてこんなところまで飛んできたんだ？」

ローランドはエリオットを見つめた。その顔が、ぱっと晴れる。

「そりゃ多分、ノビーが今回のことを深刻ぶって大げさに話したせいだな。あの野郎は昔から心の奥ではロマンチックな男だったよ」

「ノビーが？」

「ああ、そうだ」

「無骨で、牛転がしやトラクター暴走の常習犯だったノビーが、実はロマンチック？」

「どれも昔の話だろ。まあそれか、あいつがまだミーシャに気があるかだな。あいつはいつも俺に、彼女と別れたのは俺の人生最悪の失敗だったと言ってたよ」

「父さんの人生で？　それは凄い」

ローランドが悲しげに首を振った。

「これが、俺がもらえる感謝の言葉ときた。お前を育て、飯を食わせ、高い学費を払ってやったというのに――」

「なのに俺は悪の帝国に仕えるストーム・トルーパーに成り下がってすべてを空費したんだろ。耳にこびりつくほど聞かされたよ。じゃあ何だ、元過激派の十五回目の同窓会かなんか開くのか？　ゲストの手土産はパイプ爆弾？　ブラウニーは食べないで残しておいたほうがいいかな」

「いいや。ミーシャは今夜の飛行機で帰る」

「そりゃまさにとんぼ返りだな」

ローランドは返事をせず、乾いたパン粉をキャセロールの上に散らした。

「父さん――」

ローランドがキャセロールの器をコンロの上に置いた。

「これで、完了《フィニト》。準備できたぞ。キャセロールは四十五分で焼き上がるから、夕飯の少し前にオーブンにつっこめばいい。タッカーの帰りは何時頃だ？」

エリオットは父を観察した。ローランドは、今朝よりずっと元気そうに見えた。ミーシャの訪問のおかげか、ゆっくり休養してシャワーも浴び、昨日買った新品のジーンズとデニムのシヤツに着替えたからかもしれない。父はいつも、自分の家系は「そりゃ頑丈な切り株から芽吹いた」と言っているので、その切り株パワーが発揮されているということか。

エリオットは返事をした。

「タッカーから電話があって、今夜は帰れないと」

「そいつはガッカリだ」ローランドはそれほど落胆した様子もなくうなずいた。「まあいいさ、いい夕方だ、少し散歩に行って、戻ってきてから飯にするってのはどうだ？」

「いいね」

オールド・ロードと呼ばれる、五キロほどでぐるりとひと回りする道を歩き出すと、二人はリトル・ブリッジ、ビッグ・ブリッジと橋を渡って、全長十六キロの島の中心部に残る自然の中へと深く入っていく。時々、ウサギやキツネの姿を教えあうほかは、あまり口をきかなかった。

しばらくしてから、エリオットはたずねた。

「火災調査官から何か報告は？」

「ないね」

ローランドの返事は呑気だった。その方がいいのかもしれない。この惨事にも達観して対処できるなら、それは強みだ。どうせエリオットが二人分心配しているようなものだし。

おだやかな沈黙を、鳥の歌が満たす。夕暮れ近い空でぶんぶんと羽根をうならせるハチが金色にぼやけ、陽がきらめく草原の上でブヨがかすみのように群れている。

「〝野生の中に世界が保たれている〟」

足を止めて、黒い尾の雌鹿が安全な木影へ子鹿をせき立てる様子を眺めていると、ローランドがそう呟いた。

「ソロー」

「上出来だ」とローランドが微笑む。

「ほら、ストーム・トルーパーだってちょっとした文学をたしなむくらいのことはできるんだよ。こんないい天気もね」

ローランドはくくっと笑った。

勿論、ソローはこうも言った――〝反抗こそまさに自由の礎である。従順なるものは奴隷だ〟と。エリオットは父の横顔を眺めた。ローランドの顔にはまだ微笑が残っていたが、どう見ても、心ここにあらずの顔だった。

人はつい、家族を、自分とつながった自分の一部であるかのように思いたがる。だがそれは間違いだ。エリオット以上に身をもってそれを知る者はそういないだろう。ＦＢＩへの採用が決まった時、生まれてからずっと説いてきた価値観を裏切ったと断罪され、父から実質上親子の縁を切られて、痛いほど思い知った。その後、ローランドはやや態度を軟化させたのだが、その頃にはエリオットの側も父に裏切られたと感じて、傷つき、腹に据えかねていた。

もうそれも、すべて過去のことだ。もう終わったこと。忘れることはできないが。

「母さんは、きっとこの景色を気に入っただろうな」

ローランドが何の脈絡もなくぼそっと言った。

エリオットはうなずく。

母は、数年前に車の轢き逃げにあって他界した。実のところ、その母の死が、エリオットと父の関係を修復したのだった。それがなければ、いつまでエリオットが痛みと怒りに凝り固まっていたことか、正直わからない。タッカーにも「強情すぎる」とくり返し非難されたものだが、多分、一理ある。

エリオットは、ほとんど独り言のように呟いた。

「どうやってできるんだか、俺にはわからないよ。昔、恋に落ちた相手と、今も友達でいるなんて」

「相手を愛していた、というのは、友達でいる何より大きな理由になると思うがな」

ローランドがじっくりエリオットを眺める。

「お前は、別れた恋人とは友達に戻らないのか？」

「一度も。気まずいだろう。大体の場合、二人が同時に恋から醒めるわけじゃない。片方が、もう片方が与えられる以上を求めることになる。きれいには終わらない」

「この先うまくいかなくなっても、タッカーと友人関係に戻ることはないと思うのか？」

エリオットは一瞬黙って、そう想像するだけで胸に走る痛みを嚙みしめた。

「……本音を言うと、そんなこと考えたくもないね」

「そりゃそうだ。考える必要もないさ」

ローランドは、緑の海のように陽光が輝く草原に背を向けた。

「父さんは、いつか再婚するつもりはある？」

ローランドが短く笑った。

「いいや、ないね。もうこの年齢《とし》だし、新しい誰かと家庭を作るには、すでに一人の暮らしがなじみすぎてるよ」

しかも、きっとローランドが最もそばに求める相手は、親友の妻だときてる。

二人は黙ったまま先へ進み、道は半ばをすぎて家へと向かいはじめた。突然、ローランドが笑いをこぼした。

エリオットが視線を投げる。

「何か？」

「思い出しただけさ。お前が七つくらいの時、よく〈パープル・ヘイズ〉を間違えて歌ってたってな」とざらついたバリトンで歌い出す。「〝変なふうなんだけどなんでかな。ちょっと待ってて、あのお空《オトコ》にキスしてくるから〟って」

エリオットも笑った。

その時、右側に鈍く強い衝撃音があった。視線を向けたが、そびえ立つベイマツの幹から突き出て光る細い棒に目を留めるまで、一瞬かかった。さらに一瞬——それに付いた赤と黄色の矢羽根と赤い矢筈《ノック》を認識するまで。

矢だ。

木に突き立った矢。彼らの立つ場所から、腕二本分も離れていない場所に。

「くそッ」

エリオットはローランドに突進し、父親を砂まじりの小道から木々の中へ押しこみながら、肩ごしに怒鳴った。

「ふざけるな、人がいるのが見えないのか!」

「一体何をしてる?」

ローランドは呆気にとられた様子で、エリオットを振りほどこうと向き直った。

その時にはエリオットも、反射的に木々の中にとびこんだのは早まったかと迷っていた。もし人間と鹿の見定めがついていないハンター相手なら、枝葉に身を隠すのはかえって危険だ。

だが、違う。そんなわけがない。ハンターではない。この島にハンターはいない、狩猟は禁止されている。大体エリオットのTシャツは赤いし、ローランドのデニムシャツは青い。二人は道の中央を歩いていた。見通しもいいし、会話の声も遠くまで届く。

つまり、勘違いではない。ハンターのうっかりではない。意図的なものだ。誰かが二人を殺そうとしている。というより、ローランドを殺そうとしているのか。

「止まるんじゃない！」

エリオットは父親を、鬱蒼とした木々の影へ向かって押しつづけた。また光るものが彼らをかすめて飛びすぎる。今度は、左側を。エリオットがさっと向きを変え、ローランドを逆側へ引っぱろうとした時、悪くした膝にズキッと嫌な予感のする痛みが走った。

「たのむよ、父さん、あれが見えないのか？　聞こえただろ？」

次の矢が空気を裂く――今度はまた二人の右側を。甲高いヒュッという擦過音《さっかおん》から、エリオットはあわててとびのいた。心臓が激しく鳴る。その風切り音に続いて、ドッと、重く恐ろしい音を立てて、数歩離れたヒロハカエデの幹に矢が突き立っていた。

もし人の肉や骨に当たったら――と、ぞっとする思いがかすめる。

敵との距離を測るすべはない。不確定要素が多すぎる。弓の種類――ドローウェイトと射程――や矢の種類、気象条件、特に風向きなどが、すべて要素になってくる。射手は、それこそ一キロ近く離れたところにいるかもしれない。

それとも、今まさに、二人へとしのび寄ってきているところか。

耳の中で鼓動が轟くように鳴る。逆に、救いかもしれない。なにしろ周囲の音――いや音が欠如した、周囲の無音がひどく神経に刺さる。映画じみたあの風切音のほうが、ずっとましだ。本当に、どういうわけか矢を待つこの静けさは、銃声の数倍恐ろしい。エリオットは銃声なら

たっぷりと経験があるというのに。

「一体こりゃ何だ？」

ローランドは怒鳴り返しながら、矢が貫いた木の幹とエリオットを見比べた。焦げ茶の目には、憤激と驚きがあふれていた。

「伏せるんだ。できる限り、地面に平らに」

エリオットが空気の振動を感じた瞬間、また新たな鉄の矢がカエデの木に刺さった。犯人の野郎はまだやる気だ。

ポケットを探って携帯をつかみ、柔らかい土と枯れ葉の上をローランドへ滑らせた。ローランドは、まるでこの機械を見るのが初めてという風に茫然と手にした。

「９１１に電話してくれ」

「お前は――」

ローランドの顔をおののきがよぎり、その手がさっとのびると、離れる間もなかったエリオットのＴシャツをぐいとつかんでいた。

「駄目だ、許さん。どこにも行くな」

エリオットは父の拳を強くつかんだ。

「父さん、離してくれ」

「ふざけるな」

手首の急所に親指を突きこむと、父の手がエリオットから離れた。だがローランドはもう片手から携帯を落とし、両腕でエリオットに荒々しく、必死にしがみついた。

「どうかしてるのか？」ローランドが喘ぐ。「やつをつかまえに行くなんてよせ、エリオット。絶対行かせないぞ。わかったか！」

「父さん、離してくれ」

ローランドの腕にますます力がこもった。

エリオットは身動きをやめる。

「父さん。父さん、聞いてくれ」

まずい。時間がない。あと一分、いやそれ以下かもしれない。父親を殴り倒したくはなかった——特にこれが、二人の最後の会話になるかもしれないとあっては。だが、貴重な一秒ずつをこれ以上無駄にもできない。このままローランドと組んずほぐれつしているうちに、ロビン・フッド気取りの殺人鬼がやってきて、一人、また一人と矢で木に貫き止められかねない。

エリオットは、手遅れになる前に父にわかってもらおうと、まくしたてた。

「今の位置じゃ不利だ、こっちから先手を打たないと。あいつはまっすぐやってきて、俺たちを狙うだけでいい。俺も父さんも、矢から逃げ切れるほど足は早くないからな」

かすめていった矢を見つけられれば、それを武器に使える。現代的なハンティング用の矢はカーボン製で、合金で被覆されている。だが、どこまで飛んでいったことか。あの手の矢は時速二四〇キロ以上出るだろうし。ということは……秒速六十七メートル？　随分遠くに落ちただろう、茂みや枝でスピードを殺《そ》がれてなければ。

「待て――」ローランドが息を荒らげた。「待て。聞け。もう射ってきてない！」

それは悪いきざしだ。ローランドは吉兆と見ているようだが。

「離してくれ。今すぐ――」

エリオットは力ずくで父を振り払い、やっと腕を離したローランドのつらそうな喘ぎを無視した。地面を探し回り、何か武器になるものを求め、腐りかけのベリーや朽ちかけの葉、カワラタケの間をかき分ける。何か――何でもいい。手ごろな枝は見つからなかったが、丁度いい大きさの石をつかんだ。ないよりましだ。急いで立ち上がると、息をつきながら木によりかかり、じっと耳をすませた。

髪の生え際を汗がくすぐる。目を拭った。

「もう射ってきてない」

ローランドがそう囁き、道向こうを凝視した。

エリオットは首を振る。ありがたい点は、敵が隠れて道を渡ってくるのは無理だということだ。二メートル半の道に出てくれば、こちらから姿が見える筈だ。

静寂。

普通の静寂ではない。すべての音が吸いとられてしまったような。エリオットは、相手の動きを示す小枝の折れる音や小石のきしみ、葉のカサつきなどに神経を集中させた。手にした石を、無意識のうちに測る。接近戦――殴り合いの距離――になれば、チャンスがあるかもしれない。膝にダメージはあってもエリオットにまだいい動きができるのは、タッカーとの時おりの組み合いからも証明されていた。

タッカーのことを思う余裕はない。二度と会えないかもしれないなどと、そんなことを考えている余裕は。エリオットは、父を見下ろした。

ローランドも耳をすませており、研ぎ澄まされた、暗い表情をしていた。見上げてきた彼へ、エリオットはまた首を振った。

このサイコ野郎がただあきらめて去るわけがない。二人をここに追いこんだと、よくわかっている筈だ。彼らが出てくるのを待っている。隠れ場所から現れるのを。

エリオットは耳をすましつづけた。このあたりは森も鬱蒼として、音を立てずに移動するのは無理だ。

虫の声。

鳥のさえずり。

「あそこだ」とローランドが言った。

エリオットはローランドが見ている先を追う。チラリと、あの赤い矢羽根のような色が揺れたかと思うと、灰色がかった茶色いパーカーのフードの先端が、道向こう数メートル先を動いていくのが見えた。二人がブルー・バジャー農場に向かうルートを断とうというのか？ 右手でガサッと音がした。エリオットとローランドははっと向き直った。茂みから茶色い頭をつき出したマーモットが、やたらと人間らしい表情でビックリしてみせたかと思うと、また枝葉の奥へ引っこんだ。

のびやかな女性の笑い声が道から聞こえてきた。

エリオットは悪態をついて前へ踏み出しながら、手遅れだとわかっていた。必死で、ふたたび射手の姿を探す。だが道向こうに垂れるシダごしに、もう何の動きも見えなかった。

三人の、健康的な若い女性が、派手な色のスポーツウェアと日よけのバイザーを身につけて、猛烈な勢いでしゃべりながらさっさと道を歩きすぎていった。

エリオットは足を止める。もし犯人にその気があれば、今ごろ彼女たちは無事ではいない。女性たちの出現が犯人を追い払ったか、もしくは、彼女たちが射程の向こうに去ってしまうのを待っているのか。

どちらにせよ、今こそ最高の、そしてもしかしたら唯一の、彼らのチャンスだった。エリオットが手招きすると、ローランドもうなずき、二人は木々の間を女性たちとは逆方向の、安全な家へ向かって歩き出した。

父をせき立てながら、エリオットはピアース郡保安官事務所に通報し、すぐ向かうと確約された。この保安官事務所は二機のヘリを所持しているので、その保証の意味は大きい。だが現実には、生死の境目など時に六十秒の内側で決するものだ。あの射手があきらめて去ったのでなければ、今ごろまた二人を狙える位置へ向かっている可能性もある。

相当に大胆な賭けだろう。だがこの島までローランドを狙いにやってきただけで、相手はすでに無謀な賭けに出ているのだ。

エリオットとローランドは歩みを止めず、できるだけ身を隠しながら急いだ。ついにキャビンへ着いた時には息が切れ、汗まみれだったが、二人とも無事だった。

頭上の空に遠く、プロペラの音を聞きながら、エリオットは父の先に立って正面ポーチへ上がる階段へ踏み出した。はっと凍りつく。

赤と黄色の矢羽根が付いた、ハンティング用の矢が正面ドアの中央に突き立ち、不似合いなほど子供っぽいメモを留めていた。

6

まず、来たのは保安官だった。

エリオットが予想したほど早くはなかった――頭上に聞こえたあのプロペラ音は、島への到着ではなく、飛び立っていった音だったのだ。だが充分に早く、やはりヘリでやってきた。保安官はエリオットとローランドの供述をとり、現場の検証にかかった。検証、と言えるほどのものではないか。広い森の中を、死体やその埋め場所などの目印もなく、調べていくのは難しい。木に突き立った三本の矢は犯人に回収されていた。証拠の矢をエリオットの家のドアに射ちこんでいったのに、どうしてわざわざ残りを回収していったのかは不明だ。

運が良ければ、残った矢からＤＮＡの痕跡が出るかもしれない。そうでなければ……このワシントン州では、クロスボウや金属の矢の購入にライセンスは不要だ。両方ともネットで買える。狩猟に必要なライセンス、どの獲物を狩ってよいかの鑑札は、オンラインのコースの受講を要するので、あの犯人が人間だけでなく動物も狩るのならだが、そこから糸口がつかめるかもしれない。だが殺人などに手を染める者が、自己申告が基本となる狩猟のルールに従っているかどうか。

いい面を探すならば、少なくとも、保安官事務所から派遣された誰ひとり、これがただの不運なハンティングの事故だとは言い出そうともしなかった。

次に、シアトル市警が到着した。誰も警察に通報していないのに、バラード地区での放火とピュージェット湾の島での事件の関連によく気付いたと、エリオットは高評価をつけた。

シアトル市警のパイン刑事とエリオットは、知り合い、少なくとも六ヵ月前に顔を合わせた仲だった。お互い相手にさほど好印象は持っていない。エリオットより若いパインは、警察内で出世コースの有望株で、世の中には自分にわからないことなど何もないと思っている——要するにまだそこまで大きな問題にぶち当たったことがないのだ。エリオットはパインのような刑事と何回か仕事をしたことがあって、この手のタイプはよく知っていた。アップソン刑事のほうなど、パインよりさらに若い。彼女はいかにも鋭く、活発そうで、何とも茶色っぽかった。茶色の髪、茶色の目、そして四十歳になる頃には悔やんでいそうなこんがり焼けた夏の肌。

「それじゃ、犯人《ホシ》の姿はチラとも見なかったと？」

パインがたずね、エリオットはシアトル市警相手にまた一から説明してから、今日二度目の質問の嵐に応じた。

「見なかった」

「ま、そちらも訓練を受けたプロを辞めて随分になりますしな」

パインはいかにも物分かりよくうなずいた。

ぐっと返事を呑みこんだが、喉が詰まりそうな気分だった。

「それで、家まで戻ってからどうしてたんです？」

「保安官たちの到着を待っていた」

エリオットは無愛想に答えた。

じっとエリオットを見ていたアップソンがたずねた。

「待つ間、何もありませんでしたか？」

あった、と言えるだろう。だがエリオットはこの二人にその話をするつもりはなかった。彼は自分のグロック27を取り出し、犯人を追おうとしたのだが、またローランドがその正面に立ちふさがったのだった。

「一体何をしに行くつもりだ」とローランドに詰め寄られた。

「どいてくれ」

「お前を出ていかせる気はない」

エリオットは怒鳴った。

「いい加減にしてくれ父さん、俺はこういう事態に対処する訓練を受けてるんだ！」

「こんな事態に対処できる人間などどこにもいない！」

「この島にいるのは俺たちだけじゃないんだ！　ここにじっと隠れて、その間、一般市民を危険にさらしておくことはできない」

「市民に危険などない。向こうは、俺たちがあの女性たちに気付くより早く彼女たちを殺せたんだぞ。だがそうしなかった。ほかの相手は狙わんよ」

「そんなのわからないだろう。たしかなことなんて何もないんだ。何者だろうが、俺のことは狙ってきたしな」

「それは、お前を脅威だと見たからだろう」

「まさにその通りだよ！　もういいからどいてくれ！」

髪も乱れ、小枝や落葉まみれで野性的な姿のローランドは、ばっと両腕を広げると、ドアフレームの両側に手をかけてエリオットの前を塞いだ。

「どいてたまるか。わからないのか？　あの矢はすべてお前を狙ってたんだぞ！　お、お、お前を！」

そして今、エリオットはアップソンを見つめ返す。そっけなく答えた。

「いや。何も起きなかった」

アップソンがパインを見た。パインが言った。

「あなたの一家はあまり星回りがよろしくないようだ、ミルズ教授。母親は未解決の轢き逃げ事件で死亡、あなたは職務中に撃たれる。そして今、何者かがあなたの父親を殺そうとしている。天にいる誰かさんに嫌われてるのでは？」

「そして地上にいる誰かさんが、俺の親父を嫌っているわけだ。親父の家に誰が火をつけたのか、捜査の進展があったと言うなら知りたいね」

決してうまい聞き方ではなかったが、正直、一分ごとに気を使うだけの余力が削られていく。一体どうして、シアトル市警の刑事たちの中から、よりにもよってパインが、ローランドの件の担当になった？

パインも同じ思いかもしれない。黒い目を細めて、彼は言った。

「必要のあることがあれば、知らせますよ。さて、ではもう一人のミルズ教授とお話できますかな？」

パインとアップソンの車のテールランプが木々の間の道の向こうへ消えていく頃になって、タッカーが電話をかけてきた。

『どうした？』

タッカーに連絡がつかないことでどれほどのストレスが溜まっていたのか、エリオットは自分の鋭い返事で初めて気付いた。

「ずっとどこにいたんだ？　さっきから何時間も電話してたんだぞ」

短い沈黙があって、タッカーが言った。

『何があった』

何があったのか、エリオットはすべて伝えて、最後にたずねた。

「一体どうして携帯の電源を切ったりしてたんだ？」

『夕食に行っていた』タッカーらしくもなく、弁解じみた言い方だった。『何時間か、誰にも邪魔されたくなかったんだよ』

単語それぞれの意味がエリオットに理解できなかったわけではない。しかし、全体でこの一文となると……それはまるで、外国語でも聞かされたかのようだった。スペイン語か何かを。

タッカーが携帯の電源を切ったことなどない——ＦＢＩ特別捜査官だった時、エリオットが携帯の電源を切ったことがないように。捜査官なら、ただとにかく……そういうものなのだ。

　エリオットは、とまどいを隠さずに問い返した。

「どうしてだ？」

　その問いが聞こえなかったのか、タッカーはほとんどかぶせるように言った。

『だがお前は無事なんだな。ローランドも無事だな？　捜査に来た連中は何と言ってた？』

「どう対処するか困ってたよ。少なくとも、誰もハンターの手がすべったんだろうとは言わなかった」

『ハンター？　森の中からキャビンまでお前たちをずっと追っかけてきた相手が？　そんなことを言い出すのはよほど想像力がたくましい奴だけだ』

「犯人は、少なくともハンターだけどね。あの手の矢は、趣味のアーチェリークラブで買えるようなもんじゃない。キャビンのドアから抜いた矢は超硬度カーボンの芯を合金で被覆したものだった。ヘラジカや熊などの大きな獲物を撃つのによく使われる。大体、今どき政治的主張でのぼせた犯人なんかは、クロスボウと矢よりも銃や現代的な武器を好むだろ。今回の相手は、普段から動くものを射っている筈だ。加えて、まだ島内にとどまってる可能性もある」

『くそ。いいか、今からじゃフェリーの最終便には遅すぎる。だがブル・フィッシュ号はあのままステイラクームに停泊してある。今夜、そっちに帰る』

　帰ってきてくれたら、たしかにありがたい。エリオットとしても誰かの援護はほしい。とは言え、タッカーに精神的な支え以上の役目があるわけではないし、いつからエリオットは誰かに手を握っていてもらいたがるようになった？

己と葛藤し、結局、エリオットは無愛想な言葉を押し出した。

「いや。いいよ。状況は落ちついている。俺も、狙撃手はもう引き上げたと思うし。俺は——」

『狙撃手？』

「射手か？　俺は、犯人は飛行機で島を出たと思う」

『飛行機？』

「だと思う。移動にフェリーを使った形跡はない。親父を狙ったのが九歳の子供を二人つれた八十歳のおばあさんだというなら別だが。あのおばあさんだったら、どうにか服の中にクロスボウの隠し場所も作らないと」

『ああ、しかし——』

「プラス、俺がキャビンについた時、小型飛行機が飛び去っていく音が聞こえた。あの時は深く考えず、保安官事務所の到着の音だと思ったんだが、保安官たちはさらに七分後まで着かなかった」

『島の滑走路は、個人所有の一本だけだろ』

「保安官がすでに、そのオーナーが在宅していないこと——そもそも何ヵ月も島にいないことを確認した。使われた飛行機を特定できる可能性はまだあるが、飛行計画書を提出して飛んできたとは考えづらいね」

『つまり、探している相手は最高級のハンティング道具を買い、小さな飛行機を買うか借りるだけの金があるわけか。お前の親父さん、最近どこかの億万長者を怒らせてないか？』

「それは思いつかなかったね。警察に、犯人がクロスボウを使ったことはなるべくマスコミに伏せてくれないかとたのんだよ。同意してくれた」

『捜査側にとっても、公開情報は限定しておくほうが有利だからな』

「とにかく、お前が今からヨットで戻ってきても、明日の朝一番にシアトルに戻るだけで、意味がない」

　理屈からいくと、タッカーがわざわざ帰ってくる必要など何もない。だがタッカーが答えるまで、短い間が空いた。

『たしかに何時間かしかいられないだろうが。しかし、それでいいのか？　俺は喜んで、今夜船を出すぞ』

　口調はきびきびしていたが、タッカーの決意の下に、エリオットは彼の疲労を感じとる。しかも、夕食の席で一、二杯飲んでいるかもしれない。夜間の航海にはいつも以上の注意力が要る。

「ああ、問題ない。お前はどうせ、着いたらもう寝る時間だよ」

そう言うエリオットのほうには、今夜眠るつもりなどなかった。犯人は飛行機で島を去ったとたしかに信じている——あるいは自前のボートに乗って。だがその男が、あるいは女が、まだ島にいる可能性も捨てきれないのだ。あるいはさらに低い確率ではあるが、その男か女が、この島の住人であるという可能性も。

タッカーが長い息を吐いた。

『ああ、朝一番でシアトルに戻ることになるな。もしお前が本当に大丈夫だと言うなら……』

エリオットは険しく言い返した。

「俺一人で対処できないようなことは何もない」

タッカーの笑いは短かった。

『そうだろう、そいつはよくわかってるよ』

どういう意味だ？　ムッとしたが、追及するには疲れすぎていた。

「じゃあ、明日の夜に、またな」

『ああ、明日。気をつけるんだぞ』

「ああ。そっちも。また明日」

電話を切ったエリオットは、タッカーへの不満をつのらせていた。どうしてだ？　実際、今からタッカーがステイラクームまで車で走り、船で湾を渡り、ほんの数時間島で寝て、シアトルへとんぼ返りしたところで何の意味もない。

ただ――タッカーが金曜の夜をシアトルに残ってすごすなんて、あまりにも珍しい。

「どうでもいいことだ」

エリオットは呟いた。

キッチンに行くと、ローランドが、すっかり忘れられていたナスとパルメザンチーズのキャセロールをオーブンから出すところだった。バジルとチーズとトマトの温かな香りに、エリオットは自分がどれほど空腹なのかやっと自覚した。

「ワインを開けてくれないか?」

ローランドは言いながら、いくつか引き出しを開け、料理道具の中からフライ返しを見つけ出した。

「お互い一杯やりたいところだろ」

言われたエリオットがワインの栓を開け、グラスに注いで何口か飲むと、たしかに気分が上向いた。黙って座ったまま、料理を盛りつけて向かいに座るローランドを眺める。ローランドはシャワーをすませて、あのバスローブを羽織っていた。あまりにも普段通りの、変わらぬ姿で、それがかえって異様に感じられるほどだった。

「疲れた顔だな」

ローランドが言った。茶色い目は優しく、エリオットを心配している。

「疲れる一日だったからね。ほら、仕事とか」

答えながら、エリオットは口調の中にこもる怒りを抑えきれなかった。

「食べれば気分も良くなるさ」

エリオットは笑って、首を振った。

「父さん、何が起きてるのかわかってるんじゃないのか？　これでも俺は山ほど暴力犯罪の被害者を見てきたが、言わせてもらうと、父さんの反応は皆と全然違う」

ローランドはワインをいくらか飲み、少し考えこんでいる様子だった。やっと答える。

「いいや。何が起きてるかは知らない。ただ、いくつか考えられる可能性があるだけだ」

「どんな可能性だ？　どうしてはっきり言わない？　誰かが父さんの家に火をつけたんだぞ！」

「知ってるよ」

「今日、森で、俺たちの片方か、両方ともが殺されていたかもしれない」

ローランドの顔のラインがまた険しくなった。

「ああ」

「なのに、これがどういうことだと思っているのか説明してもくれないなんて、信じられないよ。俺は、父さんの息子だってだけじゃない、父さんの力になれる有力な手段や人脈を持ってるんだ。どんな事情だろうと、対応できる。だから教えてくれ、俺に何かさせてくれ」

「そう単純な話じゃないんだ」

「どうして単純じゃないんだ？　一体、父さんの回想録に何が書いてあるんだ？」

「何も」

「何も？」エリオットは凝視した。「待ってくれ。父さんはもう何年も、あの本は一部の人々の世界を揺さぶると言ってきた。それが今になって、本の中には誰も気にしないようなものしかないって言うのか？」

　ローランドが辛抱強く答えた。

「そんなことは言っていない。俺が言っているのは、あの本の中には正気の人間を殺人に走らせるようなものは何もないということだ」

「正気じゃない人間だったら？　なにしろ、誰かが父さんをもう二度も殺そうとしている」

　ローランドが疲れた溜息をついた。

「いいか、俺たち二人とも疲れている。このままいくとじき怒鳴り合いになる。今は食って、少し眠って、また明日考えようじゃないか」

　たしかに。エリオットは自分がもう怒鳴り出す寸前だとわかっていたし、怒鳴ったところでただ事態をこじらせるだけだろう、なにしろ母がよく指摘していたように、彼とローランドは頑固さではお互いひけを取らない。

　苦労はしたが、エリオットは今にも言ってしまいそうなあれこれを呑みこんで、フォークで食べ物をすくい上げた。キャセロールはおいしかった。ハーブの香りのアクセントと、濃厚なチーズ。視線を上げると、ローランドもこちらを見ていた。

　ローランドはかすかに微笑んだ。

「大丈夫だよ、エリオット」

　その言い方はまさに遠い昔、遊び場にはびこったありとあらゆる不公平に憤る出しゃばりなガキだったエリオットに、よく父が言ってくれたのとそっくりだった。

「そうだな。とにかく俺たちで必ず切り抜けよう、父さん」

「わかってるよ」

　エリオットは夕食を食べ、ワインを飲んでから、キャビンの西側にあるサンルームへ引き上げた。レポートの採点は週末のうちにすませればいいし、テレビを見たり南北戦争のジオラマをいじるような気分ではなかった。ジオラマは、窓がずらりと並ぶこの長い部屋を占拠していて、いつもなら昔の戦闘場面を一心に再現しているだけで何より気が安まる。

　父が寝室へ引き上げるまで待ってから、エリオットはグロックを手にして居間に腰を落ちつけ、長い夜にそなえた。

7

夜中の二時に、アライグマどもが家の裏にあるゴミバケツを襲撃した。予期せぬエリオットの出現によってほぼ失敗に終わったが。心底驚かされた仕返しにアライグマを撃ちたい衝動を、エリオットはぐっとこらえた。

その騒動も、ローランドを起こしはしなかったようだ。

一夜の出来事と言えば、それくらいのものだった。朝日が射してくると、エリオットはよろよろと二階へ上って、数時間眠った。途中でコーヒーを淹れる香りがしてきて、今日が土曜だとありがたく思い出す。ごろりと寝返りを打ち、眠りに戻った。

次に目を覚ますと、太陽はまばゆく輝き、顔を熱く照らしていた。力ない目で時計を見ると、もう十一時近い——それでぎょっと覚醒した。

シャワーを浴び、一階へ下りると、キッチンはすっかり片付いて空っぽだった。折りたたんだノートの紙が、もう冷えたコーヒーメーカーにもたせかけられていた。

開く前から、何が書いてあるかわかった。文字に目を通しながら、エリオットの心が沈む。

エリオット

昨夜お前に言ったことは真実だ。俺を狙っているのが誰か、そして何故かも、知らない。これまでの人生、俺は誇れないことや後悔していることも色々とやってきた。己の信念のために戦ったことは、そこには入らない。今も、これからも。

誰かと俺との間の戦いで、お前を流れ弾の危険にさらすわけにはいかない。

俺にはまだ人脈もあるし友人もいるから、必要な答えにたどりつけるだろう。だがこの問題は、俺一人で向き合うべきものだ。お前には関わりがない——そして、関わらせるわけにもいかない。

もしこれを成し遂げられず、何らかの理由で、俺がもうお前と会えないようなことになったなら、忘れないでくれ、俺はお前を愛しているし、それだけでなく、今のお前という男を誇りに思っている。ミーシャの言っていた通り、我々はあんなイカれた世界で子供を生むなど倫理に反すると語り合ったものだ。だがお前こそ、ひとつの迷いもなく、俺の人生に起きた最高のことだよ。

愛をこめて。

父より

エリオットはまた読み返す。紙とインク。その白と黒のごとく、すべてははっきりとしていた。

彼の父親は、ふたたび地下に潜ったのだ。

トム・ベイカーとポーリンの夫婦は、ローランドの最も古く、最も親しい友人だった。

とは言え、かつて父と同じ道を行き、同じ過激な言葉を叫び、同じく平和の名のもとに火炎瓶を投げていたトム・ベイカーは、今では四百ドルのカット代を美容師に払い、一点物のイタリア製の靴を履くお高い弁護士になっていた。まだ左翼の組織やリベラル派の事件などに多くの無料奉仕《プロボノ》活動をしているとも聞くが、今の姿を若い頃のトム自身が見れば、きっと〝心を売り渡した〟と評することだろう。

四十代のポーリンは、トムとは年の離れた二人目の若い妻だった。ポーリンを見ると、エリオットはいつも祖母の飾り棚にしまわれていた磁器の鳩を連想する。白い肌と金糸のような髪の彼女は、小さく、脆く見えた。神経質で落ちつきがないところも鳩のようで、エリオットが土曜に予告なしでベルビューの家へ現れた時も、いつも以上にうろたえていた。

「エリオット！」

さすがに、メイドが客を出迎えるほど高級な暮らしではない。ポーリンは狼狽した顔でエリオットを見つめた。土曜に招かざる客がやってきた驚きか、それとも——それ以上の何かか？エリオットにはよくつかめなかった。彼はほんの数ヵ月前、いささか呑みこみがたいことではあったが、父がこのポーリンを深く想っていることに気付かされたのだった。

ポーリン相手なら、ローランドも秘密を打ち明けるだろうか？

「どうも、ポーリン。トムはいますか？」

可哀想なポーリン。エリオットに対してトムが在宅か不在か、どう答えていいのか悩んでいるのがわかった。そしてまた、エリオットは苛立ちと、父がポーリンに抱く思いや情愛へのきまり悪さを覚えていた。ミーシャのような女なら……鋭く、切れ者で、自立した女——まあおまけに武装強盗の前科つき——ならエリオットにもまだ理解できた。だがポーリンのような女？　ないだろう。夫のトム・ベイカーが顔に泥を塗られておとなしく引き下がるような男ではない、というのを別にしても。

ポーリンは、なんとか着地点を見つけて、言った。

「エリオット、火事のことは聞いたわ。なんてひどいこと。とても想像もできない。ローランドはどうしてるの？」

「ああ、それをトムに聞きたくて」

「え？」

ポーリンはとまどいながら、及び腰だった。エリオットに言わせれば、いつもの彼女だ。

「トムと話せますか？」

重ねて要求するとポーリンが折れ、エリオットを家へ上げると、すっかり新しく飾り付けられた塵ひとつない部屋の先へ案内していく。行く手にあった〝トムの書斎〟では、家の主がレイジーボーイのリクライニングチェアにゆったりと身を預け、Ｘｂｏｘの〈レッド・デッド・リデンプション〉をプレイしていた。

ゲームのタイトルを知っているのは、タッカーが大好きなゲームだからだ。というか、タッカーは色々なＸｂｏｘのゲームが大好きだった。だがそれでもエリオットは、トム・ベイカーのような銃規制派の男が、主人公の元仲間の悪党をせっせと銃で吹きとばしている姿に少々驚かされた。

「エリオット」トムはそう言いながら、ポーリンにちらっととがめるような目を向けた。「何か、私にできることでも？」

トムは背が高く、細身で、ゴルフコースや高級レストランで日々をすごしているというのにどうしてか禁欲的な雰囲気をまとっていた。目は茶色で、まぶたが少し厚ぼったい。髪はあまりに見事な銀髪で、染めているかのようだった。実際、そうかもしれない。

去年、ローランドに頼みこまれ、エリオットはベイカー家の、実に微妙な家庭問題の解決を手伝ったのだった。あまりいい結末にはならず、理屈はともかく、トムがそのことでエリオットを一部責めているのは彼も知っていた。

客と見なされていないのはわかっているので、社交辞令で時間を無駄にするつもりはない。

「この二十四時間以内にうちの父と話しましたか？」

トムは背を起こし、コントローラーを横へ置いた。

「いいや」

「父がどこにいるか、心当たりは？」

トムは、証言台に立つ被告人のように言葉を慎重に選んだ。

「君のところにいるものだと理解しているが」

「ああ、うちにいた。だが今朝、出ていった。父がまた地下に潜ったと思うだけの根拠がある」

「地下に……潜る？」

トムがくり返す。その言葉が理解できないかのように。まるで、炭坑夫のライトつきのヘルメットで道を照らしながら地下トンネルを這い進むローランドを思い浮かべているかのように。

「そう、地下に」エリオットは言った。「まだ覚えているでしょう。日常生活を捨て、潜伏する。逮捕しにくるかもしれない誰かから逃げようと。あるいは、殺しにくる誰かから。今の父がどこに行きそうか、それを知りたいんですが？」

「どうして私がそんなことを知っているんだ？」

トムの言葉は、少なくとも本心からに聞こえた。

「姿を隠そうとしても、もう四十年前と同じにはいかないよ。ローリーがどこへ行きそうかなど、まるでわからないね。これははっきり言えるが、かつて彼が行っただろう場所は今はきっともう存在しない。潜れる地下などもうない、君が言うような意味ではな」

視界の端にポーリンが見えた。ごくりと唾を呑んでいる。不安そうに、その両手はきつく握りしめられていた。

エリオットはトムをじっくりと観察した。

「父の家を燃やした火事は、漏電やうっかりミスからではない。警察は放火として捜査をしてます。父のところには数ヵ月前、回想録の出版をやめろと脅す手紙が届いていた」

トムは表情ひとつ動かさず、つまり、すでにそのことを聞いていたか、感情を隠すのが上手かだ。弁護士だから感情を出さないのは得意技かもしれないが、エリオットの言葉を聞いたポーリンも今回は無反応だったので、すでに知っていたのではないかとエリオットは読む。

「私も前、あの本は出すなとローランドに言ったんだ」

トムがそう述べた。

「父の友人としての立場から、それとも弁護士として？」

「両方だ」

「昨日の夜、何者かがグース島まで来て、父を殺そうと狙ってきた」

ポーリンがはっと息を呑んだ。

「撃たれたの?」

トムはちらっと妻に目を向けてから、淡々と言った。

「ローランドは無事なのだろう、でなければこの会話はまるで違う言葉で始まった筈だからな。その新たな情報を聞くと、私としても、しばらく身を隠すのは利口な判断だと思うね」

「ミーシャ・ワインスタインという女性を知ってますか?」

「いいや」

トムが答える。

エリオットは笑った。

「父の最初の妻を知らないんですか?」

「ああ、あのミーシャか」トムは落ちついて認めた。「知ってるよ。どうしてだ?」

「基本を確認しておこうと思ってね。ワインスタインは、昨日の襲撃の少し前に俺のキャビンへやってきたので」

「君が、そこにもっともらしい疑惑の線を引いていないよう願うよ。それは的外れだからな。それ以外のことについては、私は君の父親の友でもあり顧問弁護士でもある。ローランドからはっきり許可を得てないどんな情報も、君と分かち合うつもりはない。明らかに、居場所を君に知られたければ、ローランド本人が教えていった筈だ。そうしなかった以上、私としても余計なことを考慮はしない。以上だ。君はもはや法の番人ではないのだ、エリオット。私にとって君は家に上がりこんできた歓迎せざる客にすぎない」

「トム！」とポーリンがとがめた。

トムは彼女を無視した。コントローラーを手に取る。

「それで？　ほかに用はあるかね？」

「いや、今のところは」

エリオットは苦い顔で答えた。今の話がどれだけ真実を含んでいるか、判断しがたい。ミーシャを知らないという一つ目の嘘は、浅はかで、トムらしくないものだった。だからといって、ほかの部分が真実でないとは言いきれない。それほど色々聞けたわけでもないが。

あからさまに、トムは背を向けてゲームに戻り、プレイボタンを押した。主人公のジョン・マーストンが銃撃を再開する――見事な正確さで。ポーリンが、殺伐と整った家の中を歩いてエリオットを送り出した。

玄関のところで、彼女はそっと囁いた。

「ミーシャはゆうべ、トムと一緒に食事したの。トムが彼女を空港まで送った。夜中の便で発っていったわ。彼女はニューヨーク住まいよ、もしまだ知らなければだけど」

ポーリンは、今回のことに――それが一体何なのかはともかく――絡んでいるには若すぎる。だが彼女とローランドのつながりには、別の側面もある。

「父の居場所を知りませんか？」

エリオットは、彼女の口調に合わせてごく静かに聞いた。

ポーリンは首を振り、長い茶の睫毛を上げて、彼女らしい不安げなまなざしをエリオットへ向けた。

「ノビーと話してみて」と、言った。


車に乗りこんだ時、携帯が鳴った。

人生で初めて、タッカーの名が表示されたのを見てがっかりしていた。

「やあ」

『ああ。今どこだ?』

タッカーがたずねた。

「ベルビューだ」

エリオットはフロントガラスを通して、高級住宅街の街並みの向こうに遠く見えるワシントン湖の青さを見つめた。極上の景色を臨む上品な住宅地で、ベルビューの商業地区からも充分な距離がある。

「そっちは、今?」

『ここだ。家だよ。グース島に戻った』

「今日は早いな」

『それでお前のほうは――どこだって？　家にお前はいない。お前の親父さんもいない。一体どうなってる』

「一言じゃ説明できないんだよ」

そう言いながらもエリオットが要点をまとめて説明すると、電話の向こうで、タッカーは息切れしているかのような声を出した。

『お前は、父親が地下に潜ったと考えていると。そこでお前は――お前は？　父親の昔の革命仲間から話を聞き回って父親を探そうっていうのか？』

「大体そんなところだ」

『まったく何を考えてるんだお前は』

「どういう意味だ、何考えてるんだって？」

タッカーはあきれたと言いたげな音を立てた。笑い、とは表現できない。ユーモアなどかけらもなかった。

『お前が誰よりわかってる筈だ、一般市民が捜査に関わってくることがいかに捜査を妨害するか――』

「俺はただの一般市民じゃない」

『いや、お前は一般市民だ。なお悪い、お前は事件に対して私情を抱く一般市民だ』

かなり苦労したが、エリオットはなんとかカッとなりそうな自分を制した。少なくとも、声の怒りを抑えた。

「じゃあどうしろって言うんだ？　親父を誰かが殺そうとしたんだぞ。俺におとなしく座ってレポートの採点をしたりジオラマのミニチュアの色塗りでもしてろと？」

『どうするべきかってな、とにかくお前は一歩引け。一歩、大きく下がれ。気に入ろうが入るまいが、お前は今、民間人なんだ。現場から退いてもう二年近くになるだろう。この件はシアトル市警にまかせろ』

「俺は捜査に関わろうとしているわけじゃない。親父がどこにいるか知りたいだけなんだ」

『そりゃ詭弁だ。親父さんは、お前に首をつっこむなと言ったんだろ。なのにお前のその、首をつっこまずにはいられない、他人との境界線を尊重できない性格をわかってたから、親父さんは出てったんだ』

あまりにも勢いよく背を起こしたので、エリオットはあやうくニッサン車の天井に頭をぶつけるところだった。

「他人との境界線を尊重できない？　一体全体、そいつは何の話だ？」

『お前の父親は立派な大人で、自分で判断する能力もしっかり持っているという話だ。彼が、お前には首をつっこんでほしくないと言った。お前は、それを尊重するべきだ』

「親父はもう七十歳近いんだぞ。誰かに狙われているんだ。家族の絆というものがお前に理解できないことがあるのはわかる、タッカー。だがそれでも、俺がただ手をこまねいて親父を探しもせずにいられるわけがないことくらい、筋としてはわかるんじゃないのか?」

今回はエリオットは怒りを隠そうとはしなかった。

タッカーは、滅多に声を荒らげない。怒ると、彼の声は深く、低くなっていく。車のシャーシが車道を擦った時、その声がうなった。

『お前はな、時々、本当に偉そうで、口のきき方を知らんな』

「お前もだろ、それは。そっちの場合は、誰かが心配なあまりって言い訳も使えないな?」

『俺はお前を心配してるだろ、この野郎。だからこれ以上深入りしてほしくない。お前の父親が、自分で決断したことだ。〝剣で生きるものは剣で死ぬ〟、そう言うだろ——』

「剣で死ぬ?」その聖書の引用に、エリオットは憤慨のあまり舌をもつれさせた。「お前、正気か?」

『文字通りの意味で言ったわけじゃない! ただ俺が言いたいのは——』

「ああ、是非聞かせてもらいたいね。だが、後でな。人に会う用がある。話はまた夜に。お前が、今夜もシアトルの部屋に泊まりたいなら別だが?」

『そんなわけあるか』タッカーが応じた。『俺はここにいる。話すと言ったな? ああ、絶対に話し合いをするからな』

二人は同時に、力をこめて通話を切った。実際、押しているのが携帯のボタンでなければ、破壊していたかもしれない。

エリオットは、呆然と携帯を見つめていた。今のは、一体何だ？　どうやって、たった数言のやりとりで二人がＡ（慎重な腹の探り合い）からＺ（妥協の余地なし）まで移行した？

だがそもそも、どうして彼らは互いの腹をうかがうように会話を始めなければならなかったのだ？　彼らの間で、何か起きているのか？　他人との境界線を尊重しないという、あの言い種は何だ？　エリオットがいつ尊重しなかったと？　そしていつから、タッカーが携帯の電源を切るようになった？　いつから、金曜の夜にシアトルの部屋に泊まってくるようになった？

8

ジョニ・ミッチェルの〈ウッドストック〉の歌詞とメロディがぐるぐると脳裏を回る中、エリオットは白と緑の家畜小屋と赤いサイロに向かって、土の道へ車を進めた。

彼が子供の頃、両親はジョニ・ミッチェルとクロスビー、スティルス、ナッシュ＆ヤングの歌をしょっちゅう聴いていた。おかげで何年もの間、エリオットは勘違いして、歌詞に出てくる〈ヤスガー農場〉はこのオスカーの牧場のことだと信じこんでいた――オスカーというのはオスカー・ノブのことで、〈ノブのオーガニック農場〉の四代目だ。

ノブの農場には、子供時代のいい思い出があった。思えば、ごく他愛もない記憶――本物のニワトリが生んだ茶色い殻の卵を集めて回ったとか、暑い七月の日にカゴにブルーベリーを摘んだとか、家の裏手にある素朴な仕上げのパーゴラの日陰で家族とピクニックをしたとか……ピクニックの終わりには大抵、父親とノビーは古い林檎の果樹園へおかしな煙草を吸いに行ってしまい、何時間も話しこんでいたものだった。

あの頃、エリオットはノビーに対して尊敬の念を抱きつつ、気後れしていたものだ。ノビーはベトナム戦争でいくつもの勲章を授与された軍人だったが、当人はそれを恥じていた。無愛想な男だったが、大体は辛抱強かった――今振り返ってみると、かなりの辛抱強さだったと思う。自分の子供を持たない、あるいは持ちたがらない男としては。

混んでいる土の駐車場に車を停め、エリオットは降りた。大きな農場で、六十エーカーの土地で野菜やベリー類、花が育てられているのは記憶通りだ。最後にエリオットがここに来たのは十七歳の時で、両親に無理につれてこられたのだった。その年頃には、ブルーベリー摘みもニワトリから卵をかすめ取っていくのも、昔の魅力を失っていた。それきり来ていなかったが、その間にかなり様変わりしていた。色褪せてボロかった建物は改築されて再塗装され、昔何もなかった土地には農作物が何列も並んで、光っていた。大きな、新しい看板が宣言している、〈１００％ワシントン州産、本物のオーガニック、サーモン・セーフ環境認証の、旬の農作物を誇りを持って提供しています〉。

忙しそうだ。エリオットの記憶よりはるかににぎわっている。CSA、いわゆる地産地消の運動に参加している様子で、多くの客がクーラーボックスなどを持参していた。

ジーンズと黄色いギンガムチェックのシャツを着た娘が、五、六人の大人たちを案内している様子だ。彼女がエリオットに教えてくれた方向には透明なビニールがかかった畑の列があり、その向こうでオーバーオールと野球帽姿の背の高い男が、淡いもやのような草の中に立っていた。

歩み寄っていくと、蜂蜜のようなシャクヤクの香りが、ほとんど眩暈を誘うほど甘ったるく香った。ノビーが、じっと見入っていた大きなピンクの花のギザギザした花弁の襞から顔を上げ、眉をひそめた。

「見学ツアーなら、あそこだ」

そう言って、ギンガムシャツの娘を指す。

エリオットは微笑した。

「覚えてないだろうね。俺は、ローリーの息子だ。エリオット」

その自己紹介を聞いても、ノビーがエリオットに思い当たるまで数秒かかったようだった。口からいきなり、きっと笑いのようなものなのだろう、吠えるような音がこぼれた。

「お前があの、背が高くて無口なガキか。牛から直にミルクを飲むのを嫌がった」

「今でも瓶入りのほうがありがたいね」

エリオットがうなずくと、ノビーはまた笑った。ざらついた笑い声で、いつもあまり笑っていないかのようだ。だが思えば、彼は昔からこんなふうに笑った。何かを愉快に感じるなんて予想外だ、というように。

ピンクやクリーム色、サンゴ色の、スープボウルのような花たちの一面の霞をかき分け、ノビーはエリオットへ歩み寄った。手に虫眼鏡を持っている。エリオットの視線に気付いて、説明した。

「灰色かび病だ。早めに見つけないと凄い勢いで菌が拡がっちまう」つけ加えた。「昔ほどよく見えなくてな」

二人は握手を交わした。

遠目で見たノビーは、昔と変わっていないように見えた。背が高く、びしっと背すじがのびている。だが近くで見た彼の顔には、日焼けと皺の線が、ひび割れた革のように無数に走っていた。瞳の緑色もくすんできている。もうあの口ひげや長い癖毛の黒髪もない。実際、どうやら野球帽の下は禿げているようだった。

「随分と久しぶりになる」エリオットは言いながら、周囲を見回した。「信じられないくらい変わったな」

正直なところを言えば、ノビーの農場がまだ潰れていないのが少々驚きだったし、しかも、こんなに繁盛しているとは。今でも農場の端でマリファナを育てているのだろうかと思い、つい浮かびそうになる笑みを押し殺した。ノビーはあの頃、野放図な男だった。だが、皆そうだったのだ、エリオットの父のお仲間たちは。

ノビーはエリオットの視線を追った。うなずく。

「そうなのさ。今じゃオーガニックは大人気だ」

エリオットへ向き直ると、彼は言った。

「あいつがどこにいるかは知らんぞ」

単刀直入な男だ、ノビーは。エリオットは今もそれを覚えていた。そして、ここに来たのが完全に的外れではないとわかっただけでも収穫だ。

エリオットはたずねた。

「しかし最近、父と話した？」

「話したよ。今週、二回話した」

「なら火事のことは知ってますね」

「知ってるよ」

「そして、あなたがミーシャ・ワインスタインに連絡をした」

「俺から彼女に連絡したのかもしれんし、彼女のほうから接触してきたのかもな」ノビーが曖昧に言った。「あの二人は昔、仲が良かった」そこでつけ加える。「お前の母さんよりも前のことだがな、勿論」

「ミーシャは、親父の一人目の妻でしょう。知ってる」

ノビーはほっとした様子だった。ひとつ、覚えておかねばならない嘘が減ったからか？

「そうだよ。あいつはいつもミーシャの言うことなら聞いた」

ギンガムシャツの娘の声が向こうから漂ってきて、ノビーは眉を寄せ、その声を聞いていた。

スーパーマーケットの果物や野菜しか食べたことがないなら、今日は本当にご馳走ですよ。うちの農作物はどれも、商品としての日もちより、味を大事にした品種です。野菜や果物本来の味わいで……。

エリオットは、ノビーの表情を注視しながらたずねた。

「今回、ミーシャから父に何の話をしてもらいたかったんです？」

「もう見当はついてんだろ」

ノビーが答えた。その視線はまっすぐで、揺るぎない。

「トムも俺も、あんな本は出すなとあいつに言ったんだ。だがお前の親父がいったんこうと決めたらもう打つ手なしさ。ミーシャの言うことなら、もしかしたら聞くかと思ってね」と首を振る。「バカな考えだったさ」

「皆がそこまで必死になるような何が、あの本にあるんです？」

「読んでないのか？」

エリオットは首を振った。

ノビーが彼をじっと眺める。思案している様子だった。やがて、口を開く。

「俺も読んでない。だが問題は、本の中に何が書かれているかじゃなくて、ああいう本が出るという、そのこと自体だ」

「よくわからないな」

「あの本は、ウィリー・マコーレーのラジオを聴いたり奴のブログを読んでるようなガチガチの右翼連中にとっちゃ、目の前に赤い布をヒラヒラされたようなもんなのさ。マコーレーは去年、お前の親父について書いてたよ」

「〈テロリストの終身教授〉？　ああ、読んだ」

「あの手の右翼馬鹿どもはお前の親父が悔いて謝罪するべきだと信じてたが、あいつはかわりにこんな本まで出して、連中相手に中指を立ててやったようなもんだ。ローリーは後悔しちゃいないし謝る気もない——そこは最高だがな。だけど俺たちにだってもう何年も脅迫は送り付けられてるんだ。『マザー・ジョーンズ』誌のインタビューで保守連中をコケにしたりあの本を書いた当人となりゃ、尚更だろうよ」

エリオットの膝に、幻の——そして共感からの？——痛みがうずいた。ほぼ二年近く前、彼はオレゴンの裁判所で過激な政治活動家に撃たれたのだ。その男を、パイオニア・コートハウス・スクエアへ追っていった末のことだった。自分を殺そうとしたあの狂信者と、子供の頃になじんだ優しい革命家たちの間に、どうしても悲しい類似を見てしまう。双方とも己の正義を信じ、双方とも目的のためには暴力の行使もやむなしと信じている。

「あなたは、何年も地下に潜伏していた。父はどこへ行ったと思います？」

ノビーはむすっとした。

「第一に、知っていてもお前には教えないぞ」と答える。「親父がお前を関わらせたくないってなら、俺もそうするだけだ。第二に、昔とは違うんだ。もうずっと見つからずに身を隠してられるような時代じゃない。ローリーにだってそのくらいの常識はある。ってことは、何日かどこかでじっとしてるだけで、多分あれこれ頭を整理しているんだろうよ。ああ、できりゃあしっかり整理し直してほしいさ」

「ミーシャの電話番号を知ってますか？」

ノビーがエリオットを凝視した。

「お前はあきらめる気はない、そうだな？」

「父の無事をたしかめないと」

「あいつは無事だよ。間違いない。ローリー以上に、自分で自分の面倒を見られる奴はいないさ」

エリオットは辛抱強く言葉を重ねた。

「それに、父が何か馬鹿なことをしないかと心配で」

ノビーの笑いは苦々しかった。
「ああ、そいつは……望み薄かな」

さらにいくらかの説得を要したが、最終的にノビーはミーシャの電話番号を教えてくれた。明らかに渋々とではあったが――そして多分、どのみちエリオットがコネを使ってすぐにでも調べ出せるのをわかっていたからだろう。

エリオットはベルビューのコーヒーハウスに足を止め、コーヒーとチキンパニーニをたのんだ。ミーシャの番号にかけてみたが、彼女は出なかった。不意打ちの優位を保っておきたかったので、伝言を残さず切った。

サンドイッチを食べながら、今後の選択肢を検討する。どう見ても、トム・ベイカーやオスカー・ノブからあまり大した協力は得られそうにない。ミーシャはもっと協力的かもしれない。女性というのは、得てして男性より現実的なものだ。

六十年代の革命活動家全般について、エリオットがよく覚えていることがある。仲間を〝チクらない〟ことが彼らの大きな誇りだったのだ。そして事実、追っていた多くの捜査組織を悩ませたことに、彼らは滅多に仲間を裏切らなかった。少なくとも最近の、密告がつきものらしい両サイドの過激派とは、まるで比べものにならない。

次は、どうする？

警察はウィル・マコーレーから話を聞いている筈で、同時に彼のウェブサイトの管理人に連絡を取り、例の〈テロリストの終身教授〉の記事にコメントした全員のＩＰアドレスを要求しているだろうが、少し時間がかかるだろう。そのリストが手に入っても、エリオットに見せてくれるわけもない。

タッカーの言うこともっともだ。民間人として、エリオットには大きな不利がある。もう手詰まりに近い。

あの忌々しい本の原稿が手元になくて読めないので、かつての古き良き日々にローランドがどのくらい敵の候補をこしらえてきたかもわからない。彼らのグループ〈集合体《コレクティブ》〉だか何だかのメンバーが、四人だけだったわけがないのだ。今の父が頼っていった可能性のある人々。もしかしたらエリオットに協力してくれるかもしれない人々。

原稿のコピーをくれると、出版社にたのんでみることはできるだろう。もっとも、向こうが承知する望みは薄い。理由がない。向こうが知る限り、エリオットは本に文句をつけようとしてくる怒れる連中の一人と変わりない。家族であろうがなかろうが。

現実には、エリオットには人から情報を無理に引き出せるどんな力もない。それどころか、新たな捜査の方向を見出すだけの情報源もない。誰かの助力が必要だし、その力を持つのは誰あろうタッカーだ。最後に言葉を交わした時、そのタッカーはあまり協力的な気分には聞こえなかった。

　エリオットはコーヒーを飲みながら、タッカーについて考えをめぐらせた。お互いきっちり話し合わねばなるまい。遅かれ早かれ。また議論したくないからといって、家に帰るのを避けているわけにはいかない。

　本音を言うと、エリオットはさっきの口論があれほどの勢いでこじれていったことに、少しばかり動揺していた。

　もしかしたら、昨夜の不在を、自覚している以上に根に持っていたのかもしれない。それにタッカーのほうも、ひどく容赦ない言葉でエリオットに切りつけてきた。だがそれでも、そんなことが、この先の人生を共にすごそうとしている相手に背を向ける理由にはならない。お互い息がある限り反論しそうな微妙な問題ひとつに、着地点が見出せないからといって。

　サンドイッチの残りをコーヒーで流しこむと、カップを捨てて、エリオットは帰路についた。

9

　タッカーのエクステラはガレージにあるので、タッカーも家にいる筈だ。エリオットは数分かかって、家の裏手で、前に自分で取り付けていたハンモックで眠るタッカーを探し出した。どうやら、昨日の犯人からの再襲撃の心配は、まったくしてないらしい。エリオットは数秒、安らかに――そしてやかましく――眠るタッカーを眺めた。

仰向けの体は、すっかりリラックスしている。大きな片手に『ネメロフ男爵の陰謀』を持っていた。タッカーは近ごろずっと、この昔のデストロイヤーシリーズを読み返していて、どうも少年時代のお気に入りだったらしい。先週末の日焼けもやっと薄れ、肌が少し赤い。いい顔だ。顔立ちも勿論だが、強さと、人柄がにじむ顔だった。赤い睫毛の先端は金色だ。口元はやわらかく、どこか深い表情を浮かべ、どうせ秘密組織ＣＵＲＥの暗殺者レモ・ウィリアムズの大胆な所業を夢見ているに違いない。

知らず、エリオットの口元に微笑が浮かんでいた。今もまだタッカーの、予想外に強硬なローランドへの態度に納得いかなかったし、昨夜のタッカーらしからぬ行動にも不安はある。だが、愛している相手にいつまでも怒りを抱えているのは難しい。そういうことだ。大体、ずっと怒っていて何の得がある？

片方の低木の枝に手をかけると、エリオットは身をのり出し、タッカーの少し開いた唇にキスをした。タッカーの目がさっと開き、その体が一気に行動に移り、ハンモックからとび上がってエリオットの喉元を引っつかんだ。ハンモックの頭側のロープが切れ、二人は手足が絡まったまま地面へ転げ落ちていた。

下は草むらで、松葉が積もっていたが、エリオットの再建手術をした膝と治り立ての腕に、容赦ない衝撃が響いた。

「痛っ、畜生！」

「くそ、エリオットか？」

タッカーの声があまりに仰天していたものだから、エリオットは憤然と言い返した。

「一体誰だと思ったんだ！」

「大丈夫か？」

タッカーは起き上がり、木綿のネットから拳を引き抜こうとしながら、本心から申し訳なさそうだった。

「なあ、怪我はないか？」

その自責の表情——そしてなかなか手が抜けない様子——にどうしてか、エリオットの腹立ちもやわらいでいく。

エリオットは手をのばし、タッカーの本を引っぱり出すと彼に投げてやった。ペーパーバックがタッカーの広い胸板にぶつかる。

「いい反射神経だな、ランス。どこかのキス魔に襲われたとでも思ったか？」

「お前だとは思わなかったんだ」とタッカーがぼそっと呟く。

「そのセリフにほっとしていいのかどうか、わからないね」

タッカーはハンモックの網から自分をほどくと、エリオットの上へ屈みこんだ。エリオットのほうは、まだ仰向けにひっくり返ったままで、タッカーの狼狽ぶりをちょっとばかりおもしろがりすぎているかもしれない。少々。

タッカーが、探るようにエリオットを見つめた。

「どうして起きない？」眉を寄せる。「どこか痛めたか？」

エリオットは、心ならずも微笑が浮かぶのを感じた。首を振る。

「その笑いは信用ならないな」とタッカー。

返事をしようとした時、不意にあくびが出て、エリオットは笑っていた。

「土に積もった松葉の寝心地がいいと思うようなら、相当疲れてるってことだな。この三日で、九時間くらいしか寝てないよ」

その愚痴を聞いて、タッカーはさらに心配したようだった。

「ゆうべ、帰ってくるべきだったたな。たしかに俺も疲れていたが、言い訳にはならない。お前が、声ほど冷静なわけはないとわかってたのに」

「俺のほうも、帰ってきてくれとお前にたのむことはできた」

「まあそうだが」タッカーの笑みは皮肉っぽい。「そうしたらお前が本人かどうか、まずＩＤをチェックしただろうな」

立ち上がったタッカーが腕をのばし、エリオットに手を貸してくれる。エリオットはその手のひらに自分の手を叩きつけ、タッカーの力を借りて立った。ジーンズとシャツに刺さった松葉をはたき落とす。

「お前との電話の後、シアトル市警に連絡した」

二人で家に向かいながら、タッカーが言った。

エリオットがはっと驚きの視線を向ける。

「本当か?」

「ああ、まあな。警察は今朝、ウィル・マコーレーを事情聴取した。あの男には、昨日は鉄壁のアリバイがある。さらに彼は、捜査への全面協力を申し出て、自分のブログに登録している全員と例の記事にコメントした全員のメールアドレスの提出にも同意した。警察の話だと、あらゆる点で協力的だそうだ。お前の父親を狙ったどちらの犯罪にも自分の支持者が関わっている筈がない、と主張している」

「あの男にはそこまで保証できないだろ」

「たしかに。だからシアトル市警も、もらったリストの名前をしらみつぶしに当たるつもりだ」

エリオットは無言で、聞かされた話を噛みしめた。何より、エリオットが捜査に関わることにあれほど反対していたタッカーが、彼のためにここまでしてくれたことが驚きだった。

「ありがとう」

そう、言った。自分で思うより、ずっと不機嫌に聞こえた。

裏口まで行くと、エリオットはタッカーのためにドアを開けて押さえ、涼しい室内へと続いた。

タッカーが肩ごしに言った。

「それとな——メッセンジャーを撃つんじゃないぞ——俺が帰ってから二件、マスコミから電話があった。向こうはローランドがここにいたとつきとめただけじゃなく、お前のパイオニア・コートハウス・スクエアの銃撃事件のことも調べ出してた」

「畜生」

「まさにな。いい面を言うなら、誰も犯人がクロスボウを使っていたことは知らないようだ」

「そりゃよかった」

「まだ地元のマスコミだけだ。だが、そのうち……」

エリオットは、今度はもう少し低い声で毒づいた。このグース島に隠れているわけではないが、あの銃撃の直後は望まぬマスコミの注目を集めたし、もう、あんなふうに脚光を浴びたくはなかった。二度と。

タッカーが冷蔵庫からヘイルのケルシュビールを取って瓶の蓋を外し、エリオットに手渡した。自分も一本手にする。長く、ごくりとあおると、ボトルをカウンターに置いた。

「なあ、俺が〝剣で死ぬ〟と言ったのは、ただの物のたとえだ。言葉の選び方が悪かったよ」

エリオットは淡々とした口調を保った。

「なら、どういう意味で言ったんだ？」

「俺が言いたかったのは、お前の親父さんの人生はこれまで積み上げてきた決断の上に築かれたもので、当人はそれを誰よりよくわかってる、ということだ。親父さんは、そこにお前を関わらせたくなかったんだ、それが何であれ、な。そして俺は、あの人が充分に現状を把握していると信じるくらいには、彼を尊敬しているんだ。あの人の判断にはそれだけの理由があった筈だとな」

エリオットは、タッカーの言葉が終わらぬうちからもう首を振っていた。

「それには同意できない」

「お互いこの点で同意できないのは、わかっている。だが説明しておきたいんだ、立ち位置に大きな違いはあるが、俺はお前の親父さんに含むところは何もない。俺は、あの人が好きだ。彼の政治的な姿勢や市民的不服従のやり方、感謝祭のベジタリアン・ディナーには賛同しかねるが、立派な人だし、お前にとっていい父親だ」

思いもよらない、タッカーからの歩みよりだった。そうではあるが、だからといってこんなふうに喉が詰まるなんてどうかしている、違うか？　エリオットは適当な相槌をうなった。ボトルを傾けて、飲む。

ビールを下ろした時、タッカーはまだ彼のことを、どこか憂鬱そうに、まっすぐに見つめていた。

「そして俺は、お前が首をつっこむのを止められないこともわかっているし――」

タッカーはそう続けた。

「それに警察というのは昔のことを根に持ちやすく、『いい警官《ブタ》は死んだ警官《ブタ》だけだ』と警察を罵ったことがある男のために本気で捜査できない警察官もいるのはわかっている。だから、俺ができる限り、お前の力になる。だがお前も約束してくれ、一人で暴走しないことと、わかったことはすべてひとつ残らず俺に知らせると」

「すべてひとつ残らずって、何についてだ？」

「ローランドの居場所や、誰に狙われているのかということだ」

その情報をタッカーから隠すような理由が、エリオットにあるとでも？

タッカーの視線は揺らぎもしない。だが、六ヵ月も一緒に暮らせば少しは相手のこともわかってくる。

嘘はついていない。だが、すべて真実というわけでもない。

エリオットは肩をすくめた。「わかった」と、彼は答えた。

ローランドがかけてくるかもしれないので、受話器を外しておくわけにはいかない。だがどうやら、記者相手の電話でタッカーがしっかりと相手の気力をくじいたようで、取材の電話に邪魔されることもなく、二人は〝話をしに〟二階へ上っていった。

話をする、というのはセックスを示すタッカーの隠語だ。「二階へ行って話でもしないか？」と彼はいとも真顔でたずねてくるのだった。

時に、エリオットは彼をからかった。

「どんな話をする気だ？」

「二階へ行ったらゆっくり教えてやる」

タッカーは喉の奥で、そう唸ったりする。もしくは、似たような響きの言葉を返す。

別にエリオットに異論があるわけでも、勿論、気がすすまないわけでもない。決まったパートナーを持つことの特権の一つと言えた――いつどこでも、望めば大抵セックスできる保証。

「何をニヤついている？」

タッカーが問いかける。エリオットは自分に苦笑した。

「何でもないよ……昼下りの情事だなって」

タッカーの顔が明るくなる。「だろ？」とエリオットを眺めるうちに、その表情がぐっと真剣な熱を帯びていった。首を傾け、唇をエリオットに押しつける。切迫したキスに、エリオットは唇を開き、やわらかな唇と熱いキスに身をゆだねて、タッカーの舌が入ってくると小さな歓迎の呻きをこぼした。深く、情熱的なキスの後でタッカーが唇を離し、濡れたキスをなめらかに、エリオットの喉、胸、腹とつたわせていく――。

　エリオットが囁く。

「もっと下……」

「だけどお前が本当にほしいのは、これじゃないだろ」

　タッカーの声に笑みが戻っていた。

　そして、その通りだ。エリオットが求めるものは唇ではない。いや、これも好きだ――嫌いな奴がいるか？　しかし彼が本当に好きなのは、本当に焦がれているものは、もっと別の行為だった。

　エリオットのかたくなな自立心、あるいは抑制された感情と裏腹に、いざセックスとなると、二人の力関係はがらりと変容する。エリオットには、ベッドの中で屈服させられたいという圧倒的なほどの欲望――飢え、と言っていいほどのものがあった。文字通り組み伏せられ、犯されたいという情動。

　若い頃にはそんな自分が受け入れがたく、抵抗もしたが、年齢と経験を積むにつれて結局は悟った。普段はすべてを主導し、とことん仕切らないと気の済まない自分が、ベッドの中ではどうしようもないほど根っからの抱かれ役《ボトム》なのだと。シーツの上では、自分より強く力のある相手に、すべての権威を剝ぎ取られたくてたまらない。そう望んでいる、焦がれるほどに。エリオットにとって、その無力さ、リアルに――一時的にだろうと――完全に支配される感覚こそが、いいセックスと最高のセックスとを分ける。

タッカーとのセックスは、いつも最高だ。今、この時も。タッカーは己の重みを利用してエリオットにのしかかり、マットレスに組みしき、エリオットの全身をたくましい筋肉で容赦なく押さえつける。エリオットは背をしならせ、喘ぎ、その体中が期待に張りつめる。顎をつかまれてタッカーの唇で唇をこじ開けられ、しまいに完全に屈服した弱々しい声をこぼすまで、キスされた。この声に、タッカーはいつもますます煽られるようだ。口腔に舌をねじこみ、長く、深く、エリオットの視野が揺らぐほどにキスを重ねてきた。

この無慈悲さが、エリオットにはたまらない。いや、無慈悲というのは適当な言葉ではないかと、少し頭を上げたタッカーからのかすれた問いかけを聞きながら、エリオットは脳内で打ち消した。

「膝は平気か?」

「大丈夫だって。もういいから、さっさとやれよ、タッカー!」

焦れた体をベッドでよじると、タッカーの大きな、雀斑《そばかす》の散る拳がエリオットの手首を握り、体の脇へ両腕を押さえつけた。エリオットは目を開く。手を上げようと、タッカーの力をためしたが、圧力は小揺るぎもしない。

「いいや、エリオット」タッカーの声はざらついていた。「いつどうするかは、俺が決める」

エリオットは呻いた。

だがタッカーは、まるで急がない。体を少し持ち上げると、膝で、あからさまにエリオットの陰嚢をさすり、その裏側、穴との間の敏感な肌に膝頭を押し当てた。エリオットに己の無防備さを、そして無力さを思い知らせるように。エリオットは膝を開き、タッカーがもっと動きやすいようにする。タッカーがさらに強く押した。また呻き、エリオットはタッカーの足に自分を擦りつける。

「感じるか？」

エリオットは必死にうなずいた。

タッカーの動きがゆっくりになり、焦らした。

「これはどうだ？」

エリオットの息が喉元にヒクッとつまる。

「言えよ」とタッカーが命じた。

エリオットは囁く。

「凄く……いい、タッカー。もう――ああ、お前とだと、本当に……凄い。誰ともこんなふうになったことなんかない、一度も。あっ――」

声を途切らせ、タッカーにまた愛撫されて、ただ喘ぐ。タッカーの毛深くたくましい大きな膝頭が、エリオットの陰嚢の後ろに、注意深い力をかけてきた。脅しや警告ではない、ただ、誰が主導権を握っているのか、それをはっきり知らしめる力。エリオットは、ただ我を失って、快楽に身をよじる。

「そうだ。お前が求めるものを、俺だけがわかっているからだ。お前が何より欲しいものを、俺なら与えてやれるからだ」

タッカーの声は温かい。笑みや、おもしろがっているような響きもあったが、それは愛情にあふれた笑いだった。これこそ、隠れた欲望と倒錯をすべて知る相手との、愛のあるセックスだけが持つ美しさだ。

「そろそろ言うか？」

目をとじて、エリオットは呟く。

「挿れてくれ、タッカー」

タッカーが残念そうな音を立てた。

「言うんだ、エリオット」

エリオットはぱちっと目を開く。

「タッカー、いいだろ、たのむから――」

「言えよ」

タッカーがやわらかく命じた。優しく、だが揺るぎなく。

それで、楽になる。ここではタッカーが支配者なのだ。その気になれば一瞬でエリオットを去勢できるほどの体勢にいるタッカーが。もう、エリオットには従うしかすべがない。

「抱いてくれ……愛してくれ、俺を。たのむ。お願いだ、タッカー」

そして今や、エリオットは懇願していた。目に涙までにじみ、今にも心臓が肋骨からはじけ出しそうで、こんなふうに、また少しずつ、タッカーにエリオットの鎧を剝ぎとられる。エリオットの自己欺瞞を砕き、すべてのゲームを壊して――本音だけがむき出しになるまで。

ついに、やっと望みを聞き入れたタッカーがエリオットをうつ伏せに返し、四つん這いにさせた。翻弄するような、だが手早い潤滑ジェルの準備が続き、そして、ついに――エリオットの焦がれる欲が満たされる。タッカーの大きく、熱い手がエリオットの尻肉を左右に開き、いきり立つペニスがゆっくりと、決然と、エリオットの体へと入ってくる。あまりにも深く、甘く、エリオットを貫いて。

エリオットはまるで心臓まで貫かれるかのような声を上げた。時々、本当にそんな気がする。エリオットの芯に、心に、魂にまでタッカーが届いてくるような。

ほんの一、二秒の呼吸を許しただけで、タッカーが突き上げはじめ、エリオットの尻に彼の腰が打ちつけられた。力強く、支配的に。

お前は、俺のものだ。今。

そしてエリオットは腰を押し返し、抗うのではなく、タッカーのリズムを見つけて従おうとする。

そう……俺は、お前のものだ……。

腰の動きが長く、深いものに変わり、エリオットのリズムが崩れる。不満の声を立てそうになるのを呑みこみ、従順にタッカーの新たなリズムを追った。

そのリズムに落ちつくのを見すまして、タッカーはいきなりまたリズムを激しく変え、エリオットの体の奥の性感を突き上げてきた。

鮮やかな快感が体にはじけ、エリオットは激しい声を立てる。

タッカーの屹立がまたそこをえぐる。エリオットは叫び、熱い奔流を放って達していた。

カバノキとベイマツの間を抜けた気怠い午後の陽が、緑と金の光で室内をまだらに染めている。

「俺は、お前を物凄く愛してるんだな」

タッカーが呟いた。愛を誓っているのではない。その事実に考えをめぐらせて、とまどっているようですらあった。

二人は、湿ったマットレスの上に身を寄せて横たわっていた。エリオットの背後にいるタッカーの、半勃《はんだ》ちのペニスはまだしっかりエリオットの体の中におさまっている。タッカーの片手がエリオットの腰にのり、エリオットの手がその上にのって、二人をつないでいる。この時間は、セックスの後で抱き合うのが好きなタッカーのための、エリオットの譲歩だ。そして、正直な本音を言えば、エリオットももうこの行為がさほど苦手ではない。

エリオットは眠たげに言った。

「俺も、愛してるよ」

「それを聞くにはお前から絞り出さなきゃならないけどな」

タッカーの声にはまた笑みが戻っていた。

エリオットは、驚いて目を開けた。首を回してタッカーの顔を見る。

「絞り出す必要なんてない。お前を愛してるよ。わかってるだろ？」

タッカーがうなずいた。あまりに優しい微笑みに、エリオットの胸が苦しくなる。

「わかってるよ」

「たしかに俺は、言葉にするのは上手じゃないけど。でもお前と同じ気持ちだ」

「上手じゃないどころか、ひどいもんだ」タッカーが訂正した。「それでも、ああ、伝わってるよ」

それから、少し考えこむようなふりをした。

「ただ、ここはもっとよく証明してもらいたいかもな……」

タッカーに腰を揺らされて、エリオットはつらいほどの快感に呻いた。

10

「忘れるところだった」

日曜の朝にタッカーはベッドへ戻ってきて、そう言った。

目をとじたまま、エリオットは問い返すような音を立てた。

何か軽いものが裸の胸にのせられて、目を開ける。書類フォルダを取り上げた。

「花束を手に告白する男もいるだろうが」タッカーが告げた。「俺の贈り物は、火災調査報告書だ」

エリオットは注意力散漫に微笑み、報告書に目を走らせた。

炭化状況、液体の痕跡、延焼経緯、さらには〝自然発火の可能性〟の分析の結果、火の発生源は放火であり、おそらくは昔ながらの目覚まし時計に手作りの導火線、低威力の火薬——塩素酸カリウムと木炭と硫黄の混合物あたり——を用いた発火装置によるもので、その装置がガレージにペンキ薄め液数缶と隣り合わせで置かれていたのだろうと火災調査官は結論づけていた。

まさに、ベトナム戦争の時代に『アナーキストクックブック』の中に書かれていた方法。それも初版の。

「これで答えが出たな。あの火事は、仕組まれたものだった」

「違う可能性を疑ってたのか？」

「そういうわけじゃない。金曜の襲撃の後では、特に」

エリオットはゆっくり続けた。

「この手の発火装置を作れそうな人間を知ってるよ。オスカー・ノブ。古き良き時代の、親父の仲間だった。ベトナム戦争の輝かしき英雄だったが、その後、戦争への抗議として勲章を突き返した」

「その男、飛行機の操縦はできるのか？　空軍？」

「いや。陸軍だ」

「お前にひとつ耳寄りな話をしてやるが」

横向きに寝そべって頬杖をついているタッカーが、人さし指でエリオットのみぞおちを撫で、腹の中央を走る黒い毛の流れをたどった。親指の爪の端で乳首をはじかれて、エリオットははっと息を呑む。

「親父さんのパーティ仲間なら誰でも、その手の雑な爆弾を作れるぞ。それどころかきっと、字が読める奴なら全員」

パーティ仲間、という言葉をエリオットは鼻で笑ったが、その時、ミーシャが武装強盗未遂で有罪になっているのを思い出した。

「たしかに、そうかもな」

あの頃の父とその仲間たちは、どれほど暴力という手段に訴えていたのだろう、とエリオットは考える。それも、どういう種類の暴力に。そして、タッカーがローランドの〝パーティ仲間〟について妙に詳しい感じの口調なのはどうしてだろう、とも考えた。それとも、ただの基礎知識を元にした勘か。

タッカーの腹が大きく鳴った。

「今の俺か、お前か？」とエリオットにたずねる。

エリオットはタッカーを眺めた。タッカーの目は大きく、真面目で、ピュージェット湾より青い。

「お前だよ。それと、ああ、俺が朝飯を作ってやる。何が食いたい？」

起き上がったエリオットは放火調査の書類をベッドスタンドへ置いた。

「パンケーキとか？」

タッカーが、期待をこめて言った。

週末、いつも二人はだらだらと寝過ごした――少なくとも、ベッドでくつろいだ。そして大抵、結局エリオットが朝食を作ることになって、エッグベネディクトやブルーベリーパンケーキのような特別メニューをこしらえるのだった。時々はタッカーが、本人いわく〝世界レベル〟のフレンチトーストを、とんでもない量のシナモンとジンジャー、本物のメープルシロップを使って作った。

そして一日のどこかで、タッカーは長いランニングに出かける。時にエリオットも加わったが、大抵は一人で。エリオットは元々走るのが好きだったが、再建手術した膝にジョギングはもっとも非推奨のスポーツだ。それを知るタッカーは、当然エリオットのためにペースをゆるめて短い時間で切り上げようとする——たとえそれが、何よりエリオットの癇に障っても。

二人のどちらにとっても、タッカーが一人でランニングに行くほうが楽だった。エリオットはよくウォーキングをしたし、時に、まだできると自分に証明するためだけに、一人で走った。

大体それが、二人の週末だ。それ以外に何をするかは、気分次第。元々エリオットは週末は一人で南北戦争のジオラマに取り組んですごしていたので、タッカーと気の向くままにすごす週末というのは今でも贅沢すぎるように感じる。だが少しずつ慣れてきて、今では二人の週末を楽しみにしていた。

そして、ローランドについての心配が消えていないとは言え、いい週末だった。タッカーが言ったように、この状況では〝便りがないのがいい便り〟なのだ。

二人でのんびりした朝食をとると、エリオットはそれから数時間、タッカーがスポーツ番組をあちこち切り替えている間、ネットサーフィンをしてすごした。

たどりついたウィル・マコーレーのサイトで〈テロリストの終身教授〉の記事を読み直す。

誤解しないでほしい。現在、私立校は誰だろうと自由に雇える——そして自由にクビにできる。それは大変よろしいことだ。私が吐き気をもよおすのは、そこに透ける薄っぺらい欺瞞だ。想像できるだろうか、リベラルアーツの大学がアメリカ・ナチ党の元党員や独裁者フランシスコ・フランコの支持者を教員として雇うところなど？　堂々と正面きった撃ち合いでＦＢＩ捜査官に重傷を負わせた極右の銃撃犯が、ピュージェットサウンド大学《PSU》に教職を得られる可能性はあるか？　ましてやコロンビア大学やニューヨーク大学に？　苦々しい真実だが、象牙の塔にこもった教職者連中は、暴力的な過去を持つ人間が、ある種の過激思想にかぶれている場合にのみ、赤絨毯をいそいそと広げて招き入れるのだ——その人間の歪んだ暴力的思想が、左に偏っている場合のみ。

その〝堂々と正面きった撃ち合いでＦＢＩ捜査官に重傷を負わせた極右の銃撃犯〟という文章を読み返しながら、エリオットの頭皮がざわついた。初めて読んだ時、堂々と正面きった、という言い回しにこめられた主張に気付かなかったわけではないが、その時はただ、過激な言説で読者やリスナーを煽る常套手段で、攻撃的で不愉快な言葉で反応を稼ぐ目立ちたがりの男としてしか見ていなかった。だが近ごろの出来事の後で読むと、そう無害には思えない。

嫌悪感に、エリオットはクリックで画面を閉じた。

ローランドが『マザー・ジョーンズ』誌に語ったインタビュー記事はかなり簡単に見つかって、そこからエリオットは父の書いた『ある闘士の回想』の出版社を特定できた。本のタイトルは変更されたらしく、今は『パワー・トゥ・ザ・ピープル～ある闘士の回想～』と題されていた。ローランドの回想録は、オハイオにある小さな大学出版社から出ることになっていた。

そのミッドウェスタン財団出版は、まともな出版社のようだった。エリオットに出版の知識があるわけではないが、彼の聞いたことのない作家の名前がずらりと並んでいるし、もう少し短いリストには執筆助成金からジェンダー・グローバリゼーションについての本まで、多様な学術的テーマのタイトルがつらなっている。

一体、ジェンダー・グローバリゼーションとは何だ？

発売予定の本のページに『パワー・トゥ・ザ・ピープル』の表紙があり、エリオットは、父の古い写真を見てたじろいだ。今のエリオットよりも若い父が、負けず劣らず頭に血がのぼった様子の警官と額をつき合わせてわめき立てている。たしかに……象徴的な写真だ。

父の、歪んだ表情を眺めるうちに、ふとエリオットは、原稿を手に入れる方法があるかもしれないと思いついた。出版には詳しくないものの学術論文をいくつか出したことはあるので、出版社との間でゲラが頻繁に往復することや、今では校正がほとんどメールでやりとりされることを知っていた。

ローランドの出版社もそうなら、少なくともどこかの時点での原稿データがローランドにメールで送られた可能性は高い。しかもローランドはウェブメールを使っているので、父のパソコンがなくともメールアドレスとパスワードさえあればエリオットにもアクセスできる。

メールアドレスは知っている。つまり、あとはパスワードがあればいい。そうは言っても知らないが。だがローランドがとびぬけて高いセキュリティ意識の持ち主というわけでもなし、多くの人間はパスワードにそう工夫を凝らしたりはしないものだ。伴侶や子供、ペットの名前、誕生日、記念日——そのあたりが一般的だろう。世にはびこる〈１２３４５６７〉や〈ａｂｃｄｅｆ〉は別として。エリオットとしても、父のセキュリティ意識がそこまで低いとは、思いたくない。

ウェブメールのサイトへ行くと、ローランドのメールアドレスを打ちこみ、パスワードの入力欄を眺めた。六文字以上の文字か数字。文字と数字の混在は必須ではない——大文字と小文字の混在すら必要ない。

それほど大変じゃないだろう？

Ｊｅｓｓｅ《ジェシー》では短すぎる。母の正式な名前はジェスリンだ。エリオットは〈Ｊｅｓｓｌｙｎ〉と打ちこんだ。

〈ユーザー名かパスワードが違います！〉と赤文字の警告がパッと表示される。

エリオットは顔をしかめた。

ＣａｐｓＬｏｃｋがオンになってませんか、と画面にヒントが出る。

次に〈Ｅｌｌｉｏｔ〉と打ちこんだ。

〈ユーザー名かパスワードが違います！〉

「やかましい」とエリオットは呟いた。

ローランドの誕生日を打ちこむ。

〈ユーザー名かパスワードが違います！〉

「またか！」

「どうかしたか？」とタッカーが、試合からちらりと目を離した。

「いいや。バッチリだ」

「さっきから随分と悪態が聞こえてくるようだが」

「さっきから随分と聞き耳立ててるようだな？」

タッカーが笑った。

エリオットは自分の誕生日を打ちこんだ。

〈リクエストを実行できません。８００‐４４４‐８８８８まで、セキュリティキーをご用意の上でお電話下さい〉

「ふざけるな」

エリオットは吐き捨てた。どうやら彼には、犯罪者の才能がないらしい。才能のある人間を探すしかない。幸い、彼の職場は犯罪者予備軍の孵化器のようなものだ。明日にでも大学で、初めての連邦法違反を手伝ってくれそうな相手を探すとしよう。

自嘲気味に首を振って、エリオットはパソコンの電源を落とした。

午後遅く、主任特別捜査官のモンゴメリーから電話があった。昔のエリオットの上司でもある人だ。彼女はエリオットと短い世間話をして、親身な態度を見せ、それからタッカーとかわってくれと言った。エリオットは受話器をタッカーに渡すと、別の部屋に行ったタッカーの電話の声を耳からしめ出そうとした。

随分と長い電話で、自然と好奇心がつのった頃になって、タッカーはサンルームに戻ってきたが、何も説明しようとしなかった。

エリオットはこらえきれず、たずねていた。

「〈彫刻家《スカルプター》〉の件はどうなってる？」

タッカーは肩をすくめ、視線をテレビ画面に据えたままだった。

「どんなもんかお前もよく知ってるだろ。この段階では、俺たちはすべての殺しの証拠を整理して、検察の裁判準備を手伝ってるだけだ」

「わかってる。ただ、あまり話してくれないだろ」

タッカーが視線をエリオットへ向け、ちらっと微笑んだ。

「話すほどのことがないんだ」

もっと何か聞き出そうと、エリオットは口を開きかかる。何といっても、あの事件の突破口を作ったのは彼なのだ。進行具合を知りたいと思うのも当然だろう。だがその時、他人との境界線を尊重しない、とタッカーに言われたことを思い出していた。あの言葉がまだ心に刺さっている。充分に他人との距離を尊重していると、そういう自負もある——なにしろエリオット自身、人に踏みこまれることには敏感だ。

それともタッカーが話そうとしないのは、今の電話がローランドに関係しているからか？

まるでその考えが伝わったかのように、タッカーが言った。

「それに、今のは〈彫刻家《スカルプター》〉に関する電話じゃない。俺が担当の、殺し屋を雇おうとした事件のことだ」

「あれは片付いたんじゃないのか？」

シアトル市議会議長ジョージ・クリフトン・ブルーの、じき〝元妻〟に格下げになる妻が、夫を殺してくれる相手をインターネット上で雇おうとして捕まったのだった。複雑な事件ではない。少なくとも、そう見えた。単純明快と言えるくらいだ。

「夫のブルーが、裁判沙汰にしたくないんだと」とタッカーが答えた。

「つまり、妻に司法取引に同意してもらいたがってるってことか？」

「違う。少なくとも、そういう感じではない。印象から言うと、ブルーはこの事件を、丸ごとなかったことにしたいようだ」

「なかったことに？」エリオットはタッカーを凝視した。「それって、まだ妻を愛してるからか？」

タッカーは短い、温度のない笑いをこぼした。

「そういうわけじゃなさそうだ。モンゴメリーの考えじゃ、裁判沙汰になれば、世間が妻の企みに賛成するんじゃないかと心配してるんだろうと」

「はっ。まるでコメディだな。今どきの夫婦か」

エリオットは呟く。タッカーが答えた。

「今どきの政治だ。ブルーは野心家なのさ」


夕食はホットサンドと、冷たいビール。二人はドキュメンタリー番組の『60ミニッツ』を見ながら番組中ほとんど仲良く議論し、それから一緒に見る映画をタッカーが選んでいる間に、エリオットはまたミーシャ・ワインスタインにかけてみた。

今回は、留守電に切り替わる前に彼女が出た。

『エリオット？　これはびっくり！』

ミーシャは愛想よく、だが注意深い口調だった。

「家でくつろいでいるところを邪魔してすみませんが」エリオットは切り出した。「そちらに帰ってから、トムかノビーと話しましたか?」

『何も聞いてないけど。何故?』ミーシャの不安が何マイルも先から伝わってくる。『何かあった? ローランドは元気?』

「それがわからないんです。金曜の夕方、誰かが父を殺そうとして」

わざと直接的な言葉をぶつけて、ミーシャの反応をうかがう。

ミーシャの『ええっ?』という声は、本心から仰天しているように聞こえた。

「父は土曜の朝には元気でしたが、その後誰にも——俺の知る限り——行き先も言わずに、姿を消したんです」

電話の向こうから、まったくの沈黙が応えた。

「ミーシャ?」

『その——何と言っていいか……何か、書き置きのようなものすらなかったってこと?』

表情が見られたなら、とエリオットは願う。声というのは誤魔化しやすいものだし、その上、あまり通信状態も良くない。ローランドがどのように殺されかかったのか、ミーシャが質問してこないことには気付いていた。

エリオットは言った。

「誰に狙われているのか心当たりがあるから、先手を打って見つけようと思う、という書き置きがありました」

エリオットの思い過ごしかもしれないが、今回のミーシャの沈黙は、愕然としているかのようだった。

「俺が聞きたいのは――」

『知らない』さっと返ってきた。『彼がどこにいるかまったくわからない。あなたに言わなかったのなら、私に言うわけもないじゃない』

「あなたは、どうしてシアトルに来たんです？　飛行機でわざわざ父に会いに来るほど差し迫ったことだったんですか？」

打ち消しの音をこぼしてから、ミーシャが言った。

『違うって！　そうじゃない。お父さんにも言おうと思ったんだけど、私はもう、そっちにいたの。女性会議があって、シアトルにね。そこでノビーから火事のことを聞いて、ローリーに会いに行くのは当たり前だった。だって、あの状況じゃ』

ミーシャはあまり、上手な嘘つきではない――だがエリオットには、今のぎこちない説明のどの部分が嘘なのかよくわからなかった。残念ながら、もうバッジを持たない身分では、話を無理強いもできない。その上、本音を引きずり出すなど、とても。

エリオットは言った。

「昨日ノビーから聞いたんですが、彼は、父を説得して回想録の出版をやめさせるようあなたにたのんだと」

『ノビーが、そう言ってたわけ？』

「ええ。言ってました。今のところ、父を狙ったのはどこかの過激な保守活動家だというのが有力な仮説ですが、俺としてはどうしても気になるんです。あなたがたは、あの回想録の何を、そこまで恐れているんです？」

ミーシャは舌先でチチッと腹立ちの音を鳴らしてから、やっと吐き捨てた。

『そんなにあなたに協力的なんだったら、それもノビーに聞いてみれば？』

11

「誰か、ハッカーの知り合いはいないか？」

月曜日、エリオットはカイルにたずねた。最後の〈映画と歴史〉の授業が終わって学生がぞろぞろ出ていった後で、サンダルのペタペタという音と携帯の鳴る音が廊下の向うへ消えていく。

カイルは、耳を疑うようにエリオットを見つめた。

「それってつまり……いわゆる――コンピューターのハッカー、ということですか?」

やがて、やっと、まるで耳にしたこともない言葉のように聞いてくる。

「そうだよ」

「ミルズ教授……だって、ほら、FBIだったんですよね? なのに一人もハッカーの知り合いがいないんですか?」

「これはFBIの仕事じゃない。警察とは関係がない話だ」

「ああ……」

カイルは上の空の仕種で唇のリングピアスの一つを引っぱり、じっとエリオットを眺めていた。

「金は出す」エリオットはパチンとブリーフケースを閉めた。「だが信用できる人間が必要だ。口の堅い相手が」

カイルはまだ、しみじみと考えこむようにこちらを見ていて、エリオットは読み誤っただろうかと迷う。現場の勘を、自分がもうすっかり失ってしまっていたかと。

「……心当たりが、あるかも」カイルは決断した様子だった。「まずは――そっちに、聞いてみないと」

「わかった。少し急ぎの用なので、できれば早いほうが助かる」

カイルが重々しくうなずいた。

自分の小ぶりなオフィスに戻ると、エリオットは夏休みの間に必要になりそうな本やあれこれをまとめていく。新聞からの取材の電話を――大学新聞のトレース紙も含めて――かわし、学長のシャーロッテ・オッペンハイマーに対しては、ローランドの家が火事で焼失したのを直に報告しなかったことを詫びた。

シャーロッテは、ローランドのために大学として補助金なり募金活動なり行うべきだという意見で、エリオットはローランドに伝えておくと約束した。

実際、伝えるつもりだ――またあの父親が姿を見せれば。

そのすぐ後、パイン刑事から電話があり、ローランドの居場所を知らないかと聞かれた。あらゆる意味で、気詰まりな会話になった。

パインとの電話が終わると――ローランドとエリオットへの最悪の印象をまた上塗りした末――途端に学部の庶務係のドナから内線がかかってきて、珍しいほど慌てた声で言った。

『ミルズ教授？　ウィル・マコーレーがあなたと話したいと、電話が。あれは――あれは本当に、彼本人だと思うわ。彼の声だったもの』

「ありがとう。つないで下さい」

どちらが驚きか、判断が難しい。ウィル・マコーレーが連絡してきたことか、人当たりよくごくまともなドナがマコーレーのラジオ番組のリスナーらしいということか？

数秒後、オフィスの電話が鳴り、エリオットは受話器を取った。

「ミルズだ」

『ミルズ教授、私はウィル・マコーレーだ』

その声は深くて温かみがあり、たしかに耳に心地よかった。人を信じさせる声だ。マコーレーの姿を知らないが、たちまちエリオットの脳裏に堂々とした、王のような威厳の男の姿が浮かんだ。雄々しく、命令的で、だが賢く心配りもできるような。勿論マコーレーは、相手に話す隙さえやらなければどんな嘘を並べ立ててもかまわないと思い上がった、ただのずんぐり太った白人の中年男というところだろうが。現実などそんなものだ。

エリオットは答えた。

「何か私でお役に立てることが、ミスター・マコーレー？」

『こちらが君の役に立てるかもしれない、ミルズ教授。シアトル市警が私のところへ来たのはすでにご存知と思う。私もうちのスタッフも、この危機的状況のもと、あらゆる捜査機関に全面協力するつもりだと、君にも確約しておきたい』

物事がたしかに危機的状況まで来ている以上、マコーレーにそう言われたからといって、エリオットがムッとするのは筋違いというものだった。

「それはどうも」

『さらに、誓おう、私は君の父上の命を脅かすような企みや行為に、いかなる形でも関わっていない。私は、君の父上は正道を逸れた狂信者だったと、今もそうであると信じているが、それでも我々が住むのは自由の国、世界でもっとも偉大な国家だ。神に感謝あれ。そして老ミルズ教授がそのたわ言をわめき立てる権利をも、私は全力で守るよ。私の支持者たちを守るのに劣らぬ力でね』

「それを聞けてうれしいね」とエリオットは無感情に流した。

『そう願う。実のところ、君をうちの番組に招いて、インタビューさせてもらいたいのだが』

「俺を？　何故？」

驚きを隠せなかった。

『本当のところをかい？　君の父上を招こうにも見つからないし、君ならいい身代わりだ』

マコーレーが笑った。温かく、親愛のこもった響きだった。

『ジョークだよ。君なら、興味深い視点を持っているだろうと思ってね。元ＦＢＩ捜査官、そして過激派による暴力の犠牲者、その上、左翼の無法な活動家の息子。この私としても、どうやって君がそのバランスを取っているのか、大変に気になるね』

「申し出には感謝するが、断らせてもらう」

『断る理由が、何か？』

「いくつかある。最大の理由は、そちらの本当の目的が俺ではないからだ」

マコーレーがまた笑った。

『これはこれは。君は、ラジオに出てちょっとした質問に答えるのが怖いとは言うまい？　いじめやしないと約束するよ』

「ああ、怖くはない」エリオットは冷ややかに言った。「それにガキの喧嘩や図々しい挑発に乗せられる気もない」

『いかにもタフガイに聞こえるセリフだね』

マコーレーは愉快そうに言った。

エリオットは溜息をつく。とは言え、この余裕を怒るわけにはいかない。

『何か、君の気を変えられることはないかな？　君は、父上の問題に耳目《じもく》を集める好機を逃しているよ』

「そう願う」と返すのを止められなかった。

『この申し出は、ずっと有効だ。これが私への直通の番号だ、いつか君が気を変えてくれたなら』

エリオットはマコーレーに礼を言い、さらに少し――ほんの少し――言葉を交わして、お互い礼儀正しく電話を切った。

投げやりな目で、〝ローランド・ミルズ〟の四万九千件の検索結果を眺める。これまで一度も父の名をグーグル検索する勇気が出なかったのだが、その理由がまさにこれだ。その時、誰かがオフィスのドアの枠を叩いた。

エリオットは顔を上げる。入り口に立っているタッカーの姿を見て、最初にこみ上げてきたのは嬉しさ——そして、感嘆。タッカーほどスーツが似合う男はいない。サングラスから、体に合わせて仕立てたジャケットまで、まさにＦＢＩ捜査官はかくあるべしという理想の姿だ。

タッカーの表情は暗かった。

「話さないとならないことがある」

そう言って、彼はオフィスのドアを閉める。

エリオットの心臓が凍りついた。立ち上がる。なんとか、それほど揺れない声を絞り出した。

「親父に何か？」

タッカーの表情が変わった。

「違う。しまった、そうじゃないんだ、すまない」

エリオットのデスクへ歩みより、彼の肩をぐっとつかむ。

「お前の親父さんとはまるで関係のない話だ」

前のめりになったエリオットは、デスクマットに拳をきつく押し当てた。安堵で体から力が抜け、同時に恐怖を隠しきれなかった自分が気まずかった。

「そうか。……ああ。今日はもう、俺はカフェインは飲まないほうがよさそうだな」

だが、何かがおかしかった。自責の念をちらりと見せてエリオットを離したタッカーが、デスクの前の椅子に腰を下ろして、頭を垂れ、両手に額をのせた。

その、あまりにもタッカーらしくない仕種とらしくない姿に、エリオットは自分の恐怖を忘れた。

「一体どうした？」

タッカーは、銅色のなめらかな髪の上に手を走らせてから、顔を上げた。その表情は後ろめたそうで、憂鬱だった。

「お前に言わないとならないことがある。何とも……言いにくいことだ」

エリオットは、デスクをはさんで座り直した。

「実は結婚している？」

タッカーは怒ったような顔をした。何か言おうとする。

「実は病気だ？」

エリオットはさらに当て推量を重ねた。だが、違う。ありえない。タッカーときたら馬なみに健康なのだ。

タッカーが唸った。

「本気か、ミルズ？　俺が病気に見えるか？」

「俺たちの老後資金をギャンブルですった？」

お笑いだ。タッカーは、エリオットの知る誰より金の運用が巧みだ。エリオットの引退資金の積み立ても、タッカーがほかへ投資しろと言い張り、そして今や元金の倍近くまで増えているのだ。

「何だと？　違う！」

　エリオットは段々腹が立ってきた。

「なら一体何の話なんだ？　そうか」深々と息を吸う。「もう、これ以上一緒に暮らしたくないとか？」

「ふざけるな」タッカーがにらんだ。「俺からそう簡単に逃げられると思うな。違う、俺たちについての話じゃない」

　そこで表情が歪み、彼はまた、後ろめたそうな顔をした。

「ただ、俺たちに関わることではあるが」

「タッカー、こっちもそろそろ限界だ。いいから、ずばりと言ってくれないか」

　タッカーがうなずく。ごくりと唾を呑んだ。

「タッカー！　いい加減にしろって！　何か言え――」

「母を見つけたんだ」

　エリオットの唇が開いたが、今回、言葉を失ったのは彼のほうだった。

「実際には、向こうが俺を見つけたんだが」

「それは、いい話なのか？」エリオットは用心深く聞いた。「お前にとって、うれしい話か？」

　タッカーは真剣な面持ちで彼をじっと見つめた。

「わからん」

「わからない？　そりゃ……いい話じゃない理由があるか？　向こうはお前に会いたいって？」

「もう会ってきた」タッカーが答えた。「金曜の夜、彼女とディナーに行った」

「行ったって――どうして言ってくれなかったんだ？」

この知らせに受けたショックを、隠しようもなかった。傷ついてもいた。こんなことを、秘密にされてて？　何時間かの話ではない。タッカーは何日も黙っていたのだ。その間も、二人で一緒にすごしていたのに。

ほんの数言のうちに、タッカーが他人になってしまったかのようだった。

だがエリオットは、すぐその考えと自分の反応を切り捨てた。タッカーのせいではない。これは、エリオットの話ではないのだ。彼ら二人についてでもない。タッカーのための話だ。またタッカーに意識を向け、話の内容に集中した。タッカーが話していること、そして話していないことに。

タッカーは、まるで尖った岩を裸足で歩くような慎重さで、言葉を選んでいた。

「状況を把握できるまで、お前を引きずりこみたくなかったんだ。お前はもう、父親の件で充分な問題を抱えていたしな。彼女が本当に母親なのかどうかも確信がなかった」

「今は確信してるのか？」

「そりゃな」タッカーはあっさりと言った。「彼女は俺の母親だ。問題は……」

そのまま先を言おうとしない彼のかわりに、エリオットはゆっくりと、考えをまとめながら言った。

「だから、お前は携帯の電源を切ったんだな。だから、金曜の夜に家に帰りたくなかった？」

まだタッカーから隠し事をされていたことに——いや、今まで打ち明けてくれなかったことに——エリオットは当惑していた。

「どう説明していいのかわからないが、まだ話すだけの心の準備ができてなかった。色々、考える必要があった」

「俺に話せる気がしなかった？」

タッカーは長い息を吐き出した。

「いや。話せば、お前が聞いてくれるのはわかっていた。だがお前を引きずりこむわけには——」

「それを言うのは二度目だな。どう受けとっていいのかよくわからないよ」

「先がどうなるか、見えなかったんだ。なにしろ相手は、自分の責任に背を向け、赤ん坊を捨てて、ドラッグとセックス三昧《ざんまい》の生活のために去っていった女だ」

「自分の母親から、俺を守らなければと思ったってことか？」

「かもな。お前を、血縁絡みのゴタゴタに巻きこみたくなかった。俺自身、巻きこまれたいかどうか悩むくらいだ。金曜の後でも、まだ」

「それはわからないでもない。まあ何となく」

少なくとも、誰かの意見や反応に影響されない場所で、タッカーは一人で心の整理をしたかったのだろう、というところまでは理解した。いい気分はしないが、理解はできた。

「トーヴァは——俺の母は、過去の行状を精算した。今は結婚して、悔い改めた敬虔なキリスト教徒だ」

「へえ」

ということは、彼女の信仰についての部分が、タッカーとエリオットに関係してくるというわけか。

「堕落した暮らしから立ち直ったことは大したものだと思う」

タッカーはそう言いながら、眉を寄せ、エリオットが本や書類を詰めていた箱を、見るともなく見つめている。

「よかったな」とエリオットは励ました。

「ああ、本当に。だが今のところ、彼女との間に何の共通点も見出せない。彼女のことが好きかどうかさえ、正直、まだわからん」

「それは……」

「だがそうは言っても——」

「血のつながった母親だよな」

「彼らは、明日シアトルを発つ。今夜、食事を一緒にしたいと誘われた。彼女と、その夫と。お前も来てほしいんだ。お前がいてくれたら、俺にはとてもありがたい」

「わかった」

「だが俺たちの関係について、彼女に、まだすべては話していない」

「じゃあどういう関係ってことにする？」エリオットは皮肉っぽく返した。「血で誓った義兄弟？」

タッカーのまなざしは暗く、真剣だった。

「彼らとのディナーにお前が同席したくないなら、それでいい。俺自身、この先また彼女に会うことがあるのかどうか、わからないくらいだ。会いたいかどうかも。だからもしお前の気がすすまないなら、それでかまわない」

再度、エリオットは、ここではタッカーが何を求めているかが何より大事な点なのだと、自分に言い聞かせた。いつもタッカーが、エリオットを最大限支えてくれていたように。

エリオットは答えた。

「お前が俺に来てほしいのなら、勿論行くよ」

「お前に来てほしいんだ」とタッカーが答える。

「時間と場所は？」

そう言って、エリオットは微笑んだ。

間を置いて、タッカーも微笑んだ。安堵で、ほとんど顔が輝いていた。

その一瞬で、いつもの自信たっぷりのタッカーが戻ってくる。立ち上がり、彼はゆったりとエリオットにキスをして、待ち合わせの時間と場所を告げ、エリオットがそれを携帯に入力し終えるまで見守ってから、去っていった。

エリオットはその後ろ姿を見送り、廊下を遠ざかっていく革靴の足音を聞いていた。

卓上の電話が鳴り出す。上の空で、エリオットはそれを取った。

『エリオット?』

まぎれもない、ローランドの声が彼を呼んだ。

12

「父さん?」

『ああ、俺だ』

その声からして、ローランドはいつも以上に気が立っているようだった。

『一体お前は、あちこち電話してあれやこれや聞き回った上、俺が地下に潜ったとか言って、何をしてるんだ？』

エリオットは紙とペンに手をのばした。

「今どこにいる？」

『もうそんなことはやめろ、エリオット。現在、俺の身は安全だ。今は国内にもいないしな。だからいい加減にしろ。わかったか？』

「この電話が盗聴されてる心配か？　どこにいるのか、はっきり言えばいいだろう」

『お前は、俺の話をちゃんと聞いているのか』ローランドの忍耐は明らかに切れつつあった。『俺がどこにいるかなどどうでもいい。俺は無事だ、何の問題もない。聞こえたのか？　だから、俺を探すのをやめろ』

「なら、どこにいるか教えてくれ」

『どこか言う気はない、無関係なお前に首をつっこまれたくないからな』

「あの矢が狙っていたのは俺のほうだと、そう言ったのは父さんだろ」

『もう誰もお前を狙ったりしない』ローランドの声が鋭くなった。『それとも何か起きたのか？』

「いいや。でも話がさっぱりわからない。どうしてもう――」

『充分わかりやすいだろう！　だからもう、放っておけ。それと何よりな、この件にＦＢＩのお友達連中なんか引っぱりこむんじゃないぞ』

「どうして俺があちこち聞き回っているのを知ってる？　誰と連絡を取った？　ポーリン、ノビー？」

『エリオット……』

「父さん、二つの事件が捜査中なのに、ただ姿をくらまして、なかったことにはできないんだ。シアトル市警は、父さんが何か隠してると考えはじめてるよ」

『どうすりゃお前に俺の話が通じる？』ローランドが口調を荒らげた。『今回のことは、お前が考えてるようなことじゃないんだ』

「それはどういう意味だよ。なら、一体どういうことだって言うんだ？」

『時が来れば説明する。それまでは、俺の意志を尊重してくれ』

理性的に話そうと心掛けていたが、エリオットの声はついはね上がった。なにしろ状況がまともではない。

「そんなに単純じゃないんだ、父さん。もう俺だけの話じゃない。それに、そうじゃなくたって無理だろ――あんな書き置きひとつで出てって、いきなり――」

『エリオット、これはな、単純にすませるべき話なんだ。それが全員のためだ』

そして、それを最後に、電話は切れた。

まさに絵本のタイトル通り〝ヒドクて、ヒサンで、サイテー、サイアクな日〟というやつだ。

その言葉から、子供の頃にローランドからその絵本を読み聞かされた思い出がよみがえり、つられるように、あの家の火事で失ったすべてがエリオットの心をよぎっていく。あの時から、この不安と疑心の歯車が回り出したのだ。

ここに至って、エリオットの自制心が〝ぶち切れた〟――タッカーならそう言うだろう。いやタッカーは言わないか、むしろローランド好みの言い方だ。

とにかく、カイルから電話が来て、エリオットの〝パソコンのトラブル〟に対処できそうな人がいると知らされた時、エリオットはこれから連邦法を破ろうとしている後ろめたさを押しつぶし、カイルに承諾の返事をした。何より気がとがめるのは、今から自分が、父のプライバシーへ土足で踏みこもうとしていることだ。エリオットを育て、守ってきた父が、かつて想像だにしなかっただろう形で。

だが、もうほかの道が見つからない。ローランドは深刻なトラブルの中にいて、あらゆる情報を手に入れなくては、エリオットには父を助けられない。現時点では、どれほどわずかな情報でも役に立つ。

いかにも優秀なティーチング・アシスタントらしく、見事に三時半きっかり、カイルがもう一人の若者をつれて現れた。

「こいつは、ジーです」

カイルが紹介した。それとも、Z《ジー》と言ったのか。偽名を使いたくなっても無理はない状況だ。

エリオットは、挨拶がわりにジーにうなずいた。彼——彼女？——は小柄で、さらさらした金髪を性別不詳の髪形に整えていた。猫目の白いカラーコンタクトをはめていて、どことなしうっすらと、ヒゲの痕のようなものがうかがえる気もした。

「やあ、ジー」

猫の目が無表情にエリオットを眺めやった。こんなコンタクトレンズごしに、本当に見えているのだろうか？

「ジーに、あなたはイケてるから平気って言ってあるんです」

カイルがそう言ったが、表情も口調も、自分を安心させようとしている風だった。

「先払い」

ジーが少ししゃがれた、性別のわからない声で言った。

エリオットはうなずくと、昼にカイルの電話をもらってから手近なＡＴＭで引き出してきた札の束を取り出した。ジーに手渡す。

ジーは用心深く金を数え、黄色いスキニージーンズの前のポケットにそれをねじりこんだ。意味あり気な視線をカイルに向けると、カイルは廊下に出て、部屋のドアを閉めた。見張り役？

ジーがバックパックからシルバーのノートパソコンを取り出した。デスクを使っていい、というエリオットの申し出を断って床に座りこみ、木のキャビネットによりかかると、呑気な手つきでクリックしたり、キーを叩いたりしはじめる。手は角張っていて指先は丸く、深爪だった。

「じゃー、何をすんの？」

ジーが、すべての注意を画面に据えたまままたずねる。

エリオットが自分の目的を説明すると、ジーが頭を上げ、少々不気味なその白い猫の目で、エリオットを凝視した。それから、高い、少女のような笑い声を立てる。

「お父さんから、物っ凄く怒られるんじゃない」

「ああ、おしおきで外出禁止になるかもな。一生」

エリオットはそう返す。

ジーはまた笑って、キーボードをいじる作業に戻った。

「おっと、ロックがかかっちゃってるね」と少しして言う。

「ああ、パスワード入力に失敗しすぎた。セキュリティを破れるか？」

ジーが唇をなめる。しばらく、聞こえている気配はなかった。それから上の空のように言う。

「バッチリ。それ用のハックツールがある」

さらにカチ、カチというキーの音、唇をなめる仕種。

エリオットは机上の電話機の時間表示へ目をやった。もう四時五分をすぎ、約束のシアトルのエリオット・ベイマリーナまでは一時間はかかる。この時間帯の車の流れでいくと、おそらくはもっと。彼とタッカーは、六時にトーヴァとその夫に会う約束をしていた。ギリギリだ。エリオットが好む以上に。まあ正直、タッカーより早くその場に到着したくないし、タッカーは約束の四分前になってからふらりと現れるというところだろうが。ジーの指が、動こうとしない。宙に向かって顔をしかめ、この世ならざる力に呼びかけているかのようだ。ついに、口を開いた。

「まずHydra《ヒュドラ》でやってみよう。要はパターンチェックとかリスト置換とか、ほら……辞書攻撃ってやつ。それがうまくいかなけりゃ、次は総当たり《ブルートフォース》でいく。でも時間がかかるし、荒っぽいし」

荒っぽいって、どういう意味だ？　ローランドのメールボックスの中のメールをボロボロに破って血の痕を残していくとでも？

「待ってくれ、それは……」エリオットは口をはさんだ。「ファイルがなくなったりはしないんだよな？　メールは全部元通りのまま？」

「うん」

「ならいい」

「そこそこの年寄り相手だし、そんなに手間かからないと思うよ」

ジーがそう請け合う。カチカチッとキーを叩いた後、両手を後ろについて体重を預け、エリオットを眺めた。

「そういや、撃たれたんだって？」

それが大学内でのエリオットの名声か？

「二年くらい前にな」

「どんな感じだった？」

「痛かったよ。凄く。あやうく膝から下を失うところだった」

ジーは評価するようにうなずく。傷に対してなのか、エリオットがそこから復帰してきたことに対しての評価なのかは、はっきりしない。

「そんでＦＢＩからお払い箱になった？」

エリオットは半分だけ笑いをこぼした。

「管理職に移ることはできたが、そうしたくなかったんだ。だから教職の道に戻った」

「思いきったね。カウボーイ映画の授業をやってるよね？」

「ほかにも色々な」

「そのクラス、そのうち取ってみるかも」

「ああ」

ジーはパソコンに顔を戻して、描いた線のように細い眉を上げた。

「ふうん。お父さんは、ほかの年寄り連中よりはお利口みたいだ。うちの祖父さんなんかパソコンの電源も入れられないってのに。お父さんの好みとかハマってるものとか、教えてもらえる？」

エリオットが話している間、ジーがキーボードを打つ。時計の針は四時半に向かっていく。

「Ｐｏｗｅｒ２ｔｈｅＰｅｏｐｌｅ《パワー・トゥ・ザ・ピープル》！」ジーがいきなり言った。「ｔｏのかわりに数字の２《トゥ》を使ってるんだ。入れたよ！」

まるでローランドが素敵なことでもしていたかのように笑い声を立てる。画面を見つめ、キーを打ち、それからまた画面を見た。表情がさっと曇る。

「マジか。この人、自分のパスワードを全部、メールで保存してるよ」

「わかった」エリオットは素早く口をはさみ、立ち上がった。「ありがとう、そこまでだ。助かったよ。もう俺のパソコンからもそのメールにアクセスできるのか？」

「うん、リセットしたからね。〝Ｐｏｗｅｒ２ｔｈｅＰｅｏｐｌｅ〟。それともパスワード変えとく？」

「いや、そのままでいい」

「試してみなよ」

エリオットがそのパスワードを試すと、今回は難なくローランドのメールボックスにアクセスできた。ずらりと並ぶ、細かく分類されたフォルダをじっと眺めると、たしかにその中に〝ＰＡＳＳＷＯＲＤＳ《パスワード》〟という名のフォルダがある。

「完璧だ」

「ほかには?」

「いや、これでいい」

立ち上がって、エリオットはジーをドア口まで送っていった。

「またよろしく、教授。パソコンのことで手が必要になったら、声かけてよ」

「ああ、そうするよ」

ドアを開け、ジーを外へ出し、カイルに親指を立ててみせてからエリオットは部屋のドアを閉めた。急ぎ足でデスクへ戻り、ローランドの送信メールに目を通す。ローランドは、実に多くの人々と多くの組織にメールを送っていた。多くの人間は、引退したらゴルフを楽しみ、孫の相手をする。ローランドはまだ世界を変えようとしていた。

エリオットは〝ミッドウェスタン財団出版〟を検索で絞りこんでから、件名を目で追った。

〈パワー・トゥ・ザ・ピープル、最終版第二稿〉。

「ビンゴ」

そのファイルを開いて、プリントボタンをクリックする。

キャビネットの上の古いプリンターがローランドの原稿を一ページずつ吐き出しはじめた。

何ページも。

何ページも。

一体、エリオットの父は何を書いているのだ? 『戦争と平和』の続編か?

一枚取り上げ、エリオットは読みはじめた。

はじまりは、心底から徹底的に受け入れがたい戦争に自分が徴兵されるかもしれないと、そこで戦わされ、死ぬかもしれないとなった時の、個人的な憤怒だった。だがそれは、すぐに私や友人たちや仲間の学生たちを越え、さらに拡大していった。もはや問題の核心は、いかなる社会で、国で、世界で我々が生きていきたいか、ということなのだ。

皮肉なことに、私が選ばれることはなく、徴兵は受けずにすんだ。おかしな話だが、いつもそれを後ろめたく思っていた。

革命は若者たちの遊び《ゲーム》だ、と世間は言う。そうかもしれない。もしあの頃、私に子供がいたならば、家と家族を守る責任を背負って、世界を変えようと挑む余力も時間もなかったかもしれない。珍しくないことだ。だが翻って、もし私に徴兵される年齢の息子がいたなら、その子の人生がベトナムの納骨堂で終わることのないよう、私は天と地をも動かしただろう。

五時まであと五分というところで、エリオットはパソコンの電源を切ると、分厚いワード書類の束をほかのファイルが入った箱に放りこみ、オフィスを出て、義理の母とのディナーへ向かった。

タッカーとトーヴァ、それにトーヴァの夫は、エリオットがパリセードについた時、丁度席へ案内されていくところだった。

パリセードは、シアトルでも知られたレストランだ。エリオットも何回か家族や友人と来たことがあったが、タッカーとは初めてだった。ここは料理や高品質なサービス、飲み物に入っている球状の氷や、マリーナを臨む最高の見晴らしなどで名高い。いい店の選択だ、タッカーといまだ謎の母親、どちらの好みにせよ。

エリオットは少しまだ気持ちを持て余していたが、タッカーから唇の片端を上げて微笑まれると、ここまで駆けつけてきた労力が報われた気がした。車の中でひげを剃らなければならなかったことや、ネクタイがないことも。

「間に合ったな」とタッカーが迎えた。

「来ないわけないだろ」

車内でのひげ剃りやネクタイがないことが、エリオットの苛立ちの本当の原因ではない。母親の話を隠していたタッカーの行動を、エリオットはまたあれこれ考えはじめてしまい、理不尽だと知りつつどこかで腹を立てていた。隠し事は嫌いだ。彼とタッカーと気が合うのは、ひとつには、タッカーの持つ無神経なまでの率直さのおかげだ。誤魔化されるくらいなら無神経な率直さのほうがずっといい。タッカーは決して、何かを誤魔化す男ではないし、お互い慎重さは深く身に染みついた癖だが、それにしてもタッカーの沈黙が奇妙に感じられてならなかった。エリオットは、タッカーに何の秘密もない。自覚する限り。金曜のクロスボウ犯の狙いがエリオットだというローランドの主張については伝えてないが、それも的外れな話だと思っているからだ。ローランドは、エリオットへの心配で客観性を失っていた。

タッカーが全員を紹介し、二人とエリオットは握手と挨拶を交わした。

タッカーの言った通りだ。トーヴァが彼の実母であるのは、一目で明らかだった。不気味なくらいに。同じ赤い髪、鋭いほどの青い目、同じアメフト選手のようないかり肩。その、一目でわかる親子の類似を除けば、トーヴァの姿はエリオットの予想を裏切るもので、いつの間にかかなり偏ったイメージを抱いていたのだと気付く。コカイン漬けの売女のママ、といったところの。

目の前の女性は五十代くらいで、フェミニンなレースのベージュのスーツをまとい、すらりとして魅力的だった。真珠のイヤリングに低めのヒール。まるで、ビジネスランチからそのまま来たといった姿だ。

トーヴァの夫のエドは、そこまでお洒落ではなく、背も数インチ低く、白髪が多い。目立たない補聴器を着けていて、まるでビジネスランチで出会った富裕な女性と再婚するために一人目の妻と離婚してきた男のように見えた。

「彼はエリオットだ」タッカーが説明した。「今夜来るかもしれない、と前に言っておいた」

「どうも、エリオット」

トーヴァが挨拶した。少し当惑気味の微笑だった。とまどうのも無理はないだろう。もしかしたら、いつかはこれも笑える思い出になるだろうか。ならないかもしれないが。

四人は、客が多い一階ホールの、丸いテーブル席に着いた。大きな続き窓の向こうに息を呑むようなマリーナの景色が広がり、彼方に遠くスペースニードルタワーが見えた。沈んでいく太陽が、林立するヨットのマストを銀の森のように照らし、凪《な》いだ海面を琥珀色に染める。

「タッカーとはどういうお知り合い？」

トーヴァがてきぱきと、白いリネンのナプキンを振り広げた。エリオットは答える。

「以前、職場が同じで」

「エリオットは俺の一番親しい友人だ」とタッカーが言った。

「素敵ね」トーヴァがうなずく。「もう一緒に働いてないの？」

「もう違う」

答えたエリオットの耳にすら、それはあまりにそっけなく聞こえた。元ＦＢＩ捜査官というより普通の人間らしく答えようと試みる。

「任務中に負傷したので。今は大学で教えてます。ピュージェット《P》サウンド《S》大学《U》で、歴史を」

「それは大変困難な仕事だろう」とエドが言った。

「時には」

「今どきの子供を教えるというのがどんなものなのか、もう私には想像もつかないね。読み書きもろくにできない、英語もしゃべろうとしない、怠け者たちだ。半分くらいは、男なのか女なのかもはっきりしやしない」

ウェイトレスが飲み物の注文を取りにやって来た。

「私たちはアルコールは口にしないのだ」

エドが、ウェイトレスを見下したようにそう言い、自分とトーヴァにアイスティを注文した。トーヴァがタッカーとエリオットを見やる。

「勿論、あなた方は一人前の大人だし、好きなものを飲んで頂戴ね」

やや引きつった笑みが浮かんでいた。

エリオットとタッカーもアイスティを頼んだ。

「こっちには観光目的で？」

エリオットはたずねる。

その問いが口から出た瞬間、馬鹿な質問だったと気がついたが、トーヴァはタッカーへ微笑みを向け、答えた。

「いいえ、シアトルへ来る理由ができるのをずっと待っていたの。それで〈ウーマン・アップ〉の集会で話すチャンスが来た時、すかさずつかんだというわけ」

タッカーに会うためだけにはシアトルに来られなかったと？　だがエリオットはその考えを押しこめた。彼女の事情など、わずかも知らないのだし。かわりに彼はたずねた。

「〈ウーマン・アップ〉の集会？」

「女性の地位向上と教育のための、年一度の集まりよ」

ウーマン・アップ。そうだ。思い出した。ミーシャが、〈女性よ《ウーマン》、胸を張れ《アップ》！〉というスローガンの入ったTシャツを着ていた。

　エドがぶっきらぼうに、はっきりと誇りがにじむ声で言った。

「あそこの子たちは、いつもトーヴァを呼んで話してもらいたがるんだ。トーヴァには、本物の人生経験があるからな。口先の理論ばかりや絵空事の夢物語とは違う」

　トーヴァが夫へ笑みを向けた。

「なら、ミーシャ・ワインスタインをご存知ですか？」

　問いかけたエリオットは、タッカーの視線を感じた。トーヴァはまた少し引きつった表情を浮かべた。

「彼女のことは知っているわ」と答える。「やっぱり時々、話をするよう招かれているもの」

「ジェーン《ハノイ》・フォンダ《ジェーン》のお仲間だよ」エドが言った。「全員まとめて六十年代のうちにソビエト連邦へ送りつけときゃよかったのさ。あっちに行って、まだ共産主義を好きでいられるか見てやればいい――」

「じゃあ、俺の父方の家族はアイルランド系だったのか？」タッカーが問いかける。「誰か、まだ存命の者は？」

　エリオットはアイスティを喉につまらせかかった。エドが窓の外へしかめ面を向ける。

「英国とアイルランドの家系ね」トーヴァが答えた。「いいえ、もう誰もいないわ」

　彼女の口調からすると、それが唯一、向こうの家族の為《な》した善行だとでも言いたげだった。

　ウェイトレスがまたやってくる。四人は注文し、当たりさわりのない会話をして、幸いにもエリオットとタッカーが勧める地元の観光情報が尽きる前に、皿がやってきた。

「君たち、食前の祈りを捧げたいのだが」

　エドが言った。手をさしのべる。彼の左手をトーヴァが取り、右手をエリオットが取った。エリオットがもう片手をさし出すと、タッカーが万力のような力で握りしめた。エリオットは、大丈夫だ、と握り返す。きっとタッカーはエリオットをこの状況に引きずりこんだことを悔やんでいるのだろうが、エリオットは別に食前の祈りに抵抗感はない。両親やその友人たちの食卓で様々な祈りを体験してきた――それこそユニテリアン派から白魔女《ウィッカン》の感謝祭まで。祈りはまったくかまわない。何回か、自分で唱えたこともある。

「天にましますわれらが父よ」エドが唱えはじめた。「この素晴らしい食事に感謝いたします。常にあなたの施しをありがたくいただいております。この毎日をトーヴァ、我が美しきキリストの花嫁のそばですごせることを、感謝いたします。今宵を、われらの偉大な国へ人生を捧げている正しき二人の若者とすごさせて下さることを、感謝いたします。そして何よりも、トーヴァの息子、タッカーをわれらの元へお導き下さり、感謝いたします。これが、これから分かち合う多くの皿のひと皿目となりますように。天にましますう父よ、われらの感謝をお受けとりになり、この食事を祝福したまえ。われらが主なるイエス・キリストを通して。アーメン」

「アーメン」とトーヴァ。

「アーメン」とエリオット。

タッカーが喉が詰まったような音を立てている間に、全員の手が離れた。だが、まだこれで終わりではなかった。

「あなたは信心深いの、エリオット?」

トーヴァが丁寧な口調でエリオットに問いかけた。

「俺は、まあ……米国聖公会の教会員として育ったようなもので」

どうして彼女はタッカーではなくエリオットに聞くのだ? それともこれは、遠回しにタッカーに聞いているのか。

タッカーがきっぱり言った。

「俺たちの仕事では、信仰についての話はしないのがルールだ」

「でもあなたは今、仕事中じゃないし」トーヴァが微笑んで言った。「それに二人はもう別の仕事なんでしょ」

タッカーが己を律している自制心がちぎれそうなのが半ば伝わってくる。エリオットは答えた。

「それでも、信仰の話はしないようにしてます。あと政治と」

「政治？」エドが口をはさんだ。「政治で意見が食い違うことなんてまずないだろう？」

タッカーが口を開きかかる。

「勿論、ないですよ」エリオットが答えて、タッカーの足を軽く蹴った。「これ美味しそうですね」

無理矢理、皿に注意を向ける。実際、料理は素晴らしかった。エリオットの注文は天然のアラスカオヒョウのチョリソー入りサフラン風味だ。タッカーは三種のシーフードの杉板焼きで、おかげで二人とも食べるので口が忙しく、面倒も避けられた。

食事の間、トーヴァとエドの善行や教会での活動について聞かされる。エリオットは、自分との間にタッカーの苛立ちや息苦しさが張りつめていくのを、まるで物理的な存在のように感じていた。

「トーヴァ、俺の父には兄弟が二人いると言っていたが、まだ生きているのか？　俺には、従兄弟やほかの叔母や叔父は、どこかにいるのか？」

トーヴァはたじろいだ。首を振る。

「あっちの人たちとは何も交流がないの、タッカー。言っておくけど、あの人たちとは、あなただって関わり合いになりたくないわよ」

おなじみのタッカーの表情に、エリオットはまたタッカーの足を蹴った。タッカーには、そんなことをしても無駄だとわからないのか？　トーヴァが己の過去の扉を閉め、その上さらに鍵もかけたのは、もう明らかだった。そんな彼女がわざわざタッカーに連絡を取ってきたことこそ、驚きなくらいだ。トーヴァのその点については、エリオットは本気で気に入っていた。未来の家族の休日を思い浮かべ、ローランドとトーヴァとエドがひとつの食卓を囲む様を想像して、彼はこっそり天へとSOSの祈りを捧げた。

世界でもっとも長い食事のように思えたが、実際には食後のコーヒーとデザートまで含めて、店にいたのは二時間程度だった。トーヴァがスパイシーバナナアイスパフェの最後の一口を終えると、エドがてきぱきと会計の合図をした。

店の前の歩道で、エドはエリオットと握手する。トーヴァはエリオットの頬に礼儀正しく軽いキスをして、タッカーと体がほとんど接触しないハグを交わすと、例の少しこわばった微笑を浮かべた。

「会えてよかったわ、エリオット。でもタッカー、次はきっとガールフレンドをつれてきてね、会いたいもの」

「それは、トーヴァ、かなり無理というものだ」

タッカーの口調はほとんど鋭すぎるくらい陽気で、限界に達したのだとエリオットは悟る。

「もっと早くはっきりさせておくべきだったが、俺はゲイだ。エリオットは俺の一番の親友というだけでなく、俺のパートナーだ」

「何だと？」

エドが問い返す。だがその問いは、文字通りのものだった。彼はトーヴァへ向き直る。

「今、何と言ったんだね？」聞きながらエリオットの方も向いた。「よく聞こえなかったよ」

トーヴァの睫毛がパチパチと、目玉が回り出してしまいそうなくらいに激しく上下した。ぽかんとしたまま言う。

「そう、それは……私たちは……ええと、結構たくさんの人たちが、その手のことは別に間違いじゃないんじゃないかって思ってるみたいよね、ええ」

「ああ、俺たち二人も、その手の人間だ」タッカーはエドに握手の手をさし出した。「では、よい帰りの旅を」

「おやすみ」

エリオットがトーヴァに挨拶すると、トーヴァはエリオットが今いきなり紫の煙の中から出現したかのように、彼を見つめてまたたいていた。

彼女がかすかな、上の空の返事をする。

タッカーは、エリオットについて駐車場を車に向かって横切った。むっつりと言う。

「悪かった。俺のせいだ。初めて彼女と話した時、すぐ言うべきだった。何が何でもこの間、彼女と夕食をした時には、言っておくべきだった」

「そうか？　お前は、世の中の異性愛者が親に向かってセックスの話をすると思うのか？　それも五分前に会ったばかりの親に向かって？　俺はあり得ないと思うね」

タッカーはそれほど愉快そうではない相槌の音を立てた。エリオットがニッサン車のロックを開けた時、タッカーがうんざりと言った。

「彼女、本当に〝その手のことは別に間違いじゃないんじゃないか〟って言ってたか？　それともあれは俺の気のせいか？」

「彼女には思いもつかないことだったのさ」エリオットは答えた。「俺たちがゲイだとは、ってことな。ゲイの男は皆チャラチャラして舌足らずに話すと思ってる。だが〝サタンよ、下がれ〟とも言わなかったろ。そこは評価できる」

「そうだな」タッカーは疲れた笑みを浮かべた。「どんな評価だろうとな」

「なあ。あれは、彼女には不意打ちみたいなもんだぞ」

「わかってるよ。今からフェリーに間に合うか頑張ってみるか、俺の部屋に泊まるか？」

エリオットは考えこんだ。二人とも疲れている。長い、実に長い一日だった。

「今日はシアトルに泊まろう」

タッカーがうなずく。エリオットは車のドアを開けようとそちらを向いた。その腕をタッカーがつかみ、引き戻して、顔を合わせた。

「ちゃんと伝えてなかったと思ってな。ありがとう。本当に」

「礼なんか必要ないよ」

「それは、お前の考え違いだ」

タッカーがエリオットにキスをした。

通りすぎる車のハイビームが二人を一瞬照らし、すぐに黒い夜の波をギラリと光らせて、すぎていった。

13

「とにかく、終わってほっとしたよ」

タッカーが肩を揺らしてスーツの上着を落とす。部屋に入ってからこっち、彼はそれしか言っていない。

まだショルダーホルスターを装着したままで、エリオットはあのディナーに武器を持参するなんて先見の明だな、とジョークをとばしかかったが、タッカーにしてみれば笑えないかもしれない。エリオット自身、もう銃をぶっ放す系のジョークにはあまり笑えなかった。

タッカーがエリオットへ視線を投げた。

「一杯飲むか?」

エリオットは薄い笑みを返す。

「お前が飲むならつき合う」

タッカーがグース島の家へ持ち物を移しはじめて以来、エリオットはあまりこの部屋に来ていない。すっかり殺風景になっていた。タッカーの本もDVDもCDも、すべて移された後だ。お気に入りの椅子も今はキャビンのサンルームに置かれている。フランツ・シェンスキーの海の写真も、今の二人の寝室に掛かっている。

「ああ、飲もう」

タッカーがキッチンの棚へ歩みより、ウイスキーのボトルを取り出した。肩ごしに言う。

「今夜は、本当にありがとうな」

エリオットに、酒の入ったグラスを持ってきた。二人はグラスを軽く合わせる。

エリオットは言った。

「お前が、俺の親父が政府転覆をもくろんでいても我慢できるというなら、俺だってトーヴァが俺たちを地獄落ちから救おうとしてくれることにくらい耐えられるさ」

ひとつ、今夜のディナーで得たものもあった。〈ウーマン・アップ〉の集会のためにシアトルに来ていたというミーシャの話は、嘘ではなかったのだ。小さな材料だが、役には立つ。

タッカーはうなずいたが、どう見ても心ここにあらずだ。エリオットは問いかけた。

「大丈夫か？」

タッカーはウイスキーを一口飲んだ。グラスを置く。

「ああ。勿論」

それから、強い目でエリオットと視線を合わせ、

「……わからん」と認めた。「いきなり、何だか……がっかりしたような気分だ」

エリオットもグラスを置くと、タッカーを腕の中へ引き寄せ、きつく抱きしめた。これまで何度、タッカーが同じことをエリオットにしてくれただろう。ただ……そこに、エリオットのために、いてくれただろう？

一瞬の驚きの後、タッカーの腕ががっしりとエリオットを抱きこんだ。

少しの間、二人はそのまま立っていた。

「……話してみないか？」

エリオットが、やがてうながす。

タッカーが首を振る。打ち明けた。

「こんな気分、理屈に合わない」

エリオットにしてみれば、おかしな話ではない。時に、思い描いていた夢は現実より美しいものだ。時に、夢にしがみつくしかないこともある。

「彼女が連絡を取ってこなければよかった、と思うか？」

「いいや」タッカーは首を振った。「いや、そうは思わない。彼女が俺を見つけようと努力してくれたことには意味がある――ああ、大きな意味がある。それに、彼女が自分の人生を立て直したことや、強い女性であることを知ることができたのは、よかった」

その笑みは、むしろひどく苦い。

「どうしてこんなふうに感じるのか……親には何も期待してなかったってのにな。両方の親とも、どうでもいいんだ。とくに母親は。俺を捨てたんだし、俺にはそれだけで充分だった」

もたれかかるように、タッカーはエリオットに額を合わせた。エリオットはその背をなでながら、耳を傾ける。タッカーが語っていること、そして語ろうとしないことにも。

「年とともにヤワになってきたのかもしれないが」

と、タッカーが囁いた。

「だが……この間、夕食の時、お前が言ったろ。親父さんとお前だけが、同じ思い出を分かち合う最後の二人だと。どう言えばいいのか……だが、多分、お前と親父さんの仲を見ていて、自分にも同じものがあればと、思わずにはいられなかった。家族がいればと。俺一人じゃなくて」

「お前は一人じゃない」エリオットは顔を上げた。「俺がいる。家族というのは、血がつながっている相手や、クリスマスに変なネクタイを贈ってくる相手だけのことじゃないぞ。俺がお前の家族だ。お前は、俺の家族なんだ」

タッカーにきつく、肋骨にひびが入らないのが不思議なほどに抱きしめられた。それから、タッカーがエリオットを離した。

「そうだな」

明るすぎるほど輝く目を、タッカーがぐいと腕で拭う。

「お前の言うとおりだ」

その夜のセックスはゆったりと、甘いものになった。エリオットが主導しながら、タッカーを悦ばせることに全神経を注ぎ、タッカーに愛を、感謝の思いを伝えようとする。タッカーの居場所はエリオットのそばだと。エリオットの居場所がタッカーのそばであるように。


パワー。この国は世界でもっともパワーある国だ。ホワイトハウスの持つパワー、議会の持つパワー、国防総省《ペンタゴン》の持つパワー。地球上でもっとも巨大で資金のある軍が、この国にはある。だがパワーはストリートに、人々のコミュニティに、あらゆる教室の席に、工場の持ち場に、あまねく存在する。それが本物のパワーだ。我々が呼び醒まそうとしたのもそのパワーだ。あれこそが、我々のパワーなのだ。

火曜の授業は午後遅くからだ。午前中、エリオットは父の『パワー・トゥ・ザ・ピープル』を読み、自分の父であるその知らない男について学んでいく。

勿論、基本的なことはとっくに知っていた。ローランドがワシントン州郊外で育ったこと、ローランドの父や祖父は皆胸を張って従軍したこと。ミルズ家は、地に足のついた人々であった。堅実、質実剛健、かなりの保守派。父が若い頃から革命主義に傾倒したと知っているエリオットは、今になって、それが彼を愛する家族にとってどれほどのショックだったか、理解する。反戦運動は、たちまちローランドの情熱となった。あの時代の、数多くの優秀で聡明な若者たちにとってそうだったように。

ローランドは、やはり昔から早熟で、まだ高校二年生の時、大学一年生の恋人ミーシャ・ワインスタインから〈民主社会を目指す学生連合《SDS》〉内の、〈革命的青年運動《RYM》〉へ紹介された。その先は、まあ、有名な話だ。

その若さにも関わらずローランドはたちまち活動の中心となり、ワシントン州での運動に欠かせない顔となっていった。そして、ＳＤＳ内のＲＹＭの一派が、それまでの合法的で平和的な運動で成果が出ないことに苛立ち、不平を唱える中――多くの若者が戦死したり心身に重い傷を負って帰国し、国や州や地方の政府が反戦の声を苛烈に、時にあまりにも法を無視した手段で弾圧する中――ローランドも組織を離れ、自らの分派を立ち上げる。〈集合体《コレクティブ》〉として知られるグループを。

そこが、一番読むのが苦しい箇所だった。エリオットは父を愛し、尊敬もしている。エリオットの知る誰より、ローランドは聡明で心優しく、誠実な男だ。その父が、破壊工作や軍事施設の爆破、銀行や金融機関の武装強盗を計画し、政府の力を削いで支配の座から引きずり下ろそうとしている。エリオットが、命を賭して守ろうとした政府を。その様を読んでいくのは、はっきり言って、苦痛だった。

だが、それと同じほどに、読むのが苦しく、心が沈む——警察が非暴力の抗議者たちを叩きのめし、市や州政府が自分たちの市民の人権をあっさりと軽んじていったことを読み進めるのは。戦争の歯車は容赦なく回りつづけ、その間で二十万もの人々の命を噛み砕いていった。二十万人、それもアメリカだけで。ほとんどが若い男たち。そしてただ——大方の歴史家の意見によれば——無益に。

ベトナム戦争について読むのが初めて、というわけでもない。ローランドの意見を聞かされて育ったのに加えて、エリオットは学校でも学んできた。大学の同僚にも、ベトナム戦争の講義を受け持つ講師がいる。だが『パワー・トゥ・ザ・ピープル』を読むと、あの戦争とそれが引き起こした反戦運動とが、目の前に、桁違いのリアルさで迫ってくるのだ。あの戦争がどれほどはっきり国を割ったのか、初めて芯から理解したと言ってもいい。たしかにエリオットの専門分野である南北戦争ほどの分裂ではないが、様々な意味で、同じほどに世界を変えてしまった。

写真のページを眺める。何枚か、反戦運動や、SDSと体制側の衝突の写真があった。皆の殺気立った顔。若者も大人も。どうして今、ローランドを襲ってきたのが昔の敵だと誰もがあっさり決めてかかるのか、これを見るとよくわかる。何よりわかりやすい、当然の結論だ。だがそれでもエリオットとしては、ほかの誰かが牙を研いでいると、せめてその可能性を捨ててはいけない気がしていた。火事、クロスボウ。両方の襲撃ともあまりにも……何というか、個人的感情――あるいは執念？――のようなものを感じる。もし、ローランドの出版を妨害するのが政治的目的だったなら、どうして誰も名乗りを上げたり声明を出さない？　非難や告発、支離滅裂な政治的主張を並べ立てた手紙が来ない？　FBIで人権侵害事件やヘイトクライム絡みを扱ったエリオットの経験上、襲撃にはそういう手紙がつきものだったが。

またもエリオットは、金曜の襲撃の狙いはエリオットだというローランドの必死の主張を思い返していた。あの時は、ローランドが恐怖のせいで事実を見誤ったのだろうと、気にも留めなかった。だが今思うと……あの矢がエリオットに近いほうへ射ちこまれてきたのはたしかだ。だがそれも、エリオットが犯人と父親の間に位置どろうとしていたせいではないのか？

おそらくは。完全な確信はない。

ローランドの家を燃やし、その息子を殺して――ローランドが大切にするものすべてを奪う行為は、残酷な報復だ。だがそこまでの報復をするのなら、どうしてそんな目に遭わされているのか相手に知らしめたいものではないだろうか？

ローランドが最後の電話で、自分の身に危険はない、エリオットは事情を何もわかっていない、と言い張ったことも、事態と嚙み合っていない。書き置きを残して消えた時から、エリオットに電話をかけてくるまでの間に、ローランドは考えを変えたように見えた。

だがあの火事――そしてあの矢――は現実の出来事だ。誰かがローランドを殺そうとした。少なくとも、死んでもいいと思ってやったのだ。なら、何故ローランドは自分が安全だなどと言う？　筋が通らない。

エリオットを安心させようとしてそう言い張っただけ、というのがありそうなところか。もしあの襲撃が、最近よくある元六十年代の革命家の回想記出版への、政治的な報復ではないとすれば――次は？　昔の左翼のお友達、あの四百ページの原稿内で様々な出来事に絡む人々が容疑者として浮かんでくる。

山ほどの出来事が書かれていたし、ざっと見ただけでも、手に負えない人数が登場していた。たとえ、集合体《コレクティブ》の中心メンバーだけに候補を絞ったとしても、エリオットには名前のいくつかしか聞き覚えがない。トム・ベイカー、ミーシャ・ワインスタイン、オスカー・ノブ。フランク・ブルーの名は、両親がブルーのレコードを数枚持っていたから知っていた。だがローランドの周辺にいた仲間たちのいくらかは、まるで未知の名だった。J・Z・マクギャヴィン、ルース・マーゴリーズ、スージー・D、スター。スター？　集合体《コレクティブ》には多くの女性がいたが、ローランドの信奉者には昔から女性が多いのだ。常に、ローランドは女性たちを強く惹きつけてきた。

近道はない。一人ずつ当たっていくしかあるまい。エリオットは読みながらメモを取った。山ほどのメモを。そして、講義に向かう時間まで、原稿を読み進めた。


教室に行こうと歩いている時、タッカーから電話があった。

『親父さんから新たな連絡は？』

「まだ何も」

『シアトル市警は、マコーレーのウェブサイト管理人から提出されたリストの人物の確認を始めた』

「で？」

『この町には、親の脛《すね》をかじりながら実家の地下室で暮らす、怒れる男が大勢いるもんだな』

エリオットは短い笑いをこぼした。

「その中に〈フィールド・アーチャー〉のプレーヤーはいたか？」

『〈フィールド・アーチャー〉って？』

「クロスボウ・ハンティングの練習用のテレビゲームだよ」

今や捜査機関においても、求人の際にゲームの素養が評価されるようになった。現代の捜査員にとって、適切に、そして正確に撃つ能力は重要さを増している。ゲームは、能力向上の役に立つのだ。

タッカーは興味をそそられたようだった。

『おもしろそうだな。うちにないのか？』

「今のところは。まだ日が早いが、誰か有力な容疑者は出たか？」

『まだそこまで行ってない。始まったばかりでな』

エリオットは、昨日の色々な出来事に流されて、マコーレーからの電話のことをタッカーに言いそびれたままなのを思い出した。ざっと報告し、話を結ぶ。

「インタビューを受ければよかったよ。こっちもマコーレーの話を聞けたのに」

『どうかな、断って正解だろう。オンエアでのインタビューではお前に自由はないし、オフレコで話を聞くのはそもそも無理そうだしな』

「それはわからないさ。マコーレーは、自分が誰より頭が切れると思いたがるタイプの男のようだしな。己を過信している。ああいうタイプはよく知ってる」

『かもしれないが、奴は馬鹿ではないぞ。それを置いても、そんなことをすれば、シアトル市警はお前が捜査に首をつっこんだと言ってくるし、機嫌は良くないだろう。はっきり言って、向こうの言い分にも理はある』

「つまりそれは、パイン刑事が文句をつけてくるだろうっていう意味だろ？」

『個人の話を持ち出すのはやめておこう』

「なかなかそういう気にはなれないね、あのパインは――」

『わかった、そこまでにしろ』タッカーがさえぎった。『パインやシアトル市警の側から見る限り、お前は個人的感情で動いてる、警察の捜査の手際に不満を持つ民間人だ。彼らの事件のな』

「今のところ、そこそこ悪くない手際だと思ってるがね」

『その態度はプラスにならないぞ』

タッカーに切り捨てられる。たしかにその通りだ。

エリオットは、もう少し平和的に説得しようとする。

「なあ、俺はただの民間人じゃないだろ。俺は――」

『お前の経験と能力を考慮に入れたとしても』とタッカーがまたさえぎった。『マコーレーから再度事情を聞こうとする理由がない。マコーレーは警察に対してとことん協力的だし、地元の左翼活動家たち――大勢の活動家に対して批判記事を書いたくらいしか、お前の父親との接点はないんだぞ』

エリオットの沈黙へ、タッカーはさらに言葉を重ねた。

『それとも、お前だけが知る関係性があるのか？　親父さんがマコーレーのことを、政治的な立ち位置やブログやコラムをけなす以外で、口にしたことがあるとか？』

「いいや」

『なら、何の益がある』

言い負かされたのはわかっていても、エリオットは強情に言い返した。

「マコーレーと直接話がしたいんだよ。お前なら手配できるだろう」

タッカーが溜息をついた。

『あのな、エリオット。フェアになれ。俺が、お前のためなら何でもするのはわかってるだろ。だが、そのためには動くだけの根拠をくれ。恋人が疑り深いたちだからって、それだけでFBIのバッジを振りかざすわけにはいかない』

恋人、という言葉に、エリオットは心ならずも笑みを誘われていた。それに、もう勝ち目はないとも悟る——少なくとも、今回のところは。

「駄目元で言ってみただけだよ。今日は家に帰れそうか？」

『ああ』エリオットがあっさり引き下がったことに、タッカーはほっとしたようだった。『何か夕飯を買ってこうか？』

「ピザ？」

『まかせとけ。じゃあ、後で』いつものようにつけ加えた。『気をつけてな』

14

「お前がトマトを買いに来たわけじゃないって気がするのは、どうしてだろうなあ?」

土の駐車場を横切ってきたエリオットに目を留めた瞬間、ノビーがそう言ってきた。

エリオットは軽く返す。

「新鮮なトマトには心そそられるけどね。それもいいが、ズッキーニはあるかな?」

ノビーは青いピックアップトラックのドアをバタンと閉めてやり、可愛いブルネットの運転手からお礼を言われ、彼女が渡してくるチップを手を振って断った。腰に手を当て、エリオットへぐるりと向き直る。

「好きなだけ、ここの野菜を買え、全種類でもな。それでも俺からローリーの居場所を聞けやしないぞ」

「それはもういいんだ。父さんとは昨日話した」

ノビーは面食らったようだった。

「ああ、そうか。ならどうしてわざわざ俺の顔を見にこんなところまで?」

「ウィル・マコーレーについて何を知ってる？」

ノビーは横を向き、大きな黒い甲虫に唾を吐きかけた。命中せず、あわてて逃げた虫は、ゆっくりとバックしてきたピックアップトラックのタイヤの下敷きになった。

「悪口で食ってる野郎だ。それで合ってるか？」

「俺は彼をよく知らないんで。あの時代、彼もなじみの顔でしたか？」

「あの時代？」

ノビーが無表情に聞いた。

「彼は、ワシントン州の生まれ育ちだ。直接にでも間接的にでも、マコーレーを知りませんでしたか？　あなたたちが反戦運動に加わっていた頃？」

ノビーは肩をすくめた。まったく考えの読めない仕種だった。結局は、こう言った。

「あの男は俺より年下だ。お前の親父よりもな。あの時代じゃ、ほんの子供だっただろ」

あの時代、父もノビーも、皆が子供のようなものだった。だがエリオットはそれを口には出さなかった。

「あの時代、若い保守派のグループだってあったでしょう？」

「だろうな」

「その頃、俺の父はマコーレーを知ってた？」

「さあね」ノビーはつけ加えた。「今だって、あの男を知ってると言えるかどうか。マコーレーのブログで取り上げられたからって何の意味もないさ。けっ、あいつは一度、うちのことも書いたんだぞ。反戦で共産主義《アカ》の裏切者から果物や花なんか買うなってな。俺が？　本物の共産主義とベトナムで戦って撃たれた俺が何だと？　あのゲスが。オーガニックは反アメリカ的だとか言いやがって」

　ノビーは苦々しく、軽蔑の音を立てた。

「それで悪影響があったようには、見えないな」

　エリオットは、見事に育った野菜の区画や低く白い長天幕をうろつく客のほうへ顎をしゃくった。

「皆、昔より利口になってるのさ。俺たちが教えたことだ。誰も信用するな、政府を信用するな、マスコミを信用するな。三十歳以上の大人を信用するな」

　そこでノビーは笑った。

「多分、俺たちの誰ひとり、自分がいつか三十歳になるなんて想像もしちゃいなかったんだろうよ」

「ほかの仲間とまだ親交はありますか？　集合体《コレクティブ》の残りの人たちとは？」

　ノビーの笑いが消えた。その顔はまた元の、セピア色の、終わらぬハイウェイが刻まれた地図に戻っていた。

「ないな」

「俺の親父とは連絡をとっていたんでしょう？　それにこの間、親父に本の出版をやめさせようとトムと話したと言っていた。ミーシャに、説得してくれともたのんだ。つまり、何人かとはまだ親交があったわけだ」

「エリオット、もうやめろ。自分が何をしてるのか、お前はまるでわかっちゃいない」

お前が考えてるようなことじゃない――ローランドもそう言った。

「なら、どういうことなのか、誰かに説明してほしいね」

「お前が何を考えてるかはわかってる。俺たちに隠したいことがあるから、ローリーの本の出版を止めさせようとした、と思ってるんだろ。そいつは間違いだ。俺たちがあの本を出すのに反対したのは、あいつに隠すことがあるからだ」

「親父が、一体何を隠すんです？」

ノビーが唇を結んだ。顔をそむける。考えこんでいるようにも、痛みをともなう思いがこみ上げてきているようにさえ見えた。もう一度、エリオットのほうを向く。

「殺人だ」

無感情に、そう言った。

「殺人？」エリオットは驚愕を払う。「誰が殺されたんだ？」

ノビーが首を振った。

「お前には、もうしゃべりすぎた」

「いや、ここまで言っておいてやめる気か？」

「これ以上は何も言えない。何も知らないんだ。はっきりとはな」

「でも誰かが殺されたと思ってるのなら、相手の名は知ってるんでしょう」

「お前に話すべきじゃなかったよ」

帽子を取ったノビーが汗まみれの額を拭った。年老いて、具合が悪そうに見えた。

「今さら言わなかったことにはできない」

ノビーはぐいと帽子を頭に戻し、背を向けた。

「ああ、だがこれ以上の話はなしだ。さて。お前は、トマトを買ってく気があんのか、ないのか？」


エリオットはまだ温かいピザを一切れ取って、言った。

「今のところ、中心メンバーは九人に見える。親父、トム・ベイカー、オスカー・ノブ、ミーシャ・ワインスタイン、フランキー・ブルー――」

口にピザを運びながら、タッカーが言葉をはさんだ。

「〈ブラック・ウェディング〉の歌手か？」

「その男だ」

「ひどい歌だ」

エリオットはニヤッとして返した。

「史上最高の反戦ソングだよ」

タッカーは咀嚼し、飲みこんで、言った。

「ドキュメンタリーのサントラを聞くような男からそう言われてもな」

「とにかく、フランキー・ブルーは二十年前に飛行機事故で死んでるが、ほかはまだピンピンしてる。となると、被害者候補になるのはこの残りのメンバーたちだ。J・Z・マクギャヴィン、ルース・マーゴリーズ、スージー・D、それに誰か、おそらく女だろうが、スターという名の者。この四人に関しては、まだ何の情報もない。全員、今のところ生死不明。大体、ノビーが口をすべらせた殺人の被害者が、集合体《コレクティブ》の一員だとも限らない。俺がまずそう踏んだのは、親父の原稿の中にもチラッと気になる描写があったせいでね」

「原稿の、どこまで読んだ？」

「半分くらいだ。今、グループが〈平和のための軍人と市民の連合〉に加わってフォート・ルイス基地への抗議の湖上侵入に参加しているところで、軍事施設に爆弾を落とすかどうか――むしろどう爆弾を落とすか仲間内で議論しているが、ターゲットをひとつに絞りきれてない」

タッカーはエリオットを凝視した。

「……さすがだな」と、やがて言う。

「だろ?」

「飛行機は誰に操縦させるつもりだった?」

「J・Zだ。パイロット免許を持ってた。何にしても、もし謎の死が集合体《コレクティブ》の中のことなら、最後のほうに書いてあるんだろう。この先の何章かに、今後の方針を決めるヒントが出てくるよう願うよ。なにしろ、トムもミーシャもノビーも、何も話してくれない」

「お前の父親が、その人々について何か言っていたことはないのか?」

タッカーが探るように彼を見つめた。

「聞いたことはないと思う」エリオットはそう認める。「子供の頃からの親父のすべての話を覚えてるわけじゃないけどね。それに、うちには大勢が出入りしていた。だが、スターという名前の人が、たとえば日曜のブランチに来ていたら、俺も多分忘れないと思うしな」

「親父さんが最初の妻と今も連絡を取り合っていたのは、おかしなことだと思うか?」

「そうでもない」

エリオットは、金曜の午後の散歩で聞いた父の言葉を思い返す。

「親父なら、二人目の妻とも連絡を取っててておかしくない。元妻たちについての話はしなかったけどな。俺が知ってるのは、親父が前にも結婚していたってことだけだ」

「お前の母親はそれを気にしてなかったのか? 元妻と連絡を取っていたとして、だが」

「いいや」エリオットは淡く微笑んだ。「母さんはいつも、女性たちが父さんに寄ってくるのをどこかおもしろがってたね」

「それな、俺にはさっぱりだ」タッカーが言った。「お前の親父さんに失礼なことを言う気はないが、それにしても……」

「ああ、よくわかるよ」

「あれだけ既存の因習打破論者なのに、結局、結婚したというのが妙な感じだな」

「まったくだ。意外と、昔ながらの価値観も持ってるんだと思うね。どの元妻からも離婚手当を要求されなくて親父は幸いだったよ。あの時代にも離婚手当はあっただろうし」

「ほかのメンバーについては、どう書かれてた？　何か言ってるか？」

「ああ、色々書いてあったよ。ただ全部、人柄についてだ。皆の個人情報やその後どうなったかなどはほとんど書いていない。意図的だと思うね。何かの時の安全策として、隠れていたい誰かがあの本からつきとめられないように。写真はたくさんあったよ。あの写真も、原版がまだ出版社にない限り、全部焼けただろうな」

　エリオットはピザにかぶりついた。

「写真か」

　タッカーが思案しながら呟く。エリオットはもごもごと言った。

「ベルボトム穿《は》いた痩せた女の子たちと、モサモサ髪の男の子たちさ」

「お前、いつか食い物で窒息するぞ」タッカーが注意した。「ピザの最後の一切れが心配なら、残しといてやるから」

エリオットは、自分のテーブルマナーについての意見を無視した。

「集合体《コレクティブ》の仲間のほとんどは、ワシントン大学の学生たちだ。ブルーは、フォークミュージックの新星だった。どうやって彼が親父と知り合ったのかはわからないが、音楽でキャリアを築きながら、世界を救おうとしていたらしいね。ノビーは軍人による反戦運動に加わっていて、親父とは〈平和のための軍人と市民の連合〉を通じて出会った。J・Z・マクギャヴィンが、副官のような役回りでグループを仕切っていたようだ。彼と親父はとても仲が良かったようだね。今、読んでいる限りでは」

「意外なことか?」

「意外と言うかは、わからないが。どうもマクギャヴィンは、トム・ベイカーよりも親父と親密な感じなんだ。俺はずっと、トムと親父はガッチリ組んで活動してたと思ってたんだが、今のところの話だと、トムは脇役に見える」

タッカーがひどく奇妙な表情を浮かべていた。まるで、食べたペパロニに食あたりしたような。

「なあ、どうかしたのか?」

「マクギャヴィンは、その男のミドルネームだ」

タッカーがゆっくりと言った。

「ジェイコブ・マクギャヴィン・ゼルヴィン。我々の側の人間で、反政府組織に潜入捜査を行っていた。そしてＦＢＩは、彼が、お前の父親のセクト内の誰かに殺されたと考えている」

15

エリオットは、茫然とくり返した。

「親父のセクト？」

「集合体《コレクティブ》のことだ」

息が切れたように感じられる――まるでタッカーから、テーブルの角を肋骨に叩きこまれたかのような。過剰反応をするなと、短絡的に結論にとびつくなと自分に言い聞かせている間も、タッカーがこちらを注意深く見つめ、今の発言の意味がすべてエリオットに染みこむのを待っているのがわかった。

エリオットは抑揚なく言った。

「だからお前は、突如して協力的になったのか。ＦＢＩのために動いていたわけだ。ゼルヴィン殺しの罪を俺の父親にかぶせようとして」

タッカーの顔が、髪と同じ色に紅潮した。彼もまた息が上がったような口調で言い返した。

「俺のことを本当にそんなふうに思ってるのか？　俺が、お前を、お前との間にあるものを、そこまで軽んじていると、そんなふうに俺を見てるのか？」

タッカーは心底、怒り狂っていた。そして多分、傷ついてもいた。その瞳の奥によどむ暗さは、きっと痛みだ。つまりは傷ついている人間が、この場に二人。エリオットは言い返した。

「俺の本音か？　お前がどれほど俺を大切にしてようが、お前は絶対に、俺の殺人の罪を見逃してはくれないだろうよ。それが親父なら、なおさらだ」

タッカーが言い返す。

「ところが、その点で俺とお前は意見が違う、エリオット。俺は、お前の親父さんが殺人犯だとは思ってないからな」

その言葉は鋭く刺さった。タッカーの思惑通り。

「俺だって、親父が人殺しだと思ってるわけじゃない」エリオットは応じた。「お前は、ＦＢＩのために働いていることは否定しようとはしないんだな」

「ああ、否定はしない。国の持つ情報が欲しいなら、取引なしでとはいかないからな。ゼルヴィン殺しはまだ捜査中の案件だ。ＦＢＩにとっては、お前が真相をつきとめるのを手伝うことで、利益になる」

エリオットは椅子を後ろへぐいと押しやり、立ち上がった。タッカーも立った。戦いを待ち受けるような姿で。だがその目はエリオットをまっすぐに、揺るがずに見つめていた。タッカーには後ろめたさなどかけらもない。

それでも、人々が正当と信じる理由のために間違いを犯した時、良心にもとるところはないと胸を張るのはよくあることだ。

「お前がＦＢＩに持ちかけたのか、それとも、ＦＢＩから言ってきたのか？」

エリオットが問いかけた。

タッカーが長く、険しく、息を吸いこんだ。

「俺からＦＢＩに持ちかけた――駄目だ、そんなふうに、やっぱりかという顔なんかして俺に背を向けるな！」

たった二歩で、彼はエリオットの腕をつかみ、引きとめた。

エリオットは、自分の腕をつかむ、関節が白くなった大きな手を見下ろし、タッカーの憤然とした、引きつった表情を見やった。エリオットの表情を見て、タッカーの握る力がどこか――懇願するようにか？――変化する。

「昨夜のあとで……二人で交わした言葉の後で、本当にお前は、俺を信頼するに足りない相手だと思うのか？」

タッカーの声は荒々しかったが、たしかな響きがそこに聞こえた。

違う。エリオットには、タッカーが信頼できないとは思えない。愚かだろうか。だが、タッカーに愛されているのはわかっていた。タッカーはきっとエリオットを、この世の何よりも愛してくれている。それがわかるのは、エリオット自身、同じ思いをタッカーに抱いているからだ。

だが、一体、どういうことだ？　まずはトーヴァのこと、そして次にこれだ。ほかにタッカーはどんなことを言わずにいる？

「なら、こんな取引なんかして、どういうつもりだ？　モンゴメリーはお前の狙いなんかお見通しだと思わないのか？」

「どう転ぼうが、モンゴメリーにもＦＢＩにも損はない。彼らは死んだ捜査官のために正義を望み、ゼルヴィンの家族に真相を知らせたい──まだ聞ける者が残っているうちにな。彼らは、その目的のために俺たちに力を貸すんだ。俺たちの目的がそれとは別だろうが、問題にはならない」

「そんなに簡単な話なら、どうして俺に話してくれなかった？」

「今、話したろ」

「お前がモンゴメリーのところに行ったのは、いつだ」

「今日だよ」タッカーはぐっと眉を寄せた。「お前と電話で話したすぐ後だ。何時間か前」

「事前に俺に相談しようとは思わなかったのか？」

「うまくいくかどうかわからない話だった」タッカーが答えた。「はっきりするまで、お前に空約束をしたくは――」

「いやもっと大事な点があるだろ」

　エリオットは目を細めてタッカーの顔を眺めた。

「お前はゼルヴィンの正体について、モンゴメリーに会いに行く前に知ってたのか？」

「いや。そこはまるで知らなかった」

　ふたたび、タッカーはまっすぐエリオットと目を合わせた。エリオットは何も言わなかった。

　タッカーが言った。

「いいか、たしかにお前の親父さんは自信に満ちあふれた人だが、しかしさすがに殺人を隠そうとしていたら、回想録なんか出さないと思うぞ。その点、俺は一瞬たりとも疑ってない。親父さんを知ってりゃ、誰もそんなことは考えやしない。あの人は、何だろうがとにかく、馬鹿ではない」

「ああ、それはたしかにな。だが外からどう見えると思う。親父が一番信頼していた男の正体がＦＢＩ捜査官だったんだ。自分や、自分たちの理念を、親友に裏切られたんだぞ。見ようによっては、これは相当強力な動機になるだろ」

　今思えば、エリオットのＦＢＩへの入局にローランドがあれほど激烈な拒否感を示したのも無理はない。

　タッカーが重ねるように、

「だからこそ俺が――そしてお前が――対処したほうがいいんだ。だろ？　俺たちはすでに、一番当たり前の可能性を排除しているからな。二人とも、親父さんが犯人じゃないのはわかってる」

彼の親指がそっと、エリオットの手首の脈の上をかすめる。ごく優しい、ほとんど誘うような接触。そしてエリオットは唾を飲む。己の肉体が、これほどストレスのかかる状況の中ですら、タッカーに反応し、反射的にタッカーの意志に従おうとするのが少し滑稽でもあり、怖くもあった。

「だろう？」

タッカーが重ねて問いかけた。

エリオットはうなずく。だが、まだ言った。

「どうしてまず俺に話してくれなかったのか、納得いかないけどな」

「どうしてかは言ったろ」タッカーは緊張を解き、唇を斜めに上げて笑った。「ほら、エリオット。わかっている筈だろ、俺はお前の味方だ。どんな時もな」

顔を傾け、タッカーがエリオットの耳の下に鼻をこすりつけた。エリオットは首を振ったが、一体何に抵抗しようとしているのだ？　肉体はすでに彼を裏切ってタッカーに身を預け、何だろうとタッカーの意図を受け入れようとしているのに。

歯で耳朶《じだ》をはさまれ、軽く噛まれる。体の芯まで走り抜けた甘い痺れに、エリオットははっと息を呑んだ。

　タッカーがそっと、ほとんど聞こえないほどの声で囁く。

「それとな、お前は間違ってる。俺は、お前が人を殺したって、見逃すだろうよ。それどころか、お前を手伝うかもしれない……それがお前の望みなら……」


　水曜の学期末テストが終わると、エリオットはローランドのグループの元メンバーの所在をつきとめるという地道な作業に取りかかった。タッカーを通じてＦＢＩの協力を得られたとは言え、エリオットとしては動きの痕跡をできるだけ残したくない。つまりは、ＦＢＩの情報網を使うのは最後の手段ということだ。

　やっと、ローランドの原稿の中からスージー・Ｄのフルネームを発見した――スザンヌ・デウォスキン。だが一通り調べても、彼女のその後の足どりはつかめなかった。結婚してのどかに暮らしているのかもしれない。ミーシャのように、反戦運動に参加した多くの女性がフェミニズム活動にも活発に加わっている。彼女たちは自分のラストネームを使いつづけるか、結婚した場合も自分と夫の姓をハイフンでつなげた複合姓を使うので、こちらとしても探しやすい。だが夫の姓に変わるという伝統的な形式は、姿を消したい女性にとっては実に都合がいい。スージー・Ｄもそうしたかもしれない。

ノビーの農園の裏の牧草地で撮られたとおぼしき集合体《コレクティブ》のグループ写真を、エリオットはじっくり眺めた。フランク・ブルーはギターを持ち、カメラに背を向けている。ローランドは笑いながら中指をカメラマンに向かって立てている——多分相手はJ・Zだろう、彼の姿が写真の中にない。ノビーは例によって、ラリっているように見えた。ミーシャは長身で、骨っぽく瘦せた体つきと腰までの長いダークヘアで、女性陣の中でもひときわ目立つ。トム・ベイカーはジーンズを腰ばきにしてたくましい裸の上半身を見せつけ、ひどく若い金髪娘の体に腕を回していた。この娘が〝スター〟に違いない。

スターについては、完全な行き詰まりだった。本の中でもスターとしか言及されていない。あだ名だけをたよりに名無しの家出娘、十六歳の革命家を見つけるには、相当なツキが要る。

エリオットの最初の成果は、ルース・マーゴリーズについてだった。今はルース・マーゴリーズ＝ロシターとなっている。彼女は、ワシントン州ボセルにあるカスカディア・コミュニティ大学で社会学を教えていた。

大学に電話すると、ルースは夏学期は受け持っていなかったが、エリオットのメッセージを伝えておくと言われた。期待はしていなかったものの、一時間もしないうちにルースからエリオットに電話がかかってきた。

ルースの声は軽やかで、響きがよく、古い写真の中にいた細身で怖い顔をした三つ編みの娘のイメージとは合わなかった。

『あなたのお父さんともう交流はないけど、近況はチェックしてるの。火事のこともニュースで見たけど、警察は放火だと思ってるの？』

「そうなんです。集合体《コレクティブ》のほかのメンバーとのつき合いはまだありますか？」

『いいえ』

はっきりした答えだった。

「何か理由あってのことですか？」

彼女のためらいが伝わってくる。それから、答えた。

『私の名前を、お父さんの本の原稿から見たのよね。最後まで読んだ？』

「まだ。七割くらいまで来ましたが」

ルースが奇妙な笑いをこぼした。

『ということは、私のほうが少し、あなたより有利ってことね』

「どのあたりが？」

『あなたのお父さんが地下に潜った時、私も一緒に行ったの。ほかのメンバーはミーシャの側についたけど』

「一緒に、とはつまり……？」

『一緒にっていうのは、一緒にってことよ。私はあなたのお父さんの二人目の妻なの。彼はミーシャと別れて、私と結婚したのね』

ルースは軽い口調でつけ足した。

『ほら、〝政治は遠い者をも同じ寝床で結びつける〟ってよく言うじゃない？』

成程。少しばかり気まずい。はっきり言って、これはかなり気まずい。

「気がつきませんでした」

『でしょうね。ローランドは昔から口が堅いし。でもあの時代、皆が、誰とでも寝てたのよ。おためしの性的体験、っていうのが、いわば私たちにとっては社会的義務みたいなもんだったわけね。勿論、ローランドは既婚者だったけど——まあ理論上は。でも私が思うに、ローリーが本気で身を固める気になるまでに一、二回ばかりの予行演習が必要だったってことでしょうね。私と彼の結婚は十八ヵ月で終わったの』

ほう。その視点から見てみると、ローランドの死を願うまた新たな動機が出てきたとも言えるか。

「穏便な別れ方でしたか？」

『全然』

「それじゃあ」とエリオットは話の流れを危険水域から引き戻そうとする。「スターや、スザンヌ・デウォスキンがその後どうなったかはまるで知らないんですね？」

『スザンヌって？』

「スージー・D？」

『ああ。知らない。スージーは革命おままごとをしてただけ。飽きて、どこか行っちゃった。今ごろどうせ、家庭におさまって孫でも生まれてるんじゃない。スターは……また違う話』

「スターは、どうだったんです？」

ルースの声がやわらいだ。

『今でも時々、スターのことを考えるの。まず、あの子はうちのメンバーとつるむにはあまりに若すぎてね。私だってほかの皆より年下だったけど、でもスターは、一番いってた時でも十六歳だった。こうして自分の娘を持つとね、そう、あの子がどれだけ若かったか、今にしてやっとわかるの。どれだけ傷つきやすかったのか。スターはあなたのお父さんに恋してたの。当たり前だけどね。私たち皆、そうだったもの。でもローリーは、まず何よりも、誰よりも、世界を救うことに夢中だった。まあ、世界を吹っとばして、残ったものを救おうと、ね。だからスターは、Ｊ・Ｚのほうを見るようになった』

「そのＪ・Ｚは、ＦＢＩの潜入捜査官だったわけだ」

仰天した沈黙が落ちた。ルースが声を立てる。

『うわ、彼、本当に全部本に書いたのね！』

「全部というわけでは」エリオットは答えた。「Ｊ・Ｚの正体がバレた後、彼がどうなったのか、父はよく知らないようだった」

ルースは何も言わなかった。

「有力な仮説は――FBIによる仮説は、J・Z・マクギャヴィンは殺されたというものだ」

『そんなの嘘よ。私は一度もそんなの信じてない』

「じゃあ、J・Zに何があったと思っているんです？」

『私？　さっぱりよ』

「彼は、あれきりFBIとの連絡を絶った。家族にも何の連絡もない。あなたがた昔の仲間にも、やはり連絡はしてない」

『FBIの言うことなんか信用できるわけないでしょう』

「たしかに」

　エリオットはそう相槌を打った。そう言われたのが初めてというわけでもないし、もっと身近な相手からその言葉を投げつけられたことだってあるくらいだ。

『ひとつわかってほしいの。私たちは平和を求めていた。人が殺されていくのを止めたかった。その集合体《コレクティブ》の仲間がJ・Zを殺したなんて、私は信じない。彼を殺す必要なんてなかった。正体はバレたんだし。もうJ・Zのことは終わってた。殺して何になるって言うの？』

「平和を求める一方で、あなたがたは記念碑を爆破したり軍事施設に押し入ったりした。軍を標的にして爆弾を落とす計画も立てていましたよね？」

　ルースはひるんだように言った。

『ほとんど、口先だけのことだったのよ。とにかく、それも全部、ウェザーマン地下組織の連中が、グリニッチ・ビレッジの隠れ家を爆弾で吹きとばしてしまってから、全部変わった。私たちは全員、人の命が奪われるような行動は取るまいと決めたの』

　たしかに、いい理想だが、現実は大抵そううまくは行かないものだと、エリオットにだってわかることだ。どうしてか、最悪の瞬間に最悪の場所に居合わせてのけるのが、人間というものなのだ。

「J・Zがそんなに都合よく去っていっただけなら、どうして残りのメンバーは彼が殺されたと信じているんです？」

『わからない。たしかに、彼がただ……消えてしまったのは、奇妙だったけど』

「父の回想録の出版を、誰かが阻止したがるようなほかの動機はありますか？」

『あなたのお父さんはずっと政治的活動を続けてきた。それだけで、必要以上にたっぷり敵を作ってきた筈よ。保守の人たちだって、彼の回想録が出るのはこころよくは思ってなかったでしょうね』

「集合体《コレクティブ》の中の人にとって、ということです」

　彼女は短く笑った。

『そうね、はっきり言うと、私だってありがたくはないわね。私はまだ仕事を引退してないし、再婚して、大学生くらいの娘が二人いる。娘や学生たちに、その年代の頃に私がやらかした馬鹿なことの話を読んでほしいと思う？　そうは言えないわね』

「それはわかります」

『でも、じゃあ、あなたのお父さんの家に火をつけるかと言うと？　ノーよ。回想録が出ると聞いて、やめてくれと思ったのと同じくらい、私の中にも、あの時代を人々に思い出してほしい気持ちがある。私たち、ほとんど、世界を変えたんだもの。あれは忘れてはならないことよ』

「ほかの理由で、本を出版されたくない集合体《コレクティブ》のメンバーに心当たりはありませんか？」

『そうねえ、トム・ベイカーかな？　昔から自意識が高くて人の評判を気にしててね、今じゃやり手の弁護士なんでしょ。逆に、あの本が出ればフランク・ブルーの曲がまた注目されるかも。きっとフランクは喜んだでしょうね、九十年代に死んじゃってなければ。彼も、スターに恋をしていた一人だった』

「スターはどうです？　彼女の本名を聞いたことはありませんか？」

『いいえ。誰も知らなかった。トムの案だったのよ。彼がね、もし私たちがスターの本当の名前を知らなければ、たとえポリ公に責め立てられても彼女の情報は渡さずにすむだろうってね』

ポリ公。いやはや、まったく。

エリオットは言った。

「今の依頼人にはもっとまともな法的助言をしているよう願いたいですね。スターがどこ出身だったかわかりますか?」

『ミシガンね、たしか。いや、ノースダコタ? あれは彼女がうちに来る前にいた場所ってだけだったかも。でも、しゃべり方にそんな感じのアクセントがあった。もっと思い出せればいいんだけど』

「スターはどうなったんですか?」

『出てったの』ルースの声は険しかった。『彼女は、あなたのお父さんがJ・Zを殺したと責め、それから自分の小さなミリタリー・リュックをつかむと、肩で風切って出ていったのよ。それが、最後』

16

オフィスの鍵を閉めて帰宅の途についたエリオットを、大学の裏手の駐車場で、スーツ姿の二人のチンピラが待ち受けていた。

いつもケンブリッジ・メモリアルチャペルの裏に車を停めるようにしているのは、ひとつには大抵人気《ひとけ》がないからで、この午後もその例に洩れなかった。エリオットはルース・マーゴリーズ＝ロシターから聞いたばかりの話に意識がいっていて、男たちが黒いセダンから出てくるまで気がつかなかった。警戒の理由もなかったわけだが。エリオットが近ごろ影を追う人々と違って、スーツ姿を見れば即座に敵と見なす主義もない。

それとももしかしたら、タッカーが思うように、エリオットは現場の勘を失いつつあるのかもしれなかった。

「ミスター・ミルズ？」エリオットに近いほうの男が、いかにも本物らしい身分証をつきつけた。「ＦＢＩだ」

大体エリオットの年齢だろう。黒髪、黒いサングラス、細く攻撃的な顔立ち。パチンと身分証を閉じた。

「少し話がある」

「ほう？」エリオットは言った。「ＦＢＩ？」

「その通りだ」

そう言ったのはもう一人のチンピラで、エリオットの左側に近づいてくる。やはり黒髪とサングラス。この男のほうが大柄で、たくましい。タッカーほど大きくはないが、充分な脅威になるほどには。

エリオットの読み違いかもしれないが。もしかしたら。この二人が、新たな売り込み法を試しにきた聖書のセールスマンという可能性だってないとは言えない。

エリオットはたずねた。

「IDを、もう一度見せてもらえるか?」

「いいや、そいつは無理だね」

二人目のチンピラがそう言うなりエリオットを引っつかみ、ニッサン車のボンネットへつきとばした。

エリオットの背が激しくボンネットにぶつかる。後頭部をガツンと打った。綿のシャツを通して、陽に温められた車の熱が伝わってくる。

そう、たしかに現場感覚を失っている上、反応も遅すぎた。こうもいきなり荒っぽい事態にエスカレートするとは予想もしていなかった。多くの人間が、その油断から傷ついたり殺されたりするというのに。

車の警報が鳴り出し、耳をつんざくような甲高い電子音が、大学の建物や窓にはね返った。

そんな中でも、顔からほんの数インチのところで囁かれる声はよく聞こえた。

「あんたがそうお利口な態度をとるなら、いいぜ。こっちのやり方で行こうか」

チンピラその2が、そう言った。

チンピラその1は、ボンネットの逆サイドからエリオットの上に身をのり出した。逆さまの、酷薄そうな口が動く。

「あんたに伝言があってな。自分と無関係なことには首をつっこむな、ってさ」

「どれのことかな、たくさんあるが」とエリオットは返す。

チンピラその2は、ほとんどエリオットにのしかかり、昼に食ったらしいステーキとオニオンのサンドイッチの匂いを顔に吹きかけてきた。エリオットにはひどく不利で、無防備な体勢だ。二、三発くらいならくらわせてやれるかもしれないが、二人ともを倒すのは不可能だとわかっていた。いい結末は望めまい。それに、無理をする必要もない。もしこの二人が本当にエリオットを痛めつけに来たのであれば、最初から腹に何発かと顎に一発、という形で始めていた筈だ。

だからエリオットはじっとして、男の耳や顎、口の形に集中した——顔の特徴を探し、記憶に刻みこむ。

「そうさ。どれもあんたの健康を大いに損なうかもな」

チンピラその1が言っていた。

チンピラその2がエリオットのシャツを握りこむ。

「俺なら、どこか遠くに行って、夏の間しばらくのんびりとすごすね」

「なにしろ、もしあんたがそうしないと——」チンピラその1が先を続ける。「俺たちがまたやって来てあんたの膝を叩きつぶすことになるからな。それか背骨を。わかったか？」

チンピラその2がエリオットを揺すった。「わかったか？」

「ああ、わかった」

男はもう一回揺すってから、エリオットを離したが、決定的なダメージを与えずに離すのが惜しい、という表情だった。

二人のチンピラは下がりながら、エリオットをほとんど醒めた目で観察していた。エリオットはその体勢のままじっと、油断なく目を配りつつ、逆らう気はないと態度で示す。それが利口な振舞いというものだ。たとえ、利口に振舞うことでプライドがどれほど傷ついても。ひっくり返された犬のようにボンネットに寝ているのが悔しくてたまらなくとも、病院でタッカーから「だから言っただろう」と言われるよりはるかにましだ。

チンピラが笑った。

「こいつはわかってるよ。頭がいいからな。なんせ、学校のセンセイだ」

二人は歩き出した。エリオットは体を起こす。男たちが車に乗りこみ、まだニヤつきながら走り去っていくのを、ずっと見ていた。

「ABZ765」ナンバーを、二回、自分に向けてくり返す。「A・B・Z765《アルファ・ブラボー・ゼブラ》」

逃がさないぞ、クズ野郎が——。

髪をぐいと払い、手が震えているのに気付いて苛立つ。アドレナリン過多だ。アドレナリンのせいだけではないだろうが。

ブリーフケースを取り上げる。落とした時に口金が開かなくて幸いだった。キーを探し出し、車のドアを開け、車内へ潜りこむ。ロックを押し、エンジンをかけた。

ラジオがついて、ウィル・マコーレーの、今やなじみの声が流れてきた。

『……リベラルなマスコミ屋は、我らの素晴らしい共和国を壊すほうに熱心だね。〝我らの自由は報道の自由によってのみ守られ、それを制限しようとすれば失われかねないものである〟と言ったのは、トーマス・ジェファーソンだ。だがこの番組のリスナー諸君ならすでに知りすぎるほど知っているように、今日《こんにち》の報道は、腐敗しモラルを失った政府の片棒をかつぎ……』

冷風がエアコンの送風口から吹き出し、エリオットは、体の震えをその風のせいにできればと願う。だが、違うのだ。本当は――膝をつぶすという脅しに、心底震え上がったのだった。

そして今や、激怒していた。

あれはお決まりの脅し文句なのか、それともエリオット向けに用意された脅しだったのか？

あの脅しの残酷さは、膝の手術の、あるいは膝を撃ち砕かれた経験を持つ者だけが知っている。つい、膝をさすっていた。

電話を手にしたが、自分の声が平静だと確信できるまで何秒か間を置いた。タッカーにかける。

『ああ』タッカーがそっけなく電話に出た。『今は少しまずい』

エリオットも同じほど無感情に返す。

「後でかけ直してもらえるか？」

少なくとも、エリオットはその声が同じく無感情だと思っていた。だが、タッカーの声がさっと鋭くなる。

『大丈夫か?』

「文句なしに」

エリオットは電話を切った。

十三分後、タッカーがかけ直してきた。もうフェリーへと車を走らせていたエリオットは、路肩に車を寄せて電話に出た。

『さっきは悪かった。何があった?』タッカーがたずねる。『親父さんは大丈夫か?』

「俺の知る限りは。俺たちが追っている方向は正しかったようだ、今、俺は手を引けと脅されたよ」

『どういう脅しを——?』

「どういうのかって、二人の荒くれタイプの男から、俺の膝を折るって脅されたのさ」

エリオットは、タッカーの悪態がやむまで待ってから、やっと今日のことを丸ごと話した。

「つまりはこれが、今日のいいニュースと悪いニュースのセットだ」

『もう通報したか?』

「いいや。ステイラクームに向かっているところだよ」

『何だと? 通報しろ。今すぐにだ。逮捕写真《マグショット》のリストを見て、その中に見た顔があるか確認できる。お前ならきっと——』

「そうだな。それで、俺はどう状況を説明する？　シアトル市警に、俺が事件について嗅ぎ回っていることを言わずに？　聞けば向こうはさぞ喜ぶだろうな」

タッカーが黙った。

「そういうことだ」エリオットが続ける。「ただ、車のナンバーは見た」

『教えてくれ』

エリオットはさっきの車のナンバーを伝えた。

『奴らに、今日のことを心から後悔させてやる』

タッカーが唸った。真剣だ。エリオットは鼻を鳴らした。どうしてかタッカーの激怒が、エリオットの怒りを鎮めてくれていた。

『裏にいるのはマコーレーだろうな』タッカーが言った。『この件に絡むほかの誰がそんな連中を雇える？』

「マコーレーだって無理だろ」エリオットは応じた。「あの男はただの地元の政治コメンテーターなんだし。だろ？」

『大金持ちの政治コメンテーターだがな』

ほう。それはニュースだ。マコーレーは変人だと、そこまではエリオットもすでに感じていたが、大金持ちの変人というやつは事態を厄介にしかねない。とは言え……。

「それでも、腑に落ちないね。どうしてわざわざ妥協して警察に全面協力してみせたんだ、手のひらを返してわかりやすく俺にゴロツキを差し向け、俺の膝を叩きつぶすって脅すくらいなら？」

　膝については言い方を誤った。タッカーがまた悪態を吐き散らしはじめる。

「わかった、わかった」エリオットはなだめた。「お前の気持ちはありがたいが、実際に奴らがやったのは俺のシャツを皺だらけにしたことだけだ」

『俺がマコーレーと話をつけてやる』

　少し前までだったら、エリオットのために男らしく立ち上がらなければと思っているタッカーに、エリオットは激怒していたことだろう。今、エリオットはニヤリとする——少々皮肉っぽくではあっても。

「まあそう急ぐな、いいな？　せめて後でじっくり話し合ってからにしてくれ。今日は帰ってくるのか？」

　タッカーは向こう側の誰かに何か言ってから、電話口に戻った。

『ああ。夕飯までには帰る』

「じゃあ、後でな」

『充分、気をつけてな』

　エリオットは微笑んだ。「お前もな」と言って、電話を切った。

島の雑貨屋に立ち寄った。外に昔ながらの錆びたガソリンポンプがあり、正面のドアには海の絵が描かれた色褪せた楕円の看板がかかっている。このダッキーズは島のベーカリーでもあり、デリ、ホームセンター、土産物屋、郵便局、そしてATMだった。エリオットは自分宛の郵便を受け取り、サーモンの切り身と、ハーフ&ハーフビールを一ケース、焼き立てのピーナッツバターブラウニーを買った。

やっと家に帰りつくと、音楽をかけ——ドキュメンタリー『南北戦争』の曲〈ザ・ワン・ザット・ゴット・アウェイ〉が静寂を満たす——二階へと上がった。ジーンズとやわらかなグレーのTシャツに着替えて戻ると、サーモンで夕食の準備にかかった。おだやかで、実にすごしやすい夜になりそうで、戸外のバーベキューグリルで料理したい誘惑にかられたが、結局はローズマリーとタイム入りのマスタードを塗ったサーモンのオーブン焼きにした。

すでに、チャペルの駐車場での出来事は、記憶から薄らいでいた。だが膝はいつもより痛む。心理的なものに違いない。エリオットはアスピリンを飲むと、どうしてウィル・マコーレーがこんな馬鹿なことをしたのか考えてみようとした。実に理屈が通らない。特に、ルースから事情を聞いた後では。

もしかしたら、マコーレーはどこかでJ・Z・マクギャヴィン（ゼルヴィン）とつながりがあるとか？　あまりありそうにない話だ、ワシントン州生まれのマコーレーに対してマクギャヴィン（ゼルヴィン）は東部の出だし、二人の姓も違う。

ゆでたポテトの皮を剝き、野菜を洗って刻んだ。これでサワークリームのマッシュポテトと、ヘーゼルナッツとバジル入りのチェリートマトとブロッコリのサラダにしよう。

CDが終わり、その最後の余韻の中、エリオットはキツツキの音を聞く。島には三種のキツツキがいる。実際、ここはバードウォッチング愛好家の天国だった。ハチドリからアオサギまで。空洞に反響した音が、おだやかで生温かい空気の中に、のどかに漂った。

気持ちが安らぐのを感じる。駐車場の出来事で動揺していたが、大丈夫だ。傷ついてもいないし、心が折られてもいない。父親の一件も、いずれ解明できる。

キッチンテーブルへ歩みより、何気なく郵便を整理しながら――ローランド宛の手紙は今はどこに行くのだ？――心の端で、ビールを飲むかどうか思案していた。一通の封筒に目が行く。封筒というより、スタンプで押されたリターンアドレスにか。ワシントン州立刑務所から。

首筋の毛がそそけ立った。

今、ワシントン州立刑務所に滞在中の人間に、エリオットの心当たりは一人しかいない。〈彫刻家《スカルプター》〉。

17

その手紙は短く、目的は明確だった。高名なる地元の連続殺人犯《シリアルキラー》アンドリュー・コーリアンからエリオットへの招待状。

ミルズ

君と私との間には意見の相違があるが、どうあれ、君は愚か者ではない。少なくとも、大体の時は。

現在、私は己の死の可能性を味わいつつ、その上、知的刺激に満ちた交流も楽しんでいるところだ。君にも訪問の機会を与えたい。お互い居心地のいい場所とは言いかねるところもあるし、君の友人のファシストがほしがっている情報を渡す確約もできかねるが、これだけははっきり言おう。君以外の誰にも、その情報を話すことはないと。

何時間か後——エリオットは時間の感覚を失っていた——タッカーのエクステラが家の前へ

到着した、聞き慣れた音が聞こえた。

「シャチが戻って来てたぞ」タッカーがネクタイをゆるめながらキッチンへ入ってきた。「フェリーが接岸する前に港で見かけた。ふう、家に戻ってくるとほっとするよ」

そこで言葉を止め、彼はエリオットをしげしげと見やった。

「大丈夫か？　親父さんから何か？」

テーブルの前に座っていたエリオットは、そこで顔を上げた。

「ん？　いや。つまり、ああ、大丈夫だ。いや、親父からは何の連絡も来てない」

タッカーが身を屈めて彼にキスをした。エリオットは微笑んでキスを返す。

「いい日だったか？」

「ああ、問題ない」タッカーの眉がぐっと一つに寄る。「心ここにあらずだな。昼に顔を合わせたゴリラどもがまだ気になってるのか？」

「そうじゃない」

事実、あのゴロツキどものことなどまるで頭から消えていたのに気付いて、エリオットは驚いた。チャペルの駐車場での出来事など、遠い昔のようだ。彼はタッカーに、コーリアンからの手紙を手渡した。

「だがどうやら、今日はよほどサイコ野郎に縁のある日らしい」

手紙を受け取ったタッカーは、何の表情も浮かべることなく、目を通した。エリオットへ視線を戻す。

「それで、お前はどうする？　こいつに会いに行くのか？」

彼の声には感情の抑揚がまるでなかった。この、まったく驚きを見せない態度こそが、もしかしたら、エリオットの不吉な疑いをはっきり固めたのかもしれない。

「お前は、あいつが俺に手紙を書くと知ってたのか？」

「いや、知らなかった」

タッカーはぼそっと答える。これは真実だ──知っていたらどこかで手紙を阻止していたに違いなかった。

「だが、あいつが俺に会いたがっていることは知っていたんだな」

今回は、問いではなかった。

「ああ」タッカーが答える。「奴はお前に会わせろと、もう何ヵ月も言いつづけている」

エリオットが唖然と凝視すると、タッカーはまっすぐ、揺るぎない、硬質な表情で彼を見つめ返してきた。

「どうして言ってくれなかったんだ？」

「それは、またあいつのマインド・ゲームにお前を引きずりこまれたくなかったからだ。お前のためにも、そして俺の捜査のためにも」

浴びせてやりたい言葉を呑みこむのが、ひどく難しかった。タッカーが、またもエリオットを守ろうとしているのだということはわかる。事態を自分の手でコントロールすることで、タッカーが自分の担当事案を守ろうとしていることもわかっている。わかっているのだが、エリオットは、タッカーの行動に怒りを覚え、動揺もしていた。なんとか、しばらくの苦労の末、比較的落ちついた声を絞り出した。

「まず俺の意見を聞こうとは、思わなかったのか？」

「思わない。そうなれば、俺が何を言おうが無駄だ。お前は、あいつと対決しなければならないと思いこむだろう。それが自分の責任だと。やり遂げてみせなければならないことだと、そう考えるだろう」

何の謝罪も、反省も、罪悪感も、タッカーから伝わってこない。信じがたいが、唯一のタッカーの後悔は、エリオットへのこの手紙を阻止できなかったことだけなのだ。

「それで、俺に話もせず、ただこの件からしめ出したのか――俺が犯人までセットで渡してやらなきゃお前が担当することもなかった案件から」

「俺がそれを忘れているとでも思うのか」

「お前は、俺に嘘をついて――」

「俺は嘘はついていない」タッカーがまたさえぎった。「お前に、嘘をついたことは一度もない。お前に話さないようにした物事はある、だが、嘘とは違う」

「俺からしてみると、嘘のようにしか思えないね」

「俺にとっては、唯一の現実な選択肢としか思えない。お前は、すでに一度あいつに引きずりこまれた。次も、それを許すだろう。お前にはそうするしかない」

「俺がそうするしかない？　お前、それは一体どういう意味だ——」

「まさに言った通りの意味だ。お前は自分自身に、やらなければならないと、自分の責任だと、そしてもし被害者の家族のために奴から事件の真相を聞き出せる一縷《いちる》の望みがあるのなら、どんな地獄だろうと耐える価値があると思うだろう。それが、俺たち二人にとっての地獄だろうと。お前のことは知っている、エリオット。お前は、何かを嫌だと思うほど、それをやらなければと、やり遂げてみせなければと決意する。あの男に操られているとも気がつかずに——あの男のゲームに、あの男のルールで引きずりこまれていることも見えずに」

「凄いな。お前がそこまで俺を高く買ってくれているとはね」エリオットは短く笑った。「それを言っといて、他人の境界線を尊重してないのが俺のほうだと？」

タッカーの目が細まる。だが何も言わなかった。

ここから、二人はどうなってしまうのだ？　エリオットには予想もつかない。あまりに怒り狂っていた。自分が何を言い出すか自信がないほど。タッカーのほうもそれを防ぐ助けになってくれそうにはない。タッカーはそこに立ったまま力強い肩をいからせ、まるで敵地に立つ手強い相手を見るような目で、エリオットをじっと見つめていた。

エリオットはコンロのほうへ手を振った。

「勝手に食ってくれ。俺は少し、上で仕事をしてくる」

ドア口まで行った時、タッカーが言った。

「言わせてもらうが、今回、話し合いに背を向けたのはお前だぞ。俺じゃない」

「このままここにいたら、後悔するようなことを言いそうなんだよ」

「なら、お前の心の準備ができたらまた話そう」

あくまで節度ある、ほとんど寛容なほどの口調に、エリオットは手近なフライパンでタッカーを殴り倒したくなる。なのでそのままキッチンを出て、二階へ向かった——その二階では四十分間、黄昏の景色を見つめながら、本当に仕事ができるくらいに心を落ちつけようとした。

ほかのことはひとまず置いておいても——言うほど簡単ではないが——この一週間で、タッカーがエリオット相手に重要な情報を隠し立てしていたのを発見したのは、これが三度目だ。

その見方は、フェアではないだろうか？ タッカーは実際には、何かの情報を隠していたとは言えない。むしろ単に、エリオットをしめ出し、壁を作って、エリオットの前で特定の話題が出ないようその流れを断っていた、というほうが近い。

ひどく傷ついていた。この、タッカーからの疑い。信頼の欠如。そして——とエリオットは唾を飲む。敬意の欠如。

信用も尊厳もなければ、一体、彼らの間に何が残る？

タッカーに対する怒りの激しさのあまり、ふたたび〈彫刻家《スカルプター》〉と顔を合わせる可能性への嫌悪感など、まるで二の次になっている。チャペルの駐車場での襲撃などもはやほぼ頭の隅だ。

それほどの凄まじい、それもまるで予期せぬ方角からの裏切りに思えて、どうしてもそのことしか考えられない。タッカーの確信に満ちた態度に、すっかり動転していた。タッカーはまるで謝ろうとする気配すらなかった。彼は、自分が正しい、それも唯一の選択肢を選んだと確信しているのだ。

エリオットはまた同じ、気の滅入る問いへとたどりつく。ここから二人はどうなってしまうのだ?

彼には、わからない。

数度の堂々めぐりで同じ袋小路に行きついた挙句、やっと彼はパソコンを立ち上げ、無難で安全な仕事にとりかかった。採点の入力作業。

十一時少しすぎ、タッカーがエリオットの仕事部屋の入り口に姿を見せた。ドアフレームをノックする。

「ベッドには、来るのか?」

その目は暗かった。

エリオットは同じくらい他人行儀な口調で答えた。

「今はまだ。成績をつけてしまいたいんでね」

タッカーはためらったが、去っていった。

目がざらついて画面の文字がぼやけ出すまで、エリオットは仕事を続けた。パソコンを消し、部屋の隅にのびる影を見つめる。開いた窓の外では、木々の間を風の吐息が通っていく。湾の向こう、遠くに稲光の閃きが見えた。

コーリアンは、まさにこの部屋で、殺人を犯した。エリオットは、前にベッドがあったところを見やる。今でも、あの瞬間を夢に見ることがあった。あの血をきれいにするために、カーペットを剝がして新しくしなければならなかったのだ。そして犯行があった地下のセラーのセメントには消えない染みが残った。

ぶるっと震えがきて、自分で驚いた。コーリアンは病んで歪んだイカれ野郎だし、あの男とまた顔を合わせるなんて絶対にお断りだ。だがそれは、エリオット自身が決断するべきことだ。タッカーが勝手に決めていいことではない。

一階へ下り、キッチンへ入った。コンロの電源は点いていて、その光がテーブルに残ったエリオットの手つかずの皿を照らしていた。タッカーはサーモンの半分を食べ、皿を洗って、残り物を冷蔵庫へ片付けていた。エリオットはグラスに牛乳を注ぎ、月光の照らす梢と、銀色の湾の水面を見つめた。

父親が今、どこにいるのかと思う——そして何を企んでいるのかと。

エリオットはシンクの水を出し、グラスを注いで、二階へ上がった。

タッカーは眠っていた。月光に照らされた彼はうつ伏せに横たわり、片手と片足を図々しくこちら側に投げ出していて、エリオットは苦笑した。こんな夜、やはりもっと大きなベッドの方がいいかもしれないと、そんな気分になる。

室内を静かに動き回って服を脱ぐと、顔を洗い、そっと、慎重にベッドへもぐりこんだ。対決するには疲れすぎているし、和解する気分にはほど遠い。

タッカーが何か呟き、ごろりと寝返りを打った。二人は背中合わせに眠った。


シャワーの水音で目が覚めた——それと、開いた窓の外の、やわらかなパタパタという音と。夏の雨が含む、大地の香りを明け方のそよ風が運んでくる。

エリオットは溜息をついた。今日は、雨という気分ではない。

無論、そんなことを言うなら、そもそもこのワシントン州になど住むべきではないのだが。

キュッと蛇口が締まるきしみがして、水音が止まった。ガラスドアが開く音と、タッカーがバスルームの中を動く音が聞こえる。

心が沈んだ。彼らはいつもは争わない。だが、いざ喧嘩となると……。

バスルームのドアが開いた。タッカーが大股で出てくる。水色のタオルが腰回りから誘うように下がり、髪はまだ濡れて、なでつけられている。ベッドへちらりと目を向け、エリオットと視線を合わせた。表情は、どこかしら——何だ、この表情は？　神経質？　警戒？　不信？

何かはともかく、それは一瞬で消えた。

「バスルームはもう使っていい」とタッカーが言った。

「どうも」

エリオットはバスルームへと逃げこんだ。

少しして一階のキッチンへ下りていった彼の、スウェットとTシャツという格好を見て、タッカーは驚いていた。

「仕事に行かないのか？」

エリオットはまっすぐコーヒーメーカーを目指した。

「行くよ、でも今朝はもう少し遅く出ようかと思ってね。今日の授業は一時からだし」

シンクの向こうの窓をかすめる雨の音が、二人の間に濃くたちこめる沈黙を満たした。エリオットはコーヒーの粉を測りながら、タッカーがブリーフケースを開いたのを意識する。水を入れ、コーヒーメーカーのスイッチを入れ、ちらりと周囲へ目をやった時、タッカーがファイルフォルダを手渡してきた。

「昨夜見せるつもりだったが、ほかに気を取られてな」

ほかに気を取られて、か。随分と婉曲な言い方だ。

エリオットはフォルダをじっと眺めた。古いFBIのファイルのコピーが入っている。その紙をパラパラとめくって、逮捕写真《マグショット》を凝視した。トム・ベイカー、ミーシャ・ワインスタイン、オスカー・ノブ、ルース・マーゴリーズ、フランクリン・ブルー、そして勿論、ローランド・ミルズ。

驚きながら、顔を上げた。

「ありがとう」

タッカーがうなずく。

（花束を手に告白する男もいるだろうが。俺の贈り物は、火災調査報告書だ）

エリオットは、気がすすまないままたずねた。

「出かける前にトーストか何か食ってくか？」

「いや」タッカーは、エリオットをじっと、重々しく観察していた。「エリオット、お前がまだ怒っているのはわかっている」

「わかってなかったらお前が心配になるところだ」

「話し合うのか、それともお前はまた、ただ俺との間に壁を作るのか？」

タッカーは、自分が壁を作られているほうだと思っているのか？　これは笑える。エリオットはファイルをテーブルに置いた。

「俺は壁を作ったりはしない。だが、お前と話し合う意義も見出せない。自分で言ったが、もうお前は俺が怒っているのは知ってるんだろ。そしてお前に、謝る気がまるでないことも、もうはっきりしている」

タッカーは肩を、まるで戦いに挑むかのようにいからせた。

「俺は嘘はついていない。お前に、決して嘘はつかない」

たとえ、そのほうが自分にとって楽な道だろうとも。

エリオットは苦笑いして、その事実を受け入れる。

「ああ、お前は嘘はついていない。だが明らかに、俺にわざと物事を知らせずにいた。それはある種の嘘だ」

「同意できない」

「お前が同意しないのはわかってる。だから、話し合っても仕方ないと言ってるんだ」

タッカーの青い目が陰《かげ》りを帯びた。

「それはつまり、はっきり言うと、どういう意味だ?」

エリオットは首を振った。

「つまり、何も悪いことはしてないと信じている相手を許すのは難しいって意味だよ」

「俺が、お前のためだけでなく、自分の捜査のためにも最善の道を取ろうとしているのはわからないか? コーリアンはお前に固執している。まだ、お前と自分が、命を懸けた二人だけの対決の舞台に立っていると思いこんでいる。残りの警察、俺、裁判などにはろくな興味がない
——またお前の顔を直接見ること以外にはな」

寒気が、エリオットの背を震わせた。イカれた殺人鬼からの熱烈なまなざしほど不気味なも

のはない。コーリアンが法的に狂人と診断されたわけではないが、しかし現実的に見て、あの男はサイコパスだ。

「そこは、お前の考え違いだ」エリオットは応じた。「お前の立場は理解している。六ヵ月もかけてきた捜査だ。俺よりずっと事情も把握しているだろう。それを別にしても、俺はあの怪物にエサをやる気はないし、やりたくもない。お前は隠す必要なんかなかったんだ、俺はコーリアンに会いに行く気なんかなかったんだから」

タッカーのほっとした表情に、エリオットはさらにつけ加えた。

「だからと言って、俺たちの間のことがそれで変わるわけじゃない。信頼の欠如は、ただの抽象論じゃない。信頼は人間関係の基礎だ」

「俺はお前を信頼している」タッカーが答えた。「これは、お前を信じるかどうかの問題じゃなかった」

「いや、そういう問題だよ」エリオットは言葉を返した。「だが、そんなことはもうどうでもいい。要点はだ、今、俺がお前を信用できないということだ」

18

我々は、全員が甘やかされた金持ちの子供だったわけではない。我々は社会の変革を求めた。それも、即時に求めた。だがその焦燥感は、日々の欲求が満たされた者の思いつきや気まぐれではない。その真逆だ。それは、生まれてからずっと、正義が為されず不道徳が平然とまかり通るのを目の当たりにしてきた、その歳月から爆発した思いなのだ。私の父は大学教育などは受けていなかったが、彼の好きな言葉にバークの「邪悪が栄えるためにはただ善人が何もせずにいればいいだけだ」というものがあった。この言葉は、父が戦争に行くための信条となり、私にとっては戦争を止めようとするための信条となった。そう、真実、我々は世界を変えようとした。あの世界は、変わらねばならなかった。

タッカーの表情が、午前中ずっと、エリオットの心から離れなかった。

反発。痛み。動揺。決意。どれもお互い様だ。それにしても腹立たしいことに、エリオットの激怒がどれほど本物でも、どうしてもタッカーに同情を覚えずにはいられなかった。どう見てもタッカーは心の底から己の正義を信じきっていたし、エリオットにその価値観を否定されたせいで、すっかり面食らっていた。

学期末テストを配り、それから集めた。これで終了だ。七月八日までに成績をつけて、それから後は、ただ楽しみにしていた夏の休暇だけ。タッカーと衝突する前は、もっと心が浮き立っていた筈だった。

公平に見るならば、二人のどちらも、長期にわたるつき合いや同棲の経験はない。タッカーの話だと、以前に六ヵ月ほどほかの捜査官と同棲したことがあるそうで、それは何年か前、ロサンゼルス支局にいた時のことだった。もしかしたら、六ヵ月というのがタッカーの限度なのかもしれない。あるいは、相手がタッカーに我慢できる限界か。

エリオットはひるんだ。違う。そんな考え方はフェアではない。たしかに彼とタッカーは喧嘩をしたが、それでもエリオットは、大人になってからというもの、タッカーとすごしたこの数ヵ月ほど心おだやかで満ち足りていたことはなかった。今回のことで動揺はしているが、だからといって昨夜でタッカーへの愛が冷めたなどということはない。

二人とも、別れる気などまるでないし、この関係を大切にしている。ならば、どうにかして二人でのり越えるしかない。

夏休みの間に要るかもしれない残りの本や書類をまとめながら、自分のデスクでコーヒーとサンドイッチを食べた。オフィスの窓をポツポツと叩く、悲しげでやまない雨音が、夏のバカンスという考えすら嘲笑っているようだった。

パイン刑事から電話が来て、ローランドから連絡がないかと質問され、エリオットはやむなく、連絡は来たがどこにいるか聞き出すことはできなかったと認めた。

『どこにいるか見当はつかないんですか？』パインが高圧的に、はっきりと疑いをにじませた。

『ひとつも？　何の見当も？』

同じ立場なら、エリオットも疑ってかかっただろう。実際、はじめのうちはローランドがノビーのオーガニック農園に身を隠しているかもしれないと考えた。今でも、ノビーがまだ何か知っているに違いないとにらんではいるが、ローランドの居場所を知らないと言ったあの言葉は真実だろうと思う。それに、ローランドがベイカー夫妻の家に滞在しているわけはない。となると、残るはどこだ？　回想録を読んだ今、ミーシャなら窮地のローランドに助けの手をさしのべるかもしれないと思うが、ローランドの失踪を知らせた時のミーシャの声の動揺は、本物に聞こえた。

「何の見当もつかない」とパインに答えた。

『こちらにしてみると、これは少々疑わしい状況に見えると言わざるを得ませんな』

「なら目の検査をおすすめするよ。父は二つの殺人未遂の被害者だ。いかなる犯罪の容疑者でもない」

『容疑者とは言ってませんよ。ただ彼の行動が少々、疑わし――』

「そちらのリストと照らし合わせて絞りこむのに使えそうな、こちらでまとめた人名リストがあるんだが」

『人名リスト？　どういうリスト？』パインがたたみかける。『どこから得た名前です？』

「父の書類に目を通してね」

『書類は全部焼けてしまったのでは？』

　エリオットはその言葉を無視した。

「まず第一に、ワシントン州のアーチェリー協会の協力が必要になる。弓矢を使う層はそれほど多くない筈だし、まあ多くとも、協会には名簿があるだろう。それと、野生動物局に登録されたクロスボウのライセンスの名簿を照らし合わせれば、怪しい名前が出てくるかもしれない」

『もしくは空振りか』とパインが言った。『そうでしたがね。クロスボウの登録名簿をチェックしようと思いつくのが、元ＦＢＩ捜査官だけだとでもお考えで？』

「いや。だが、父の仲間として知られていた少数の人物の名簿があるんだ。これが役に立つかもしれないとは思ってるよ」

『これはこれは、あなたがいなけりゃ捜査もできませんな』

パインが刺々《とげとげ》しく言った。それでも彼はファックスの番号を並べ立て、エリオットは集合体《コレクティブ》の元メンバーの名前を送信した。

ローランドの本の原稿の最後のページを読み終え、エリオットはオフィスの窓から外を眺めながら、本の結びを思い返していた。

子供らに平等、正義、自由、平和というものについて吹きこみ、それが戦って守る価値のあるものだと説いたなら、その子供らが、信じるものを守るために武器を持って立ち上がるのも当然と言うほかないだろう。〝武器〟というのはこの場合、自分にとってもっとも効果的な戦い方を指す。

子供らはたとえ、あなたとだろうと、戦うのだ。必要ならば。

私もまた、己の人生の中で、その運命を受け入れなければならなかった一人である。

今こうして知って、振り返ると、エリオットにも前よりずっとよく理解できた。彼からＦＢＩの訓練課程に合格したと誇らしげに告げられたローランドが、どうしてそれを、胸が悪くなるほどの苦々しい皮肉として受けとめたのか。

もう一度、Ｊ・ＺがＦＢＩの潜入捜査官《モグラ》だと暴露された章を読み返した。例によって、ローランドの視点は相変わらず厳密な事実より、皆の感情や今後の政治活動への影響に向いている。Ｊ・Ｚの正体が何故バレたのかも記さず、誰がその情報を知らせてきたのかも書いていなかった。それでも、Ｊ・Ｚは疑惑を否定しなかった。それどころか、ほとんど即座に〝有罪《クロ》を認めた〟のだった。

ローランドの書いたところによると、その最後の顔合わせの時、スター、スージー・Ｄ、フランク・ブルーはその場にいなかった。Ｊ・Ｚへの落胆と幻滅を口にしたのは、残りのトム、ミーシャ、ルースだった。それも長々と、やかましく――ローランド自身、本の中で何年経っても同じことをしていた。

エリオットは、ミラ・イーガンに語った歴史というものの本質について、苦い思いで振り返った。まさに、これぞ実地検証の機会というわけだ。ここには歴史上の事実があり、ローランドを通して見た事実があり、残る人々の反応も今後得られる。この回想録が出るという予告だけですでに誰かが暴力にまで訴えたことを思うと、あまり楽観的にはなれないが。

本の中でローランドは、Ｊ・Ｚが大いに自分を恥じていると信じているようだったが、おそらくただの希望的観測だろう。Ｊ・Ｚの本心はともかく、彼は命じられたとおり自分の荷物をまとめ、ベルビューの皆の隠れ家から出ていった。

エリオットが読んだ限り、Ｊ・Ｚの姿はそれきり目撃されていない。

その先、J・Zについて語られることもなかった。彼に何があったのか、ローランドに興味や関心があったとしても、回想録の中ではまるでふれられていなかった。続くJ・Zへの言及はすべて、彼の離脱が及ぼす影響への対処についてだ。集合体《コレクティブ》は、無理もないことながら、パニックに陥った。数日のうちにFBIから全員逮捕されると信じ、グループは分裂して、ほとんどのメンバーが地下に潜った。例外はフランク・ブルーで、彼がその後イギリスで行ったツアーは大成功し、追加公演も行われた。

エリオットはその章を数回読み返し、メンバーが去っていった順番を確定しようとした。どうやらスターが最初に——翌晩——いなくなったようだ。グループが、隠れ家を移すか解散するか判断を迷っている間のことだった。ローランドは、スターが去った時の状況について、奇妙なほど曖昧な描写に終始している。それも当然か——スターから、J・Zを殺したと告発されていたのだから。

それとも、厳密に見るなら、ノビーが最初に去ったと言えるか？　その頃にはもうノビーは皆と共同生活をしておらず、例の農場で暮らしていた。彼はローランドに電話をしてきて、カナダへ向かうと告げていた。

スターが消えた翌朝、トムが出ていった。少なくとも、この点ははっきりしている。

ローランド自身は、FBIから逮捕される恐れよりも、自分とミーシャの結婚の破綻と、ルースとの恋の始まりに気がいっているようだった。ミーシャは、皆に四日遅れてベルビューの家を出ていった。ローランドとルースは、ローランドがピュージェットサウンド大学《PSU》での座りこみの運営を手伝う約束をしていたので、その週の終わりまで残っていた。

皆が去った順番は、二通りに解釈できる。もし誰かがＪ・Ｚを殺したのであれば、その人物はさっさと逃げ出したがっただろうという考え方。逆に見れば、その人物だけはＦＢＩが逮捕に踏みこんでくることなどないと知っていた以上、腰を据えてじっくり先の計画を練っていたともとれる。

その見方でいくと、ローランドの呑気《のんき》な行動は誰より怪しいとも言えた。少なくとも、ローランドを知らない者の目には。父をよく知るエリオットから見ると、自分が組織した運動が軌道に乗るまで出発を遅らせたというのは、いかにも父らしい話だった。

エリオットは原稿をさかのぼり、スターに関連する部分をすべて読んだ。スターはある日、いきなり、ローランドが演説を行った大学の集会にふらりと現れたのだった。ローランドとミーシャは彼女をかわいがるようになった。スターは例に洩れず、ローランドへの恋に落ちたが、後にＪ・Ｚへ心変わりをした。Ｊ・Ｚは彼女の思いに応えたのだろうか？　ルースの話では、スターには誰も手出しするなとローランドが命じていたそうだが。

そして、数枚の写真の中で、重々しい表情に大きな目をして写るスターの顔を見つめて、エリオットは父がそう命じた理由を悟る。もしこの少女が十五歳よりも年上だったなら、出席簿を食ってもいいくらいのものだ。

それでも、ローランドの命令を皆が守ったとは限らない。自由恋愛とフリーセックスの時代だ。その上、ティーンエージャーの女の子というのは最高にあきらめの悪い誘惑者でもある。スターは、J・Zの裏切りをどう思ったのだろう？　彼女のヒステリックな告発からそれを読みとるのは難しいが、J・Zに同情していたと取れないこともない。

それとも、スターは何かを見て、ショックを受け、怯えたのか。彼女が見間違えた何か。見間違うか、もしくは勘違いした光景。

エリオットは、集合体《コレクティブ》の男たちの写真を眺めた。金髪で愛らしいフランク・ブルー以外は、全員が長い――肩まで届く――黒や焦げ茶の髪で、口ひげや顎ひげをたくわえていた。イエス・キリストスタイル、というやつだ。全員、服装までそっくりだった。ジーンズ、ヒッピー風のビーズネックレス、サンダル。

エリオットは、人違いが起きる可能性を検討した。ノビーは皆より背が高く、髪ももじゃもじゃしている。だがトムとJ・Z、ローランドの三人はよく似た姿に見えた。見間違えてもおかしくない。特に夜なら。

トムのオフィスに電話すると、偉そうな口調の秘書から、トムは昼食に出ていると言い渡された。

エリオットはちらっと時計を見る。午後の三時半に？　カクテルでも傾けての優雅なランチか。それとももっと強い酒か？

ベイカーの家に電話をかけながら、ポーリンを相手にする心構えをする。

いつものように、ポーリンはおずおずと電話口に出た。

「どうも、ポーリン。エリオットです」

『あら、エリオット！　声が聞けてうれしいわ』

ポーリンは明るく言った。明るすぎるほど。一人ではないのだ、残念なことに。だが今はこのまま話すより仕方ない。

「この二、三日の間に、うちの父と話しませんでしたか？」

ポーリンはわざとらしい口調を続けた。

『トムと私は今、のんびりランチを取っていたところなの』

「いいですね。それで、父と話しましたか？」

『あら……』

また、彼女は困り果てていた。テレビドラマか何かだとこの手でうまくかわせていたのだろうか。これ以上後ろめたそうな声が出せるとは、とても思えないほどだ。エリオットではなく、ローランド相手の時ならあり得るか。

『俺が出る』

彼女の後ろからトムの声が言った。ガサガサと電話口で音がしてから、トムが出る。ぴしゃりと言った。

『君がもし本当に古くからの友人の息子でなければ、色々言わせてもらうところだぞ、エリオット』

「丁度色々聞きたくて電話したんだ、トム。特にスターという名の女の子について。父さんの原稿を読んでいたんだが、いくつかの疑問について、あなたの力を借りたい」

『スターについて？』トムの声は当惑していた。『一体君が、スターの何を聞きたがるというんだ？』

「第一に、スターが、J・Zを殺したと俺の父を非難したのはどうしてだったと思います？」

はっきりとした沈黙が落ちた後、トムが呟いた。

『ということは、彼は本に全部書いたのか……』

その声はほとんど、疲れているようだった。

「全部書いたかどうかは俺にはわからない、どれで全部なのか知らないので。J・ZがFBIの潜入捜査官で、集合体《コレクティブ》から追い出されたことは、書かれている」

トムはまた数秒黙ってから、おとなしく認めた。

『ああ。本当のことだ』

「J・Zの正体はどうしてバレたんです？」

『本の中に書かれていなかったのなら、俺の口から言うわけにはいかない』

「こんな状況で、まだそんな点にこだわる意味があると思うのか？」

『誰かにとっては、ああ、きっと意味があるだろうね』

「どうしてスターは、俺の父をJ・Z殺しで責めたんです?」

トムが鋭い声で言い返した。

『それはあの娘が神経過敏でラリッた子供で、一番新しい恋人をグループから蹴り出したローリーに怒り狂っていたからさ』

「つまり、彼女の非難はまるで的外れだったと?」

『君の父親を人殺しだと非難したことがか? そんな質問に、真面目に答えろと?』

トムは心底唖然としているようだった。

『ああ、的外れだったと思ってるよ。スターの態度をどう思っているかはもう言っただろ。当時もそう思っていた』

「ならJ・Zに何が起きたと思ってるんです?」

トムの声が険しくなった。

『あいつらはFBIに戻って、洗いざらい報告したんだろうよ。友と仲間を裏切ったおかげで、長く輝かしい出世の道を行っただろうさ』

「でも、それは違う。J・ZはそれきりFBIに連絡ひとつ入れていない」

『じゃあ自殺する程度の慎みはあったのかもな』トムが応じた。『それかFBIが嘘を言ってるかだ、奴が今もまだ、どこかで新たな友や仲間を裏切って回っているから』

「あの夜、ベルビューの隠れ家を出ていったスターがどこに行ったか、思い当たる場所は？」

『ない』

「集合体《コレクティブ》以外に、彼女に友人はいましたか？」

『さあな。興味がなかったしな』

「J・Zがスターの一番新しい恋人だと言ってましたね。ほかに恋人はいましたか？」

『こっちもスターの交遊記録をつけていたわけじゃないからな。言えることは、あの頃の皆のように、スターはラリっちゃ、誰とでも寝てた。そういう時代だったのさ。言い訳や正当化をするつもりはない、ただそういうものなんだ。当時は、そういうものだったんだ』

「あなたも彼女と寝てたんですか」

『情緒不安定で性的にだらしない未成年とか？　いや、そんなことはするわけなかろう』

その裏の意味——つまり大人のトムは、若き日のトムがしたような過ちは決して犯さない。

「スターはどこの生まれでしたか？　彼女から家族や、生まれ育った場所の話を聞いたことは？」

トムが笑った。

『あの頃の我々の状況を、君がどう思っているのか、こうして聞くと楽しいくらいだね。サマーキャンプか何かだとでも思っているのか。我々は、政府を倒して新たな世界の秩序を築こうとしていたんだ。皆でマシュマロを焼いて大好きなお休みの日の思い出話をしてたわけじゃない』

「つまり、家族や故郷についてや、自分がその新たな世界の秩序を求めるようになった理由について、誰も一言たりとも話さなかったと？」

沈黙があって、それからトムが苦々しげに言った。

『スターは、カナダ人だったよ』

「その根拠は？」

『しゃべり方さ。カナダ人っぽく、言葉の最後にいちいち〝ねェ〟をつけるんだ。〝革命にはいい時代じゃない、ねェ？〟といったふうに』

「Ｊ・Ｚが殺されたと思ってないなら、あなたはどうして、父の回想録の出版にそれほど反対しているんです？」

『どうしてって？　わからないふりかね？　ローリーがあの本に何を書いたかは神のみぞ知る、だよ。事実の半分でも書いてあるなら、それでもう充分多すぎるんだ。ローリーはかまわないだろうさ、もう引退してるからな。だが残る我々にどれほどの影響が及ぶと思う？』

「それが、誰かが父を二度も殺そうとした理由だと思いますか？　今、引退に追いこまれたくない誰かが」

『君は見当違いの方向を向いている』トムが言った。『もし、君の父を黙らせたがっている人間を本気で探そうとしているのなら、ウィル・マコーレーのイカれた取り巻き連中のほうを見ることだな』

19

バラード地区の、家の燃え殻は、水浸しで、まだ焦げたにおいを漂わせていた。

片付けが始まっていて、瓦礫も随分と運び出されていたが、それでもふたたびここに誰かが住めるようになるところはとても想像できなかった。かつてはローランドの裏庭だった敷地の端を歩きながら、エリオットは、焦げた赤と青の鳥の巣箱を陰気に見つめた。

ミセス・マクギリヴレイが庭に出てくると、フェンスごしにエリオットへ声をかけ、ローランドはどうしているかとたずねた。

「元気ですよ」エリオットは彼女を安心させる。「少しの間、静かにしてますが」

その言葉通りであるよう祈る。

「でも、ここに帰ってくるんでしょう?」ミセス・マクギリヴレイは花柄のガウンにスポーツサンダルという姿だった。「お父さんがいないと、本当に淋しくて」

「それはお互い様ですよ」

エリオットの言葉に、彼女はニッコリと微笑み返した。

「ローリーに、私からよろしくと伝えておいて」

「そうします」

ミセス・マクギリヴレイは鳥のエサ台にエサを補充しにせわしなく去っていった。すっかり黒く焦げたバラの茂みを見下ろし、エリオットは小さな緑に目を留める。可愛い若葉だ。新しい命。かすかに微笑んだ。

家の正面には、円形のピースマークが描かれた昔ながらの黄色い郵便受けがあった。エリオットがその蓋を開けると、郵便物が限界までぎっしり詰まっていた。

ローランドは火事の後で、郵便の転送手続きを忘れたか、その時間がなかったのだろう。エリオットは、無用なダイレクトメールの一通に至るまですべて取り出すと、グース島へ戻るフェリーの上でその郵便を仕分けた。

クレヨンで宛名書きされた差出人不明の手紙などは入っていなかった。だが、クレジットカード会社からの明細が二通届いていて、エリオットは姿を消した父へ無言の謝罪を送ってから、その封を切った。

片方のクレジットカードの締め日は、先週の土曜だった。最後の請求はレンタカー会社から――シアトルで土曜の午後使用――と、同日のクロワッサンとコーヒー。

もう一枚のクレジットカード明細には、今月前半のメアリー・チャピン・カーペンターのコンサートのチケット二枚以外、何の使用記録もなかった。

コンサートチケット。ローランドは誰と行ったものやら。

とは言え、それはエリオットが首をつっこむべき問題ではない。彼はレンタカーの請求をじっくり見直した。

ローランドが向かった方角を示してくれるような、都合のいいガソリン代支払いなどは見当たらない。だが車で行ったなら、それほど遠くへ向かったわけがない、その筈だ。待て――ローランドは電話で何と言った？「今は国内にもいないしな」、本当にそう言っていたか？あの時には深く考えもしなかったが、そう、国内にはいないとはっきり言った。しかしパスポートもなしでどうやって国外へ？

パスポートは、火事から持ち出したあの小型金庫の中にあったのだろうか。あの夜目にしたかどうかは思い出せないが、理屈には合う。どのみち、愚問だ。ローランドは偽造IDにかけてはほぼ専門家だし、もしかしたらまだ所持すらしていたかもしれないのだ。

まったく。そうでないよう願う。偽造パスポート所持で逮捕など、父がそんな結末を迎えずにすむよう祈った。

だが、ローランドがかつて幾度も密入国をくり返した経験のある国なら、都合よく、ワシントン州の隣にある。

カナダだ。

エリオットは衝動的に、タッカーに電話しかかった。タッカーなら必要な情報を数時間のうちに、下手をすれば数十分で集められるからというだけでなく、タッカーと話し合うのがいつもの癖になっている。思いつきをぶつけてみるのが。

そこで二人の状況を思い出して、エリオットの手が凍りついた。凍りつく、とはまさにその通りだ。タッカーと話し合えない、自分の考えを聞いてもらえないことを思うと、骨の芯まで冷え冷えとする。タッカーの存在が恋しい。何日も、何マイルも彼と離れているかのように、恋しい。

思わず、すべてを水に流して電話をかけてしまいそうになった。

だが、駄目だ。タッカーのことがどれほど恋しくとも、エリオットは今でも彼への反発、失望、怒りを心に抱えている。

たとえ、恋しい思いが、ほとんどを占めているとしても。

フェリーから車で下り、くねる道をキャビンへ向かおうとした時に、また雨が降り出した。粘土色の空と灰色の光がすでに夕方めいて、心地よく湿った風は秋のようですらあった。

キャビンに着くと、エリオットは父のメールアカウントにログインした。土曜以降、ローランドがメールをチェックした気配はない。メッセージを残していくかとも思ったが、逆効果になりそうだ。パスワードを変えられて、また振り出しに戻りかねない。

ローランドのクレジットカード明細について、考えた。ふと思いついてメールアカウントの中の〝パスワード〟フォルダをのぞくと、予想通り、クレジットカードのアカウントにログインするためのパスワードもそこに保存されていた。

それから半時間、父のクレジットカードの使用履歴を分析した末に、エリオットは飛行機のチケットを買った。この北への旅に、タッカーはいい顔をしないだろうが、あの男の気に入らないものリストにこれもつけ足しておいてやろう。

今夜、タッカーは島に戻ってくるのだろうか？　彼は言わなかったし、エリオットにも聞く気はない。だがもし今夜帰ってくるなら、外のレストランに行くほうが、また家で気まずい食事の時間をすごすより気楽かもしれない。まあ、外食の選択肢は限られているが。島にあるレストランは一つだ。ボートハウスという名のその店は、ドラド・ベイ・ヨットクラブの付属施設なのだが、島の誰でも入れる。たとえそうでなくとも――エリオットが面食らったことに――タッカーは島へ引越してきた時にそのヨットクラブに入会していた。

そこで、エリオットはボートハウスに今夜の予約を入れた。これで万事解決。店のサービスは上々、食事はそれ以上に美味いし、本格的なバーがあるのでそれも役に立ちそうだ。

タッカーがシアトルに泊まらずに帰ってきた場合だが。正直、エリオットだってもし本土に隠れ家があれば、今夜はそこに避難していただろう。

少なくとも、昔のエリオットならそうした。だがタッカーは、欠点はあるにしても、弱気や臆病とは無縁な男だ。タッカーは今夜、帰ってくる。

それまでまだ数時間あった。エリオットは『パワー・トゥ・ザ・ピープル』の初読の際にチェックを付けた箇所をまとめて読み返し、ミーシャにまた電話をかけた。

番号を覚えていたのだろう、ミーシャは電話口でまず言った。

『エリオット。丁度、あなたのことを考えていたの』

「そうですか。夕食時の電話で申し訳ない。父から連絡はありましたか？」

『彼から？　いいえ。ノビーから電話が来たばっかり。ノビーが言うには、ローランドは結局、回想録の出版をやめることにしたって』

エリオットは、その予想外の情報を熟考した。

「いつ、ノビーが電話を？」

『何時間か前』

エリオットは口を閉じる。彼の沈黙の中へ、ミーシャが言った。

『あなたにとっては初耳ってわけだね。じゃない？』

「その通り」

ミーシャが短い笑い声を立てた。

『ちょっとうますぎる話だとは思ってたのよ』

「だが本当かもしれない。俺は、月曜からずっと親父とは話してないので」

『もし本当のことだったら、私が知る限り、ローランドが何かをあきらめるのは初めてだね』

「ノビーはいつ父と話したか言ってましたか?」

『いいえ』考えこんだエリオットへ、ミーシャがつけ加えた。『何か聞きたいことがあったんじゃないの?』

「ああ、申し訳ない。そうです。父の原稿を読み終わったんですが、いくつか疑問があって」

『へえ?』ミーシャが溜息をついた。『結構。聞いて。ただ私が覚えているとは限らないし、それ以上に答えられないことかもしれないけど』

もし誰か、ローランドが向かった先を知る者がいるなら、きっとミーシャだろう。かつて、国境を越えたローランドのカナダ行きに何度も同道している。昔のローランドが滞在した場所や頼りそうな相手を知っているかもしれない。

だがエリオットは、ローランドを邪魔に思っているのがウィル・マコーレーと彼の取り巻き連中だけだというトム・ベイカーの論には納得できていなかった。むしろ、集合体《コレクティブ》の中の誰かに、ローランドを妨害するだけの理由がありそうだと、疑っている。

そして、質問をする際の問題点というのは、情報解析ができる相手だと、質問の選び方から多くの情報が逆に読みとられてしまうということだ。質問した側と同じほどの、もしくはそれ以上の情報を、相手も得てしまう。

ひとつ、エリオットが皆に行き渡らせたい情報は、自分が本の原稿を読了したということだった。もしそこに隠したい出来事があったなら、もはや読まれたと。もうローランドを狙う意味はない――エリオットも一緒に消す覚悟がない限り。そのメッセージを、できる限り、はっきりと発信するつもりだった。

ミーシャの言葉を流して、エリオットは問いかけた。

「それで、何人かから話を聞いたので――」

『誰に？』

少しの好奇心から、それ以上の問いではなさそうだ。

「ルース、トム、ノビー、ＦＢＩ――」

『ＦＢＩ？』

「まだ少しは友人がいるので。とにかく、どうやら誰も、ベルビューであなた方が共同生活していた家から出ていった後のＪ・Ｚ・マクギャヴィンを見ていない。ＦＢＩは、偽装がバレた彼を集合体《コレクティブ》の中の誰かが殺したと見ている」

『私たちも皆、そうじゃないかと思ってきた。認めたがらない人もいるけどね』

「つまり、あなたたちは全員、父がＪ・Ｚを殺したと思ってきたんですか？」

『いいえ、そうは言ってない。私が言ってるのはね、私たちの誰にも、あの日のことを突き詰めて考えたり問いただす度胸がなかったってこと』

ミーシャはぼそっと続けた。

『ローランドは、人を殺したりはしない。このことは言っておきたいんだけどね、あなたのお父さんは、ズボンのチャックをしっかり締めておけさえしたなら偉人になれた筈。本物の、偉人にね。あの人は天性のリーダーだった。人々は彼に惹きつけられ、彼の言葉に耳を傾け、彼の声に従った。大きなことを成し遂げられた筈の人よ』

「父は、実際に成し遂げたと信じているでしょう」

その返事は、捜査に臨む中立の立場からではなく、息子として口から出た言葉であり、エリオットはそんな己に苛立つ。

『ええ、あの人なら、そう信じているでしょうね』

ミーシャの口調は苦いものだった。

『誤解はしないで。私は今でもローリーのことは好きだしね。まあ、昔、動くものなら何だろうと乗っかってた彼をこっちもニコニコしながら見てたとは言えないけど、あの人とは一緒の高校だったしね、どういう男か知らずに結婚したわけじゃないもの』

「そんなに昔からの知り合いだとは、初めて聞きました」

『ローリーとは、一緒に育ってきたのよ』

ミーシャはほとんど、気怠そうに言った。

『私たち、反戦運動の中で大人になった。彼とは……そう、時の流れや、お互いとの違いでも消せない絆がある。ルースや、たとえあなたのお母さんともなかったような。誤解しないでほしいけどね、あの人と関係を続けるのは無理だった、あのままじゃ殺し合いになっただろうし。でも、私たちの間のつながりは、決して消えない』

淡々と、確信だけを告げていた。

そろそろ話題を変える頃合いだろう、とエリオットは判断する。

「スターが消えた夜、何があったんですか？」

『スター？』驚いた声だ。『何の話か、ちょっとよくわからないんだけど』

「ほら、誰も二度とスターの姿も見てないでしょう。そうですよね？」

『あれは……そう。そうだと思う』

「今、時系列を整理しようとしてるんです。J・Zがグループから蹴り出されて、その次の日の夜、スターが出ていった？」

『ええと……そう。J・ZがFBIの潜入捜査官だとわかってね。まったく笑える話よ、私たちの破壊活動――いや市民的不服従活動の中でも、特に効果的なアイデアを出していたのは彼だったたってのに。そりゃ、一番利口なやり方は、あいつの正体なんか気付いてないふりで偽の情報を流してやることだったんだけど、あなたのお父さんは怒り狂ったあまり頭に血がのぼってね、とても黙ってられなかったというわけ』

「J・Zの正体はどうしてバレたんです？」

『フランクからだった。フランク・ブルー。あなたの世代じゃ覚えてないだろうけど、シアトルのボブ・ディランになれた人だった。ディランの名にまだ意味があった時代の、ね。とにかく、そのフランクがオリンピアの知事の豪邸でコンサートをやったわけ。フランクの家は昔から政界と関係があったからね、彼の父の曾祖父は実際に知事だったたし。そうしたら、その場に地元のFBI支部もごそっと来てて、何杯か飲んだ挙句《あげく》——フランクが私たちの仲間とも知らずに——集合体《コレクティブ》にFBIのスパイ《モグラ》が潜りこんでるってぽろっとしゃべったの』

「そのモグラが誰のことだか、疑問の余地はなかったんですか？」

ミーシャが笑った。

『なかったね。だって、あなたは知ってるだろうけど、FBIには七十二年まで女性捜査官はいなかったたし、そうなるとローランドとフランク、ノビーとJ・Zがモグラ候補ってことになる。ノビーの軍歴は皆よく知ってるし。そもそも、ローランドに問い詰められた途端、J・ZはトランプのCみたいにあっさり崩れたからね』

「それで何が起きたんです？」

『何にも。ローランドが、荷物をまとめて出てけって言ってね。J・Zは言われた通りにしただけ』

「誰も彼を脅したりはしなかった？」

意表を突かれたような笑い声が返ってきた。

『本気？　そりゃ脅したに決まってるでしょうよ。どれほど裏切られたと感じたか、あなたに想像できるかどうか。一緒に暮らし、何ヵ月も——中には何年も——一緒に活動してきた男だよ。私たちの一員だった男。共に食い、共に寝た。まさに、寝た！』

　吐き捨てた。

『よく言ったもんよ。あの男はルースの恋人で、スージーの恋人で、おまけにスターの恋人だった——スターに手を出すなってローランドに注意されてたのに。ええ、そりゃ脅したに決まってる。私たち全員、彼を脅したよ』

「それで、J・Zは姿を消した。それから？」

『次の夜、スターがやってきた。泣きながら。自分の持ち物をつかんでバックパックに詰めこみはじめた。何があったのか誰にも答えようとしなかった。すぐにローランドがやってきて、スターの話を聞こうとしたら、その時、スターがキレたの。完全に。すっかりイカれて——皆が度肝を抜かれたくらい——ローランドにわめき立て、J・Zを殺したとののしり、結局、まあ、すっかり頭をヤラれた感じで夜の中に逃げ出してった』

「ローランドが殺した、とスターははっきり名指ししていた？」

『そう』

「あなた方は、それでどうしたんです」

『何時間か、彼女が一体何やってあそこまでラリってるのかってあれこれ話したくらいね』

「スターの話が本当かもしれないとは、まったく考えなかった？」

『話なんてもんじゃなかったもの。泣いて、イカれたことをわめいて、ドアをバンと叩きつけてっただけ』

「誰かスターを追いかけたりは？」

ミーシャが一瞬、迷った。

『してないと思うけど』

「そう思っているのか、言いたくないのか、どっちです？」

『覚えてないの』

エリオットは問いつめなかった。

「その夜、あなたのほかに、その場に誰がいましたか？」

『全員いたね』

「ローランドが後から来た、と言ってましたよね。ということは、全員がずっといたのか、それとも誰か――？」

『そうね。ええ、あなたの言う通り。ノビーはあの朝、カナダへ発つって言ってた。J・Zのことについて知ってたかどうかも怪しいもんだと思う。ノビーは大体ラリってて、農場に住んでたからね。フランクもいなかった――そう、前の夜にローランドがJ・Zにつっかかった時にはいたから、覚えてる。ルースはいたし、トムもいた。スージー・Dも……多分、いたんじゃないかな』

「J・Zが追い出された夜、フランクはたしかにいたんですね？」

『ええ。たしかに。フランクは、J・Zには告発した人間の顔を見る権利がある、と言っていたから』

だが、ローランドの本の中では、フランクはその場にいなかった。となると誰の記憶違いだ？　それとも、故意に事実をぼかして書いたのか？　密告者のフランクを守ろうと？

「では、スターが出ていった夜は、父さんとあなた、ルース、スージー・D、トムがいたと」

『そう思う。ルースはずっとはいなかったかもね。彼女は、荒れた場面が苦手だったから。スターが金切り声を上げはじめた時、ルースは逃げ出したかもね』

荒れた場面が苦手な革命家？　エリオットはその感想を言わずにとどめた。

『とにかく、ここはわかっていてほしいんだけど。あなたが聞こうとしているのは、四十年も昔の話だからね』

「わかってます。あなたは大したものだ、ミーシャ」

『容疑者全員にそう言ってるんでしょう』とミーシャが冷ややかに言う。

「たしかに、だが本当に助かってます。では、J・Zが蹴り出された夜にいたのは、父さん、あなた、ルース、スージー・D、フランク、トムだと」

ミーシャは考えこむような音を立てた。

『そうね、正直言って、スージー・Dはとうになくなってたかもね。彼女は理想のために燃えるってタイプじゃなかったから。あの子がグループにいたのは、でっかいパーティに参加するためだった。セックス、ドラッグ、ロック&ロール、社会を変えるという看板をかかげたバカ騒ぎ』

「ということは、スージー・Dもその夜にはいなかったと思うんですね?」

『そう』

「となると父さん、あなた、ルース、フランク、トムだけが、J・Zが消えた夜、そこに居合わせていた」

『そういうふうに言っていいのかどうかはわからないけどね。J・Zが出ていった夜、そこにいたのはたしか』

「J・Zの後に、誰か出ていきませんでしたか?」

ミーシャはためらったようだった。結局は答える。

『ローランドが出ていった。少し、歩いて考えたいと言ってね』

20

ボートハウスの内装は、昔ながらの釣り小屋風だった。見晴らし窓が並ぶ長い店内に、巨大な石の暖炉がどんと据えられている。床と壁は節の多い黄色い松材の羽目板で、革のブースは広々として居心地がいい。ずっしりした古いテーブルは、長い脚と釣り道具が収納できるように作られていた。壁には見事な釣りの獲物が飾られ、魚体を保護するニスが黄色っぽく褪せていた。まあ、ずっとこんなところに吊るされていては魚もご機嫌ではいられまい。

タッカーとエリオットは、幾人かの顔見知りに挨拶し、短い言葉を交わした。エリオットとしては、ゲイのカップルが島に住みついたことをご近所がどう思っているのかと気になったこともあったが、島というのは偏屈な人間が住みつく傾向があり、そういう人間は他人に口出ししないものだ。どう思っているにせよ、わざわざ言ってきたりはしなかった。

エリオットとタッカーは、石のようになめらかな海面を眺める席に落ちついた。

タッカーは、外に食事に行くという知らせを何も言わずに受け入れ、このマリーナに向かう車内でもほとんど黙りこくっていた。

「何か連絡はあったか、お前の——ほら、トーヴァから？」

砂の道の水溜まりでニッサン車がしぶきを立てた時、エリオットはそうたずねたのだった。

「いや」

タッカーの口調はそれ以上の追及を許さないもので、エリオットもそのまま流した。トーヴァに対して、エリオットは怒りを抱いていた。向こうに何があるか知るのを嫌がるくらいなら、そもそも開けるべきではないドアだったのだ。タッカーをこんな目に遭わせておいて。勝手に感情をかき乱して。だがその思いを、口には出さなかった。

そして今、タッカーはメニューを開き、ちらりと目を走らせて、横へ置いた。窓の外の、群青色の黄昏を見つめる。その横顔は硬く険しかった。

水面はガラスのようだった。木や丈長の草、船のドックの形が黒々と、ピンク色混じりの紫の夕焼けに浮き上がる。影が、その長い指先を、ドックを囲む木々へとのばしている。

ウェイトレスが現れ、二人は飲み物を注文した。エリオットはメニューにまたじっと目を落とす。メニューなど、とうに一言一句まで覚えているが。

タッカーの声で、物思いからはっと引き戻された。

「お前は、父親が今カナダにいると、そう言いたいのか？」

エリオットはメニューから顔を上げた。

「もし国外にいるなら、カナダは有力な候補だ。昔は、カナダに行ったもんだろう？　脱走兵とか、徴兵逃れとか、皆が」

「もし国外にいるならな。お前の聞き違いかもしれない。この辺りにはいない、という意味かも」

「いや、聞き違いじゃない。国内にはいない、と言っていた」

タッカーの目は挑むようだった。

「そうか。それでも、そう言ったからといって本当だとは限らない。国外へ出るにはパスポートが必要だ」

「パスポートは、火事の朝に持ち出していた手提げ金庫の中に入っていたのかもしれない。父さんは本当のことを言ってたと、俺は思う。それに、まだお前に言ってない続きがある」

「どんな続きだ？」

「ミーシャとの電話の後、思い出したが、父さんはウェブメールのフォルダにすべてのパスワードを保存していてね」

タッカーは口を開けたが、思い直した様子で何も言わなかった。

エリオットはむっつりとうなずく。

「だろ。多分、物理的なメモにもすべてのパスワードを書いていたと思うから、今頃はメールに全部保存していた先見の明を祝っているだろうな」

タッカーはエリオットを凝視していた。やっと、答える。

「それは、いかにもありそうな話だ」

「それで俺は、父さんが旅行に使ってるクレジットカードのアカウントにログインしてみた。思った通り、父さんはカナダのバンクーバーでチケットを買い、モントリオールまで飛んでいる。三日前にも、まだカナダにいた。最新の請求は、モントリオールにあるスター・ブックスという店でのコーヒーとクロワッサンだ」

ウェイトレスが飲み物を持って戻ってきた。

エリオットはウイスキーを口に含む。彼とタッカーはブラックブルというスコッチと去年出会い、このボートハウスでは二人のためにボトルを常備してくれていた。と言うか、タッカーのために。地元の行きつけの店に好みの酒を置いてもらうなど、エリオットは思いもつかなかったことだ。

「スター・ブックス？」

タッカーはグラスをテーブルへ置いた。彼の態度はあくまで抑制され、冷ややかだ。

結構。エリオットはこの朝、タッカーを怒らせ、傷つけた。それはお互い様だ。二人が何か、互いの関係以外のことを話してさえいれば、うまくやっていける。彼らならできる。いいチームだ。力を合わせて、効率よく働ける。それに目下の、荒れがちな二人の関係以外の物事に集中することで、少し時間や互いとの距離が稼げる。少なくとも、エリオットにはそれが必要だった。

いずれ、のり越えられる。二人とも、今まさに、それぞれのやり方でのり越えようとしているのだ。

　エリオットはうなずいた。

「スターバックスにかけた洒落かもしれない。だが、別の意味があるかもしれない」

　タッカーがゆっくりと言った。

「お前は、親父さんがスターを探しにカナダへ行ったと思ってるのか？　グループを出ていった後、スターがモントリオールで書店を開いたと……彼女は十六歳じゃなかったか？」

「出ていってすぐさま書店を開いたとは言ってないよ。でも、そうだ、ひとつの可能性だとは思っている。別の可能性としては……」

「何だ？」

「誰かが、彼女を殺した」

　タッカーは眉を寄せる。

「何が根拠の思いつきだ？」

「もしスターが本当にＪ・Ｚが殺されるところを見たとすれば、まあ、Ｊ・Ｚを殺した犯人がスターの口をふさごうと思っても不思議はないだろ」

「だがスターから犯人だと名指しされたのは、お前の父親だぞ」

　タッカーが平板に指摘した。

「わかってる。父さんがスターまで殺したと言いたいわけじゃない。だが、長髪と口ひげというおそろいの格好はいい偽装になっただろうし、集合体《コレクティブ》の男はほとんど全員、そんな姿だった」

「スターがJ・Zの殺害現場を見て、咄嗟にお前の父親が犯人だと思いこんだ？　そして本当の犯人が、スターが考えを変える前に手を打とうとした？」

「その通りだ。仮説の一つ。俺としては、実際にそうだったとは考えてないけどな。スターはカナダに逃げて、親父は彼女を探しに行ったんだと思っている」

タッカーが首を振った。

「何故だ？　たとえ天文学的な確率で書店のスターがあのスターだったとしても、どうしてお前の父親が探しに行く？　彼女を追いかけて、何を得ようとしているんだ？」

「J・Zを殺したと告発されたことについて、親父は、自分の無実を彼女に説明しに行ったのかもしれない。それとも、あの夜誰と見間違えられたのか、犯人をたしかめようとしているとか」

「お前は、このスターという女が、ローランドを追い回してた犯人だとでも言うのか？」

タッカーの口調は冷笑しているようだった。

「それはありそうにないな。特に、カナダからじゃ」

黙りこんだタッカーは、じっくり考えている。

「とは言え、Ｊ・Ｚは彼女に飛行機操縦の手ほどきをしていたけどな。親父の本によると、Ｊ・Ｚは全員に操縦を教えたそうだ」

「なら、あの男は愚か者だな」とタッカーが答えた。

愚か者だったかどうかはともかく、Ｊ・Ｚは模範的なＦＢＩ捜査官とは言い難かった。ローランドの記述を通してでも、Ｊ・Ｚが、潜入捜査の微妙な一線の上を歩いていたことが伝わってくる。そして、ローランドの回想が正しければ、時にＪ・Ｚは反乱者側の暗い領域に傾いていることもあった。

エリオットは、心の中で深呼吸をしたが、そこにウェイトレスが食事のオーダーを取りにやってきた。二人ともバーガーを注文した。

彼女が声の届かない場所に遠ざかった途端、エリオットは言った。

「空の旅の話が出たところで、だ。俺は明日、モントリオールへ飛ぶ」

タッカーが激しい動作でグラスを下ろしたものだから、テーブルにしぶきがこぼれた。その目は、青い火花を放っているようだった。

「お前が、何だと？」

「ついさっき、オンラインでチケットを買った。明日、シータック空港の朝七時の便に乗る」

タッカーは、まだエリオットを凝視していた。口を開く。

「俺と話し合うべきかもしれないとは思わなかったのか？」

「今、話し合っている」

「いや、これは話し合いじゃない。お前が自分の予定を伝えているだけだ。それを俺が気に入らなかろうが、知ったことかと。だろう?」

エリオットは、タッカーに合わせて低い声で返した。

「いや。そうじゃない。だが、お前に反対されるような理由もないと思っている」

「今この時、もうお前の親父さんは帰国の道についているかもしれないのにか」

「かもな。それでも、親父がカナダで何をしていたのか知っておきたい」

「そんなことなら、父親が帰ってきたら直接聞けばすむことだろう」

そのぶっきらぼうな言い方が含む明らかな非難に、エリオットの神経が逆撫でされる。

「俺は、今回のことが始まって以来、ずっと親父に聞いてきたんだ。これまで話してくれなかったのに、今になってしゃべり出すとは思えないね。それに、この間にも誰かが親父を殺そうとしている——もしくは殺人の濡れ衣をかぶせようとしているんだ」

「お前は、自分がどれほど過剰反応しているのか、わかっているのか?」

エリオットはぴしゃりと言い返した。

「お前こそ、自分が過剰反応だとわからないのか」

タッカーはあきれたような音を立て、窓の外を見つめた。顎がきつくこわばって、かたくなだった。

エリオットは、一瞬、彼を眺める。静かに言った。

「これは、俺たちの間のこととは無関係な話なんだ」

タッカーがそっけなく返す。

「そうか?」

「そうだ。無関係だ。ただ……今、お互いが一息つけるだけの距離を取るのは、悪いことではないと思う」

タッカーの顎の筋肉がピクつく。彼は言った。

「お前が一息つけるだけの距離、という意味だろう、それは。俺は、お前がそばにいるほうが息がしやすい」

その、飾り気のない本音は、矢のようにエリオットの心臓を射貫いた。どうしてタッカーはこんな言葉が言えるのだ? エリオットの喉が締めつけられる。数秒してから、やっと返事を口にできた。

「何かが変わったわけじゃない。ただ俺は、親父を助けるために、何が起きているのか知りたいだけなんだ」

タッカーがエリオットへ顔を向ける。

「その上、お前は俺を信用してない」

それはエリオットの放った言葉だったし、あの時は本気だったが、今、タッカーが隠そうとしないその痛みを目にすると、そんな単純な言葉ですませていいものには思えなかった。

「俺は、重要な物事については、お前を信用しているよ。だがお前がはっきり言ったように、お前は俺から意図的に情報を隠すことも平気だし、俺のためだと思えば欺《あざむ》きすらするかもしれない。俺のためか――お前の捜査のためならな」

タッカーが身をのり出した。低く、烈しい声で、彼は言い放つ。

「俺には二つ、人生で大事なものがある。お前と仕事だ。そしてそうだ、その二つのためなら俺は何でもするだろう。だが、いくら仕事が俺にとって大事だろうと、もしお前か仕事かという選択になれば、俺はその場で辞職する。お前がまだそれをわかっていないというなら、もう俺から言えることは何もない」

バーガーとフライドポテトを運んできたウェイトレスが陽気な言葉とともに皿を置いたが、二人とも無反応だった。

彼らは、塩やケチャップをやりとりするほかには何の会話もなく、食事を終えた。


家に戻ると、タッカーは疲れたので寝ると告げた。それ以上何も言わず、まっすぐ二階へ上がる。エリオットはモントリオールの章がある古いガイドブックを引っ張り出した。

タッカーが帰ってくる前に、もう荷造りはすませてある。その機内持ち込み用のバッグを目にしたタッカーの気分が上向かなかっただろうことは想像できた。

サンルームへ出ていくと、エリオットは少し本を読んだ。とは言え、集中するのが難しい。心がざわついて、落ちつかない。自分が今タッカーを傷つけている、その事実が嫌だったし、理は自分にあると言い聞かせても、どうしてか大した救いにならない。二人の間の緊張感を残したまま旅に行くのも気がすすまない。とは言え、今以上、タッカーに何を言えるのかもわからない。

きっと時代遅れだろうホテル紹介を三回ほど読んだところで、エリオットはもう一杯飲もうかと考える。紅茶でも淹れようかとも考える。二階へ行こうかとも考える。だが沈黙の中、タッカーの隣に横たわることを思っただけで、気が滅入った。背の高い見晴らし窓に、雨が心安らぐ低い雨音を立てていたが、エリオットはまるで安らがない。すっかり疲れていたが、気が張りつめていて眠れそうにない。

二十分ばかり読んだだろうか、それとももっと短い時間だったか、タッカーの速い足どりが階段を下りてきた。ぎょっと顔を上げると、サンルームへタッカーが大股に入ってくるところだった。ボクサーショーツを穿いているが、それだけだ。髪がボサボサで、顔が紅潮していた。

驚いていたエリオットだが、詰め寄ってきたタッカーが手から難なくガイドブックを抜いて放り捨てると、心底唖然とした。

「話をするぞ。二階へ来い」

タッカーの声には、何の親しみも誘いもなかった。顔には笑みひとつない。エリオットをにらむように見下ろす。エリオットも渋い顔で見返した。

「いくら何でも、冗談だろう」

「冗談なんか言うか。わかってないのはお前だ」

エリオットは凝視する。タッカーが見つめ返す。彼の表情は小揺るぎもしない。

「今すぐ」と命じた。

タッカーは本気だ。イカれてる。だが本気だった。

面と向かって笑いとばしてやろうかと思ったが、真実味を持たせられる自信がない。エリオットの心臓は、興奮と、絡み合う感情とで激しく高鳴っていた。何より混乱することに、「二階へ来い」という命令をタッカーが発した瞬間に、股間が固くなり、勃ち上がっている。まるで誰かがスイッチを入れて、家中の光がまばゆいほどギラついているかのようだ。

それがどうした――。

エリオットは椅子の肘掛けを握り、うなった。

「タッカー、はっきり言うぞ。そんな気分にはなれない」

「本当にそうか？」

タッカーは物言いたげな視線を、エリオットの寝巻きのズボンを盛り上げている膨らみに向けた。

エリオットの体がカッと熱を持つ。このタッカーの傲慢な態度への苛立ちと怒りが、ベッドの中でタッカーに屈服したいという焼けるような衝動とぶつかり合う。心の内の戦いが、欲望を、飢えをより煽り立てる。だがこの情動に流されるわけにはいかない。二人の関係がこんな状態のまま。失うものが、奪われるものが、あまりにも大きすぎる。

　エリオットは立ち上がった。すっかり勃起しているのであまり楽にはいかなかったが。タッカーと正面から胸をつき合わせて、向き合った。タッカーはそんな彼を、荒々しい飢えを隠しもせずに凝視していた。エリオットは、ぐっと顎をこわばらせ、冷然と凝視を返した。

　お互いの顔に、荒く、重い息がかかる。タッカーの息からは酒と歯磨き粉の匂いがした。心が揺れる。タッカーはベッドに行き、眠ろうとして、だが眠れなかったのだ。エリオットと同じように。

　次に、何が起きる？　お互いに飛びかかって、南北戦争のジオラマの上で取っ組み合うのか？　くらくらする何秒か、エリオットにはまるで判断できなかった。何だろうとあり得る気がする。体が張りつめた激情で震えているのに、その正体すらわからない。猛烈な、そして得体の知れない、どろどろと入り混じった渇望。

　仰天したことに、タッカーの口元がふっと曲がった。おかしな笑いをこぼす。深い、だがそれほど安定していない声で、彼は言った。

「これからどうなるか、お前は本気でわかってないんだな？」

「わかってるさ。お前を叩き殺してやる」

タッカーの笑みがこわばる。だが彼は首を振った。

「そうかな？　まあ、俺とヤッた後ならそうかもしれないが、その前ってのはないだろ。欲求不満で、お前が死ぬぞ」

そして今や、エリオットは本気で激怒していた。激怒、焦り、そして自分の何より深い秘密がタッカーの前に暴き出されたことへの羞恥――タッカーの目から、分析され、見下されて――。

「そうじゃない」タッカーは、言葉のないエリオットの激怒と抵抗に答えるかのようだ。「決して、な」

その手がぐいと、支配的にエリオットの肩に置かれ、エリオットを引きよせると、熱く飢えたキスで唇を覆った。

エリオットの心の中で混沌の渦がほどけ、止まる。抗議の声も喉で途絶えた。頑固さなら誰にも引けを取らない筈が、一つのキスだけで黙らされる。タッカーの手が下へのび、エリオットのズボンのやわらかな布の間へすべりこむと、大きな手の中に陰嚢を包みこみ、強靱な指で敏感な袋を揺らした。

エリオットはタッカーの唇の中に呻き、彼を知り尽くした愛撫に体を押しつけていた。

ゲームオーバー。

まさに、タッカーに完全にタマを握られている、というわけだ。

ただ、これはゲームではない。エリオットは本気で怒っていた——今も怒っている——のだし、タッカーに失望もしている……たとえ肉体のほうではそれをわかっておらず、意に介していないとしても。脳から肉体の分断はすっかり溝が広がり、必死の信号も届かない。反応なし。留守。

首を振るエリオットに、タッカーはさらに激しいキスを浴びせ、舌で口腔を探りぬく。たとえエリオットが自分の肉欲を制御できたとして、どうやってタッカーの欲望まで抑えられる？無理だ。彼にはなすすべがない。それこそが最高の部分。


二人は裸だった。エリオットの脛が椅子のクッション前端にくいこみ、脚の後ろにタッカーの毛深い脚がぴたりと重なっている。エリオットの両腕は、ついさっきまでもたれていた椅子の背の上をつかみ、体を支えている。不自然な体勢で、膝にも無理がかかる。痛い。だが気にもならなかった。タッカーの屹立が、エリオットの尻の谷間にぐいと押しつけられている。何か、ジェルのようなものは使われていたが、充分とは言えない。しかしそれすら、この瞬間の興奮の前ではとるに足らないことに思えた。エリオットの目はきつくとじられ、息は乱れて、荒い。腹の底に、焦りや葛藤が滾る。

こんなことを許すべきじゃない、これは弱さだ、抗わずに流されるなんて、絶対に――。

大きく、なめらかで丸い感触が入り口に押し当てられて、エリオットは恐れと歓喜に呻いた。ついに。もう、止められない。体をじっとこわばらせ、何の反応も見せまいとした。だがそんなことをしても無駄だ。反応など必要ない。タッカーは、エリオットの意志などかまわず、すべてを奪い尽くす。それが、信じられないほどの愉悦と絶望感を同時にもたらすのだ。

「くそッ、お前は……」タッカーが喘いだ。「お前のせいで、おかしくなりそうだ、エリオット……」

本当に、どうかしている。こんなのは。タッカーはあまりに圧倒的に大きいし、ガチガチに勃起もしている。この男は肩でドアをこじ開けるように入ってくる――警告を無視して、あるいは気付きもせずに。入るな、立入り禁止、侵入不可……。

押し入り、こじ開け、さらに深く、可能な限り深く、タッカーの赤毛の下生えがエリオットの尻をくすぐるまで、最奥へと入りこんでくる。二人がつながり合い、体がぴたりと嚙み合う。もしこれが人間の体にとって不自然な行為だと言うなら、一体どうしてこんなに正しい感じしかしない？

エリオットの葛藤と焦りが、少しやわらいだ。この肉欲の解消を、かたくなに拒むこともないだろう。ただのセックスだ。肉体の感覚に意識を集中させ、ただ次を待つ。無理な体勢のせいで傷のあるほうの膝が緊張で震え出すと、エリオットの太ももの裏をタッカーが軽く叩いた。

「椅子に載って、膝をつけ」

「椅子ごと倒れるのがオチだぞ」

そう言いながらもエリオットが従って椅子に上ると、タッカーのたくましく力強い腕がエリオットの胸を抱えこみ、いくらか体重を支えた。まだ不自然な体勢ではあるが、もう痛みはない。大体、椅子が倒れて砕けたガラス窓から二人が外に転がり出したところで、この一週間にまた一つ惨事が加わるだけだ。

タッカーがざらついた声で、押し出すように「平気か？」と聞いた。

エリオットははねつけるように言い返す。

「何ともない。さっさとやれよ」

だがタッカーはエリオットを抱きこんだままで、その鼓動がドク、ドクと規則正しくエリオットの裸の背に伝わり、二人の呼吸が重なり合っていく。奇妙なことに、タッカーは無言だ。動き出そうとしてみたが、タッカーに動きを封じられた。まだ、何も言おうとしない。エリオットが肩の筋肉を動かすと、彼を抱くタッカーの腕がきつく締まった。

変だ――。

長い時間がすぎた。エリオットは十まで数える。身じろぎもせずただ抱きしめられているには、長すぎる時間だ。腕の中にとらわれているには。そう、それだ――とらわれている。タッカーは、エリオットに身じろぎすら許さない。

沈黙が、心をひどく乱す。どうしてタッカーは何も言わない？　これは一体、どういうことだ？

本気でその腕を逃れようとエリオットは身をよじったが、タッカーが太い腕にさらに力をこめてきた。決して逃さないと。そして今の自分の状態を、エリオットに思い知らせるように。両膝をついて、無力な体勢で……。

そして、少し怯えてもいる。

いつでもタッカーに頭突きはできる。もっとも、頭蓋にゴツンと響く衝撃でこっちが気絶するかもしれないが。いくつも使える動きは知っているし、タッカーから貴重な数秒を稼ぐことはできるだろう。だが、本気の戦いになったら？　タッカー相手に？　おそらく、ほぼ確実に負ける。そしてもし、今、タッカーがエリオットの背骨をへし折りにかかれば、それも一瞬で可能なのだ。

息が、エリオットの胸の内で速く、ざわめいていた。閉所恐怖症になったかのように。動かなければ——逃れて、安全なだけの距離を取らねば。だがたくましく強靱な抱擁は、わずかもゆるまない。かわりにタッカーは、エリオットの首のつけ根に頭を預け、頰をエリオットの頰に押しつけてきた。タッカーの睫毛がかすめるのを感じる。アフターシェーブローションの残り香を感じる。顎の剃り跡を感じる。タッカーが唾を飲むたび、喉元が動くのを感じる。

一体いつまで、こうしている気だ？　もう三十秒は経っただろう。一分？　たっぷり一分は

すぎたか？

　こういうのは、愛着障害とか、そういう問題を抱えた患者に対して行われる療法じゃなかったか？　抱擁セラピー。まあ、尻を貫いている太いペニスは別として。

　エリオットは口を開け、何か言おうとして——だが何をか、自分でもわからない。抵抗の叫び？　泣き言？　笑い？　これは……ただあまりに圧倒的で、受けとめきれない——。

　だが突然、タッカーが何を伝えようとしているのか、エリオットの目の前がさっと開けた。

　タッカーが、彼に何を教えようとしているのか。

　安全だと。守っていると。支えていると。エリオットがタッカーに必要とするもの、すべて、何だろうと得られるのだと。そしてそのすべて以上に——揺るぎない支配。

　理解が、そして安堵が、エリオットの全身を包んだ。

　何よりも求めているものが与えられるのなら、それはもはや敗北ではない。エリオットはか細く呻き、タッカーの腰に尻を押しつけた。もっと、と。タッカーの腕の力がやわらぎ、命令するというより包むように変化する。タッカーから顎の下側にキスされると、エリオットの屹立が、この成り行きにまた興奮してピンと立った。

　まるで、エリオットから合図を得たかのように、タッカーが動き出す。その動きにおだやかさやためらいはなく、強く、主導権を奪う動きだったが、それでかまわない。これでいい。エリオットはその動きに応え、タッカーのゆったりと狙いすました動きに尻を押し返し、互いのリズムに溺れていく。自然で、たやすい。二人して無理な体勢で、窓の開いた部屋でほとんど立っている状態だというのに、しかもひどく気持ちがねじれていたというのに、突然、すべてがシンプルになり、あるべきところに戻った気がした。

「これが、真実だ」タッカーが囁く。「俺とお前の、この形が」

エリオットの裸の肩にキスをすると、自由な片手をのばして屹立を包んだ。

そう、これは一つの真実。それは間違いない。むき出しの真実。それも、力のある真実。

唯一の真実ではないし、この夜が明ければ、二人はまた別の真実と格闘する日々に戻るのかもしれない。だが、今この瞬間は……。

この瞬間は、エリオットはタッカーの命令のすべてに屈服し、従い、タッカーの愛撫と声以外すべてに目を、耳を、意識を閉ざす。エリオットの世界が縮み、タッカーに許され、与えられる刺激と感覚だけに満たされる。たとえようのない官能――自分の胸で激しく鳴る鼓動から、タッカーの大きな手の優しい動きまで。

肉体の快感。決して小さなものとは言えない。エリオットは流れに溺れ、タッカーに主導権をゆだねる――その支配を欲する。動きの速さや荒々しさ、時間、すべてタッカーにされるがままに、むき出しの肌と肌がぶつかり合う熱をむさぼる。

タッカーが、まるでここまでエリオットを全力で追いつめてきたかのような荒い呼吸をくり返し、すべてを奪い尽くすように突き上げると、エリオットは飢えた呻きで応えた。

さらに速く、激しく、タッカーがエリオットを犯す。荒々しい突き上げのたび、熱い屹立にきつい内奥を擦り上げられる。エリオットは大きな呻き声を上げた。

「ああ、タッカー、そうだ——もっと……もっと……」

タッカーは、エリオットの望みをかなえる。何より求めるものを、必要とするものを与える。エリオットを限界まで押し上げ、さらに無理だと抗うその向こうまで、追い立てる。全身に火がついたようで、エリオットの腹の底が熱くたぎり、すべての感覚が、神経が、鮮やかに張りつめ、響き合った。快感がピンときつく、もっときつく絞り上げられていく。耳の中で血流が鳴り、目の裏に光が散り、全身の筋肉が収縮し、次いで、痙攣したようだった。

タッカーが、胸の深いところでうなった。

エリオットは背をそらし、叫びを上げた。膝に痛みが走って、その声がくぐもる。次の瞬間、熱い絶頂をほとばしらせていた。体の奥に広がる熱からして、タッカーも達したようだ。生々しく濡れた、タッカーの、決定的な所有印。

タッカーの体が震えているのが伝わってくる。タッカーの脚の震えも。そして、タッカーの体がゆっくりと崩れた時、エリオットもまた崩れた。

しばらくして、二人がよろよろと二階へ上がり、ベタついて疲れた体でひんやりした清潔なシーツに転がりこんで、ほっと息をついた後、タッカーがぼそっと呼んだ。

「エリオット？」

「ん……？」

エリオットは顔をそちらへ向ける。

タッカーは、丁度いい言葉を探しているようだった。口をひらく。

「俺は、お前を信頼してないわけじゃない。お前を尊重してないわけでもない」

「そうなのか？」

「そうだ。信頼も尊重もしている」

タッカーはまたためらう。声がさらに静かに、低くなった。

「お前から今朝言われたこと……俺を、信用していないと。元から、時々、そういうふうに感じていた。お前が俺の判断を信用していないと──俺の選択を信頼できていないと」

エリオットが、愕然と沈黙していると、タッカーが小さな、奇妙な笑いをこぼした。

「だから、そういうことだ」

エリオットは頭を上げ、窓をつたう雨がまだらに影を落とすタッカーの顔から表情を読みとろうとした。

「そんなふうに思ってるなら……お前の勘違いだ。俺にとって、お前と俺は対等な関係だ。あらゆる点で」

タッカーは曖昧にうなずいた。

「信じられないのか?」

「信じている。お前と俺が、同じものを求めているのは知ってるよ。ただ、言っておいたほうがわかりやすいかと思ってな」

つまり、エリオットがそれをわかっていれば、あるいは理解できるかと——二人の関係がまだはらんだ危うさの中でのエリオット自身の勘違いを、そしてタッカーの勇み足が、傲慢さや、物事を自分で掌握しようとする支配欲からだけ来たものではないと。

時に、不安感というのは人の足をすくう。そして、もしかしたら、二人の間の性的なゲームバランスのせいで、エリオットはベッドの外で主導権を握られることに少しばかり過敏になっているのかもしれなかった。

今夜、これで二度目になるが、タッカーの率直さにエリオットは驚かされる。気持ちがやわらいだ。

「……お前、本気で、俺がモントリオールに行くのに反対なのか?」

「喜んで見送る気にはなれないが、俺の理由のほとんどは、一晩だけだろうともお前がいないと淋しいからだ。お前が何を得られると思っているのかはわからないが、行くのを止めるような論理的な根拠はない」

「お前の言う通り、何もないかもしれないが、俺は自分の目でたしかめたいんだ」

タッカーは返事をしなかった。

沈黙が長くのびる。外では、雨音が囁く。湾のほうからゴロゴロと雷の唸りが聞こえた。エリオットは目をとじた。

眠りに落ちかかっていた時、タッカーが不意に言った。

「もしお前の親父さんが、知っている人間が殺人を犯したと思ったとする。あの人だったら、そんな時どうする？」

エリオットは呟いた。

「親父はモントリオールでスターをとっつかまえたりはしないだろうよ、お前が言ってるのがそういうことなら」

「このスターという女は、マクギャヴィン――ゼルヴィン――に恋をしていた、そうだよな？　彼の正体と真の目的が明るみに出た時、誰よりも裏切りに傷ついたのは、彼女だろう」

「ああ。そして彼を殺したとヒステリックに他人を糾弾したのは、自分から目をそらすためだったのかもしれない。自分の犯行を隠すために親父を告発した、あるいは、親父がＪ・Ｚの正体を暴いたせいで自分が恐ろしい犯罪をしてしまった、その怒りをぶつけたとか。とにかく、どんな角度から見ても、あの告発は目くらましになり得る」

「つまり？」

「考えをまとめてるだけだ。どうして、Ｊ・Ｚの死体は発見されなかった？」

「すべての死体が出てくるものだとは限らない」

　エリオットは、コーリアンと、その被害者の失われたままの頭について思った。またこの話題を持ち出すのにいい時ではないだろう。

「たしかに。だがここで問題にしているのは、若い、下手すると十六歳にもなっていなかった娘のことだ。心理的にも不安定な。傷ついたティーンエージャーが激情から人を殺した、というところまでは充分あり得たと思うが、大の男の死体を隠せる力や、隠すだけの頭があったとは思いづらい。それも、今になっても出てこないほど見事に」

「誰かが手伝ったのかもしれない」

「いい目のつけどころだ。誰かの力を借りた筈だ」

　エリオットは考えこんだ。

「本の原稿を読み終わった。親父は、J・Zは正体がバレて姿を消したと書いてる。実際、同じ時に集合体《コレクティブ》は分裂し、全員が地下へ潜った。とにかくだ、親父は本の中でJ・Zが殺されたとは匂わせてもいないし、勿論、誰かを犯人だと思っているふしもない。俺が思うに、今回の事件が始まるまで、周りがあの一件をどう見ていたのか親父は知りもしなかったのかもしれない」

　タッカーが考え深げに言った。

「〝咎人《とがにん》は追う者がなくとも逃げる〟」

「追う者？」

「言いたいことはわかるだろ。お前の親父さんは、自分でそうとは気がついていなかっただけで、何かを見ていたのかもしれない。それは、その本の中にあって、誰かわかる人間が読めば、真相に気付くようなことなのかもしれない」

「トム・ベイカーを除けば、俺が話した全員が、Ｊ・Ｚは殺されたと思いこんでいた。ただ俺の知る限り、当て推量にすぎないようだ。殺しの現場や死体は誰も見てない」

「スターは見たんじゃないのか」

「わかった、スターは別として。そのスターも消えたわけだ」

「だが、消えたのは全員だろう。お前が今言ったんだ、その時点でグループは分裂して全員が地下に潜ったと。そして、ゼルヴィンは二度と浮かんでこなかった。ＦＢＩに連絡も入れず、家にも帰らず」

「とにかく、一つ確実なのは、回想録の出版を止めるためなら親父を殺す覚悟の人間がいるってことだ」

タッカーが答えた。

「親父さんを殺すのは、最悪の手段だ。殺したところで本の出版を止められるものか。話題のベストセラーにしてしまうだけだ。出版のことはろくに知らん俺でも、それくらいはわかる」

エリオットは、枕の上の頭を横へ向けた。タッカーの目が暗がりで光っていた。

21

エリオットがモントリオールに降り立った四時半、午後の空気はじめついて、暑かった。

誰にもつけられていない確信はあったが、それでもスター・ブックスの近くに予約しておいたホテルまで、ぐるりと回り道をすることにした。モントリオール・ピエール・エリオット・トルドー国際空港でタクシーに乗ると、にぎやかな市街のスポーツバーで遅めの昼食にする。カナダらしい料理、ホットドッグ・プーティンを注文した。

異国の一皿は、グレービーソースをかけたフライドポテトと、全粒粉のバゲットにドイツソーセージをはさんだ上にチーズをどっさり乗せたものだった。ひどく食べにくいが、危険な美味しさで、タッカーなど聞くだけでおののきそうな食べ物だ。

スポーツバーを出て、地下鉄を数駅乗り、エリオットはマギル駅で降りると、大学通りへ出て、ホテルまで何ブロックかの歩きでプーティンのカロリーを消費しようとする。

モントリオールへ来たのは初めてだったが、見るものすべてが気に入った。歴史ある美しい建築、心誘われる横道や小道、古い公園、多様なサイズと色の自転車、窓の下に取り付けられた植木箱の花、建物外の鉄階段、世界のあらゆる食があるレストラン。異国風の香ばしい匂いが風にのってくる。それに、公用語はフランス語ではあるが、誰もが英語を話せるか、少なくとも理解してくれるようで、住人たちも気さくだった。

洗練され、大体は都会的な町のようだった。交通渋滞はひどいが、便利な地下鉄もあるし、道は驚くほど清潔だ。そう言えば、このモントリオールのクイーンエリザベスホテルで、ジョン・レノンがオノ・ヨーコと共に二度目の〝ベッド・イン〟を行い、そこで録音された〈平和を我らに〉が反戦運動の聖歌になったのだった。

多くの人々。それも様々な文化の人々が、至るところですれ違っていく。エリオットから見ると、姿を隠すにはうってつけの町に思えた。

長い空の旅の後で、ホテルまで歩くと大分すっきりした。アメリカから自分を追ってきた者はいないと、確信も持てた。大体、何のために？　まあそれを言うなら、そもそもゴロツキを雇ってエリオットを脅しつけたのも、何のためだったというのか。今でもやはり、ウィル・マコーレーがあんな真似をする動機など思いつかないが、いい容疑者がほかに見当たらないのもたしかだ。あの二人組はプロだった。町でうろつく連中を適当に雇ったわけではない、暴力で飯を食っている類の連中だ。それも安い飯ではない、とエリオットの経験が語る。

集合体《コレクティブ》のメンバーの中で、ゴロツキを雇える人脈がありそうなのは、弁護士のトム・ベイカーだろう。トムの顧客はシアトルの社交界でも名を知られるような富裕層だが、もっと品の良くない人々のための無料奉仕活動《プロボノ》も行っている。トムなら、後ろ暗い連中へのコネも持っていそうだ。

そうだとしても、あまりにもずさんな手だった。なんと言っても、エリオットは元ＦＢＩ捜査官なのだ。少しばかり痛めつけられて、あっさり手を引くとでも？　エリオットを少しでも知る者なら、逆効果だとわかっていそうなものだ。

となると、あれがエリオットを捜査にけしかけようとする企みでないなら――いささか陰謀論にすぎるだろう、その見方は――あのチンピラ二人を脅しに送りこんできた人物はエリオットのことをよく知らないか、頭が悪いかのどちらかだ。それか両方。そして、トム・ベイカーにどんな顔があるにしても、考えなしや、愚か者ではない。


いつかタッカーと一緒にモントリオールを再訪できたなら、歴史のある、古く、美しい装飾が天井にあるホテルに泊まりたいものだ。暖炉とアールデコのランプのある部屋に。タッカーは気に入ってくれるだろう。彼は、枕の上にミントチョコを置いたり、毛布の肩口をめくっておくベッドメイキングのサービスに弱い。

だが今回のエリオットにとって、ホテルはスター・ブックスに近いかどうかの立地だけが重要で、小さく質素で、値段も手ごろな宿だった。これで充分。

荷物をほどきにかかった二分後には、もうノートパソコンを開いていた。ローランドのメールアカウントを確認したが、何の変化もないのが少し不安だった。送信メールフォルダものぞいたが、先週からメールを送った様子もない。

「一体どこにいるんだよ」

ローランドの携帯電話は火事で失われたが、電源を切っておく癖があったので、どのみちそう役に立たなかっただろう。

エリオットは自分のメールをチェックし、件名表示にさっと目を通した。気になるものはない――というか、全部が大学絡みのメールだ。そんな自分に、内心首を振った。

ホテルに無事着いたら連絡を入れると約束していたので、タッカーの携帯にかけた。出ない。時差を計算に入れると、今まさに仕事の真っ最中だろう。エリオットはメッセージを残して、ホテルの情報を伝えた。

「気をつけてな」

そう、そっとつけ足す。電話を切った。

タッカーと話せなくてがっかりしたが、少しほっとしている部分もあったかもしれない。二人の間は、まだ少しぎこちない。不安定とまではいかない――二人ともいずれこれをのり越えていくのは間違いない。ただ、ぎこちないだけだ。タッカーは大いなる保護欲の主だし、その生来の気質がベッドの中ではエリオットの焦がれる欲望を満たしてくれる一方、ベッドの外では二人の衝突の元となる。

　およそ初めて、エリオットは、もしかしたら自分の性的な依存心と、普段の他人にたようない性格のギャップが、タッカーを少しばかり惑わせているのだろうか、と考えこんだ。果たしてどのくらいフェアと――そしてどのくらい現実的と――言えるのだろう、二人の暮らしの一部ではタッカーに絶対的な支配を求める一方、そこを一歩でも出れば、わずかも踏みこむことを許さない、というのは。特に、タッカーのような根っからの支配型の男相手に。

　タッカーはたしかに一線を越えたが、一方でエリオットは、我知らずタッカーに勘違いさせていたのかもしれない。自分がエリオットのかわりに判断していいという暗黙の了解を得ていると――エリオットから、そうたよられてもいると。だとすると、タッカーが傷ついたのも無理はない。あるいは、手のひらを返されたようにすら感じただろうか？

　この角度からの視点は衝撃的で、自分の険しい反応を思い出すと、エリオットは少し落ちつかなくなった。ああまで反発したのは、おそらく無意識下のどこか奥底で、あまりにも自分がタッカーに依存したり力を与えすぎているという不安を抱いていたせいだろう。エリオットは、ほかの誰にも、これほど素直に、心を開いたことがない。高揚するほどの信頼感――そして、同時に恐ろしい。

　大体の場合、タッカーはうまく受けとめてくれていた。昨夜のエリオットはタッカーの強引さを求めていた――必要としていた。あの手でねじ伏せられ、ほしいままにされるのは、救いでさえあった。手で、文字通りの急所をつかまれて――。

それでも、セックスは決して単純なものではない。一緒に暮らすということも。そして、二人とも前者についてはたっぷり経験があったが、後者についてはどちらも素人だ。

携帯メールの確認をすませると、エリオットはスター・ブックスの偵察に行くことにした。部屋を出て一階へ下り、六時半の夕方でもまだ人々がせわしなく行き交う外へ出る。

地下鉄のほうが早そうだったので、芸術広場駅で下りるとブルリー通り口から出て、街路樹の並ぶ道を北へと向かい、やがてシェルブルック通りとの交差点に出た。ここから先、ブルリー通りはパルク通りと名を変える。パルク通りは、メインの大通りほどにぎやかではなかった。道の舗装はそろそろ工事が必要だし、街路樹さえ色褪せて見える。

ガイドブックによれば、ここには六十年代や七十年代、当時としてはちょっと〝進んだ〟小さな店がずらりと並んでいたらしい。ポスターショップ、大麻や煙草用品を扱う店、ハーブやサプリの店などが、ヴィクトリア朝風の飾りと傾いた木の床のボロボロの建物に詰まっていたと。今や、あるのはスター・ブックスだけ、縦の柱で細長く区切られた窓と緑色に塗られた両開きの正面扉を持つ、この書店だけだった。建物の外装下部は赤い装飾タイルで飾られている。店の右手には、細い横道がまっすぐ奥へのび、ゴミ回収箱や自転車で先が見えない。横道をはさんで、向かいの建物は補修工事中だった。

エリオットは、薄暗い窓の看板の〈Ｃｌｏｓｅｄ〉と〈Ｆｅｒｍé〉という英語とフランス語の併記を見つめた。平日の営業時間は九時から五時までのようだ。土曜日《サムデイ》は九時から七時。

上を見上げた。この辺りの古い建物のほとんどは、上は住居になっているようだ。店のオーナーの住まいか？　スター・ブックスの上に並んだ窓は、どれも暗かった。

では、明日だ。

エリオットはホテルへの帰路につき、シェルブルック通りで足を止めてビールを一杯飲んだ。モントリオールはワイン好きが多いイメージだったのだが、ガイドブックによればビールが一番人気らしい。モルソンのビールを飲みながら、こうして地元で飲むのと、アメリカ輸入品と味が違うか味わってみた。

ホテルに戻ると、じっくり、時間をかけて『パワー・トゥ・ザ・ピープル』の原稿用の写真を見ていった。集合体《コレクティブ》のメンバーの顔を一人ずつ見つめる。全員、あまりにも若い。そして……信念に満ちている。不可能を可能にするほどの信念。

そして、人を冷酷にするほどの信念。

J・Zの写真は二枚しかなかった——間違いなく本人が意図的に避けたのだろう。写っていたのも横顔や、一部だけだ。それにしても、全員がよく似て見えた。ボサボサの髪、ボサボサのひげ、両目に宿る狂信者の光。

勿論、J・Zが信ずるものは、仲間たちとは正反対のものだったのだが。

エリオットは、ノビーの農園で撮影された集合写真をじっくり眺めた。一人ずつ、簡単なレ

ッテルを貼れそうだ。フランクは芸術家気質、ミーシャはお利口タイプ、ローランドは——と
エリオットは苦い笑みを浮かべた。スージーはお色気タイプ、ノビーは無鉄砲、ルースは……

理想家？　はっきり言いがたい。ローランドの原稿を読み終わった今も、ルースの人物像はつかめていなかった。トムは世渡り上手の、視野が広いタイプ。そしてスター。自由で、無邪気。

写真の背景にふと、目が留まった。もっとよく見る。一番奥は木立だ。だがその数メートル手前にあるのは……干し草を大きな束にしたものか？　目を凝らした。干し草の大束に、的を描いた標的紙が貼られている。射撃訓練場だ。

成程。だが驚くような話じゃない——そうだろう。彼らは革命闘士だったのだし。ただローランドは、本の中では射撃訓練について一行もふれていなかった。細かいことまで書いているわりに、だ。

エリオットは、前にいる人物をつぶさに観察していった。左側から。フランク・ブルーはギターを持ち、そばに紙が散乱している。ミーシャはレジャーマットの上にローランドと一緒に座っている。クーラーボックスのようなものがあった。タイヤを使ったブランコに金髪の娘が笑顔で乗っている——スージー・Dだ。ノビーは草の上に寝そべって、マリファナ煙草を吸っていた。ルースもマリファナをくわえて、カメラにしかめ面を向けていた。トム・ベイカーはスターに腕を回している。何本か、ビールのボトル。そして最後、一番右手の、写真の端で切れている部分に、何かが草の上に置かれていた。円筒形のもの。おそらくは革製。何かを運ぶ

ケース。

矢筒？

そう、そう呼ばれるものだ。矢を入れて持ち運ぶ容れ物。

エリオットは〈ノブのオーガニック農場〉のウェブサイトを検索から見つけると、そこにあった電話番号にかけた。

録音された女の声が答え、農場の営業時間が何時から何時だと告げてから、果物と野菜をしっかり食べるよう説いてくれた。

エリオットは口の中でぼやき、電話帳のページで〝オスカー・ノブ〟を検索した。

空振り。

そこで、とあるサイトに移った。法廷記録や、ニュース、不動産税の記録のような掘り下げた検索ができるサイトだ。今度は当たった。ベルビューに住むオスカー・ノブ。農場のものとは別の電話番号が出てきた。

その番号にかけると、ノビーの怒ったような声が、メッセージを残せと言ってきた。

「ノビー、エリオットだ。知りたいことがあるんだが、あなたならわかりそうだと思ってかけた。電話をくれませんか？」

自分の携帯番号を言って、電話を切る。

数分後に携帯が鳴った。出ると、タッカーの声が言った。

『伝言を聞いた、ありがとう。パイン刑事からお前に電話があって、ワシントン州のアーチェリー協会に、お前からもらったリストと一致する人物の所属はないそうだ』

エリオットは溜息をついた。

「やっぱりな」

『野生動物局のほうも空振りだったそうだ』

「くそ。それは本当にがっかりだ」

タッカーは何も返事をせず、エリオットはふっと不安になる。

「そっちはどうだ？」

そうたずねた。ここにきて、タッカーと話もできなくなるなんて、そんなことにはなりたくない。

『まあまあだ』タッカーが答える。それからつけ足した。『お前はおしゃべりな男というわけでもないのに、どうしてお前がいないだけで家の中がこうも静かなのか、よくわからん。だが、そうなんだ』

「俺も、お前がいなくて淋しいよ」

タッカーが驚いたのがわかった。それからエリオットに報告する。

『トーヴァが電話してきた』

「へえ、彼女が？」

遠く離れたタッカーが鼻を鳴らす音が聞こえた。

『ああ、そうだ。留守電が残ってた。俺と会えてよかったと言っていたよ。俺も同じ気持ちであるよう願うと。ワイオミングに来ることがあったら連絡してほしい、とも言っていた』

「そうか」

何とも反応のしようがなかった。エリオットとしては、トーヴァはもっと歩みよりを見せてもいいだろうし、そうするべきだと思うが、彼女にとってはこれが最大限の歩みよりなのかもしれない。それに重要なのは、タッカーがどう感じているか、それだけだ。

タッカーが答えた。

『そうだ』

「とにかく、彼女が電話してきたということは――」

タッカーが笑った。肩の力の抜けた、いつもの笑いだった。

『いいんだ、エリオット。トーヴァはどうせ、俺がゲイでなかったとしてもやはり対処に困っただろうよ。この先どうなるか、成り行きを見るとするさ』

エリオットの携帯の通知音が鳴り、電話がかかってきていると知らせる。ノビーからだ。

「しまった、この電話に出ないと」

『じゃあ、また後でな』

「ああ。気をつ――」

『愛してるよ』

タッカーがそう言って、電話を切った。

22

『そろそろお前がわずらわしくなってきたぞ、まったく』と、ノビーが言った。『何回言わせる気だ、ローリーがどこにいるかは知らん。正直、もうどうでもいい』

「わかってる」エリオットは答えた。「申し訳ない、ただ、違う質問があって。農場の裏の草地で、アーチェリーの練習をしていたのは誰ですか？」

沈黙が応じた。

「ノビー？」

ノビーが、渋々答える。

『俺たち全員だ』

「全員残らず？」

『ほとんど全員』

「変わってますね、大体の革命闘士は銃を振り回すほうが好きなのに」

『俺はもう銃はたくさんだ。一生分な。とにかく、あれはただの遊びだった』

「じゃああなたの弓矢だった？　仲間に、あなたが教えた？」

『いいや』ノビーはますます嫌そうに答えた。『あれはミーシャだ。ミーシャは本格的な射手だった。世界レベルの選手だ。あんなことの最中でさえ、彼女は一九六九年の世界アーチェリー選手権に出場した。最後の試合参加だ。それくらい腕がよかった。実際、ミーシャはその目的のためにも戦っていた――夏のオリンピックでのアーチェリー競技の復活』

「ミーシャが？」

エリオットは問い返した。これは予想外だった。

『もう何年も弓は手にしてないだろうがな』

しかし、それは間違いだった。ノビーとの電話を切ったエリオットが、ネットで〝ミーシャ・ワインスタイン　アーチェリー〟と検索すると、ミーシャが今もニューヨークのアーチェリー協会の会員であると同時に、市のアーチェリークラブ会員でもあることが、写真付きで出てきた。

その夜、眠る時にもまだ、エリオットはそのことを考えながら、いくつかの仮説を立て直していた。

朝の九時半、スター・ブックスの前に立ったエリオットは、ガラスと緑の枠の扉を押し開け、店に入った。店内には古い本と併設のパティスリーからの匂いが入り混じった、いい香りが漂っていた。

「ボンジュール」

カウンターの後ろから若い黒髪の女性が微笑みかけた。

エリオットも微笑を返す。土曜の朝で、忙しくないもののそこそこ客がいて、エリオットもそう目立たずにうろつける。

建物は、外から見た印象よりもずっと大きかった。壁は——棚で埋め尽くされていない壁は——ダークブルーで塗られ、金の星々と様々な色の惑星が描かれていた。ところ狭しと、ぎっしり棚が並んでいる。何時間本をあさっていても、誰からも気にされない、迷路のような場所だ。実際、この棚と本の山の迷宮っぷりを見る限り、ここで遭難しても何日か発見すらされないかもしれない。多すぎる棚と、そこに詰めこまれた多すぎる本と。不思議と惹きつけられる店だった。

エリオットは迷宮をさまよいながら、フランス語や英語の題名を眺めた。ジャンルは、ただ気ままに並べられているように見えた。無政府主義《アナキズム》、芸術、環境問題、環境《グリーン》アナキズム、原始主義、労働問題、半弾圧、先住民研究、文化人類学、歴史、経済、反政府小説。グリーンアナキズムって何だ？　さらにフェミニズム、同性愛者《クィアー》／性的マイノリティ《LGBT》研究。

目の前に並んだ書物たちとは無関係の興奮が、エリオットの心にぱっとともり、まさに正しい場所へ来たのだと確信する――まだ勘以上の証拠はないが。ローランドが、カナダまでわざわざ食べにくるほど、ここのクロワッサンのファンというだけかもしれないし。

カウンターの娘は、英語とフランス語をなめらかに切り替えながら客の対応をしていた。

エリオットは天文学の本を手に取ると、支払いをすませ、店の半分を占めるパティスリーへ足を向けた。そこでコーヒーとシナモンシュガーロールを買う。買った本を開き、それから何時間か――さらに何時間か――読書のかたわらコーヒーを飲み、スター・ブックスに出入りする人間に目を配った。

簡単な仕事だった。なにしろ、行き来する者は客以外にいない。

今日の進捗具合を知らせろとタッカーから言われていたので、約束通りメールで報告を入れながら、自分で書いた〈目標に近づいている手応えがある〉という一文はかなり楽観的だと思った。

やがてコーヒーとシナモンロールのツケが回ってきて、エリオットは見張りの持ち場を離れるとお手洗い《トワレット》へ向かった。シンプルな洗面所の内装を眺めてから戻る途中、廊下に並んだ額入りの白黒写真に目がいった。足を止めてじっくり眺め、エリオットの心臓がはねた。

四十年ほど昔の、この店への引越しの日。手書きの看板、本が詰まった木箱の山。そして、ベルボトムのズボンにつばの広い帽子姿の、若いすらりとした女が、やたらとでかい樽の一番上に座っていた。だが、その滑稽なほど大きな青い麦わら帽でさえ、ハート型の顔と、大きく、真剣な目は隠せない。このモントリオールですべての女性の中にエリオットが探してきた顔を。

スター。

本当だったのだ。スター・ブックスにいるスターは、かつて世界を変えたいと願いながら殺人者から逃げて姿を消した、あのスターだったのだ。

それとも――彼女が逃げたのは別の理由からか？

エリオットは別の写真と、そこに写った人々を見つめた。すべての写真の中心にはスターがいたが、多くの人々――男たち――がその背後でこの建物に箱や家具を運びこんでいた。たくさんのひげ面、たくさんの長髪男たち……。

「うちのシナモンロール、そんなに気に入ってくれた？」

背後から女の声がたずねた。

エリオットは視線を向けながら、微笑んだ。

「とても」

そう答えつつ、もう人生で二度と菓子パンは食べたくないと心に誓う。

六十歳くらいの女性に見えた。ぽっちゃりとして白髪混じりで、いかにも孫に囲まれているのが似合いそうだ。小麦粉まみれの白いエプロンにヘアネットを着けている。スターではない。

エリオットとしてもかなりの努力で、その楕円形の顔と青い目を、写真の女と重ね合わせようとしたのだが。

　エリオットは写真を指した。

「この写真の頃、あなたももうここで働いていたんですか？」

　女は微笑んだが、どういうつもりでそんなことを聞くのかと、いぶかしんでいる表情だった。

　彼女が答えようとした時、だがエリオットの携帯が鳴った。

　タッカーだ。

　女は微笑みを残して立ち去り、エリオットは電話に出た。

「やあ」

『ボンジュール』

　タッカーが、いつもの彼らしい声で言った。いつもの彼がフランス語で挨拶するなら、だが。

「どうも《サヴァ》」

『お、気取ってるな。お前に絡んだあのチンピラだが、ナンバーを調べるのにこれほど手間どったのは、連中に後ろ盾がいたからだ』

　驚いて、エリオットは声をひそめた。

「後ろにギャングがいるのか？」

『後ろに政治家がいる。二人が乗っていた車は、シアトル市議会議長のジョージ・クリフトン・ブルーの所有車のうちの一台だ』

「お前のジョージ・クリフトン・ブルー？」

『あの男に何の個人的な興味も持ち合わせていないが、しかし、そうだ、俺の担当している殺し屋雇用未遂事件の被害者だ』

「どうして市議会議員に目をつけられるのか、俺には心当たりがないぞ。大体、向こうがどこから俺を知ったのかすら、さっぱりわからん」

『俺にはわかる』タッカーが答えた。『午前中、あの男がどうして関わってきたのか調べて、見つけた。フランク・ブルー――あの結婚式に不向きな〈ブラック・ウェディング〉を歌ったお前の親父さんのお仲間は、ブルー市議会議員の父親だ。フランクは、ラストネームのつづりを元のＢｌｅｗｅ《ブルー》からＢｌｕｅ《ブルー》に変えていたんだ。ステージ受けと、政界に野心を持っていた家族と距離を置くためにな。曾祖父の一人は州知事にまでなっている』

「ミーシャが、そういえばそんなことを言っていたよ。市議会議員のブルーと関係しているとは思いもしなかったが。今何歳だ？」

『四十代のどこかだ。フランキーが大学にいた時、やはり政治絡みのどこかの家の娘を妊娠させたんだな。結婚という形を取ることでおさまったが、結婚したことはマスコミには伏せていた。なんせ、既婚のフォーク選手っていうのは客受けが悪い。とにかく、結婚したとはいってもフランキーは相変わらず自由にとび回っていたようだ』

「俺がその辺の昔話を調べてたからって、どうしてブルー議員が気を損ねる？　今回の件じゃ、フランク・ブルーはほぼ端にいただけの脇役だぞ」

『野心のある政治家にとっちゃ、それでも目立ちすぎるくらいなんだろう。フランク・ブルーはゼルヴィンの正体がＦＢＩだと暴いたんだ、覚えてるよな？　一部の人々が――たとえばブルー議員の政敵の誰かが――ＦＢＩ潜入捜査官だったゼルヴィンの死を、フランク・ブルーのせいだと言い立てることはあり得る』

「たしかに、山ほどイカれた政治家のアピールＣＭを見た今じゃ、ありそうな話だと思うよ。だが俺は、フランク・ブルーに関連する質問は何もしてないんだ。なのにどこから議員が――」

『そこのつながりを、俺も探していたんだ』タッカーが口をはさむ。『答えは、お前のお友達のトム・ベイカーだ。あの男はブルー議員の弁護士だ。仲のいいゴルフ仲間でもある』

エリオットの返事が出てくるまで数瞬かかった。その上、思いついた返事もせいぜいこんなものだ。

「……トムは俺のお友達じゃない」

『ああ、向こうもそう思っていることだろうな。あんなお仲間がいたんじゃ、お前の親父さんはわざわざ敵を作る必要もなさそうだ』

エリオットはむっつりと、今聞いた話を考えこんだ。

「俺に色々質問されて、ベイカーがご機嫌とは言えないのはわかっていたが、そこまで不機嫌だとは気がつかなかったよ」

『これでわかったろ。油断するな』

ガラスのパーティションの向こう、エリオットの視線の先で、パステル色のショッピングバッグをかかえた年配の女性が正面扉から店に入って来ると、カウンター後ろの娘と両頰へのキスで挨拶した。娘はニコニコしながら、女性をフランス語で迎えている。

年配の女性の微笑みに、エリオットの心臓がはねた。想像していたより背が高く、肉付きも少々よくなっている。髪も濃い色に変わり、白髪も混じりはじめていたが、その満面の笑みと、大きな目は、スターのものに間違いなかった。

スターは店内を抜けていく。階段を上って二階の住居へ向かうのだろうとエリオットは見当をつけた。電話口へ告げる。

「彼女を見つけた」

『誰を──』タッカーの声が鋭くなった。『スターか』

「ああ。たしかに彼女だと思う」

『今、書店か？』

「ああ」

続けて「今から確保だ」と言いそうになったが、寸前で自分がただの一般市民だと思い出す

——しかも今いるこの国では市民ですらない。

『随時報告してくれ』

タッカーの声は、かすかな不安を帯びていた。彼がまだ、スターが平和運動家の仮面をかぶった魔性の女《ファム・ファタール》かもしれないという説を捨てていないせいだろう。

一度は、エリオットもそれが妥当な仮説だと思った。だが店内のパティスリーで見た写真で、考えが変わった。前とは異なる仮説を立て、そして今や、それが真実だと確信もあった。

携帯を切り、ポケットにしまって、エリオットは書店の中へと戻る。パティスリーの女性がカウンターから呼ぶ声が追ってきて、本を忘れていると言っていた。少なくとも、多分そう言っていたのだろう。フランス語だったし、エリオットはどうせろくに聞いていなかった。

書店のレジにいる黒髪の娘がエリオットへ微笑し、また彼が現れたことに驚いていたようだったが、こちらの表情の何かを見て娘も不安な顔になった。

話しかけてきたが、エリオットは本棚の間を歩きつづけた。娘がまた、もっと大きな声で呼んだ。

本棚を回りこみ、あやうく『タンタンの冒険』のアナーキスト風パロディが並んだ小さな陳列テーブルにつまずきかかったが、そこで、緑色の鉄の螺旋階段が二階へのびているのに気付いた。

スターの姿はどこにもない。

しかし、階段がきしみ、足音が聞こえた。男が一人、足早に降りてくる。梁に隠れて上半身は見えない。エリオットの目に映るのは、モカシンを穿いた足、青いジーンズ、青いデニムシャツ……それから肩まである白い髪、丁寧に整えられた白いひげ、そして淡い青の瞳が見えた。

エリオットと視線を合わせると、その青い目が驚きに見開かれた。

エリオットは言った。

「特別捜査官のジェイコブ・マクギャヴィン・ゼルヴィンだな。潜入捜査の調子はどうです？」

23

J・Zが声を上げた。

「エリオット？　エリオット・ミルズ？」

「その通りだ」

エリオットは用心深く応じる。これは予期していなかった――J・Zが彼の顔を知っていて、一目でわかるとは。おかげで別の疑問の答えも出た。

「いや、それにしても信じられない……」

「現実だがな」

エリオットの警戒心、こみ上げた達成感、狩りの達成が目前だというほとんど原始的な満足感――それにそう、ほぼ神話のような存在となっていた男とこうして実際に向き合っていることへの畏怖、そのすべてに続いて炎のような敵意が沸き上がり、エリオット自身が驚いた。

そう、この男が、かの高名なるJ・Z。任務を放棄し、己の責任や義務から逃げ出した男。エリオットが今、犠牲を払ってでも取り戻したいものに背を向けて。上司に連絡を入れるだけの礼節も、あるいは勇気も持たなかった男。友や仲間をいがみ合わせるために潜りこんだ工作員。未成年の少女と一緒にさっさと消え、エリオットの父がJ・Zを殺したのだと人々が信じるのを放っておいた――あるいは助長すらしたかもしれない男。

そのJ・Zの、あけっぴろげな驚き――そしてこの場にそぐわない喜び――が浮かんだ顔を、どれだけ殴りつけてやりたいか、その衝動にエリオットはぎょっとした。

階段がまた耳障りなきしみを上げ、年配の女性――スターが姿を見せて、上から身をのり出した。

「あら、まあ！　そこにいるのって、エリオット？」

これで確実だ、ローランドはJ・Zとスターに会いに来たのだ。それで、どういうことだ？　家族の写真を見せびらかしていったとでも？

「うちの父はまだここに?」とエリオットはたずねた。

「二階に上がって話をしよう」

J・Zが手招きする。同時にスターも言っていた。

「彼を二階へつれてきて頂戴な! エリオット、まあ、信じられない。お父さんから全部聞いたばかり——ほら、最近の出来事をね」

二人が階段を上へ戻っていくので、ついていく以外の選択肢はなさそうだった。エリオットも続くと、緑の鉄階段はギシギシ音を立て、三人の足の下で段が震えた。

二階のフラットへ入ると、誰かが低く、フランス語で話していた。テレビがついているのだ。室内は、ほとんど気にさわるくらい、平凡だった。スターのショッピングバッグが茶色いソファに放り出されたままだ。ポップコーンの入ったボウル、テレビのリモコンが二つほど、電気会社からの明細、ナショナルジオグラフィック誌などがコーヒーテーブルに散っている。モニュメント・バレーやサンフランシスコの、美しいがありふれた写真が壁にかかっている。清潔で、生活感もある。ナスとパルメザンチーズのキャセロールのような香りがキッチンのほうから漂っていた。

「ローリーは昨日発ったの」スターが教えた。「昨夜ね、私たちで空港まで送っていった」

昨日、到着してすぐこのスター・ブックスに来ていたら、ローランドをつかまえられただろうか。だが今それを言っても仕方がない。

スターが、一気に早口でまくし立てていた。

「紅茶飲む？　コーヒーがいい？　ああそうだ、今日焼いたシナモンロールがあるの。少し温めてくるわね」

おかしなことに、スターが母性愛タイプだとは想像もしていなかった。写真の中の彼女はいつもそれほど真剣な、深刻なほどの顔をして、神秘的ですらあった。もう、そんな雰囲気はまるでない。今にもエリオットの頰をひょいと親しげにつまんできそうなくらいだ。

「いや、いいです。本当に」

「彼に要るのは酒だよ、ステラ」Ｊ・Ｚが言った。「俺もだ。ウイスキーで？」

エリオットのほうを見る。

実際、酒がほしかった。エリオットはうなずく。

「どうして俺の顔を知ってるんです？」

「ローランドが写真を見せてくれたから」スターが教えた。ニッコリ、満面で笑う。「そりゃもう、あなたのことが自慢みたいで。そりゃそうよ、こんなに立派な息子だものね！」

ますます、夢の中にさまよいこんでしまった気分だった。まだカナダ行きの飛行機の中なのか？　居眠りしている最中？　それともシナモンロールの食べすぎで血糖値が上がりすぎて昏睡に陥ったか？

このままではスターがクッキーやプディングを焼きにキッチンへ消えていってしまうかもし

れないと、その前にエリオットは切り出した。

「父が、最近の出来事を全部話したと言ってましたね。誰かが、父の書いた本の出版をめぐって、二回、父を殺そうとしたことも言ってましたか？　本には、あなた方が……一緒に活動していた頃のことを書いてある」

一緒に活動していた頃？　しかし、あの時代をどう表現すればいい。ほら、あなた方が皆で世界を吹きとばそうとしていた頃——とか？

「あの人、昔から、いつか本を書くんだと言っていたわ」

スターがなつかしむように微笑む。それから、エリオットの言葉の意味が染みこんだようだった。笑みが消える。

「ええ、ローリーに聞いた。どうかしてる。誰がそんなことをするって言うのよ？」

「人によっては、いつまでもずっと忘れないものだ」

J・Zが言う。スターがちらっと彼を見た。

「でも、一体何を？　結局のところ、私たち別に何もしてないのに」

「そうは言えないだろ」

「だからつまり、誰かがわざわざ殺したがるほどのことは何もしてないってこと。なのに誰が私たちを殺そうと思うって言うの？」

「あなたを殺そうとしているわけじゃない」エリオットは口をはさんだ。「俺の父を殺そうとしている。回想録の出版をやめさせようと。俺が思うに——皆の意見も同じだが——何か、犯人にとって決定的で致命的なことが本の中にあるからだろうと」

J・Zがエリオットにウイスキーを手渡した。

「乾杯」とニヤッと唇を歪める。「それは、俺を殺した犯人として告発されるのを恐れた誰かが、ってことかな？」

エリオットは応じた。

「犯人は父の家に火をつけ、燃やし尽くした——父の持ち物もすべて。そしてクロスボウを手に、森の中で狩りのように父を狙ってきた。俺には笑いごとには思えないね」

J・Zの笑みが消えた。

「本当だな。すまない。勿論、笑いごとじゃない。ローリーは細かい話はしていかなかった。彼が言ったのは、まだ全員が、俺を——そして多分ステラも——死んだと信じているって、それだけだ」

「それ、多分、私のせいなのよ」とスターが認めた。

エリオットは彼女へ向き直る。

「ええ、たしかに。どうしてJ・Zを殺したなんて、父を告発したんです？」

スターは両手に顔をうずめ、呻いた。J・Zが同情のまなざしで彼女を見守る。彼女は、もごもごと言った。

「今となっては、何もかも入り混じっちゃって。私はローリーに怒ってたわ、そりゃね、ジェイコブを追い出したことで。でも同時にこうも考えたの、もしジェイコブが死んだと皆に思わせられれば、誰もまたジェイコブを殺そうとはしないだろうし、私と彼は安全に逃げられると」

両手を下げて、スターは続けた。

「それに、私はずっとローリーにこう、複雑な気持ちを持ってたし」顔をしかめる。「あの頃の私って、本当に面倒臭くて」

この、押し寄せる情報の混沌の中、一つの言葉がエリオットの注意をとらえた。彼はゆっくりと言った。

「誰もまた彼を殺そうとはしない、って、それはどういう意味です？」J・Zのほうを向く。「誰かが一度あなたを殺そうとした？」

J・Zがうなずいた。

「フランクが彼を殺そうとしたのよ」とスターが言った。

「ステラ」とJ・Zが目でたしなめる。

スターはそれを無視した。

「あの夜、フランクがJ・Zを殺そうとしたのよ。ローリーが彼を追い出した夜に」

「誰が運転してたかは見てないんだよ」とJ・Zがエリオットに説明した。

「私は車を見たわ。誰の車かわかったもの」

　スターがそう言い張る。

　J・Zが首を振った。まだエリオットへ向けて、彼は言った。

「彼女はあの頃、フォルクスワーゲンとニッサンのピックアップバンの区別もつかなかった。今もだ。車を、色だけで区別してるんだよ。フランクを犯人だと言う根拠は、フランクが俺の正体を暴露し、その上、彼女に恋をしていたからだ。だが全員が彼女に恋をしていたんだから、そこはお話にもならない」

「全員なんかじゃなかったわよ」スターは微笑んでいた。「ローリーは私に恋してなかったんだもの」

　あちこち飛び回る蝶を追うような気分だ。エリオットはぐっとこらえ、心の捕虫網をかまえた。スターに問いかける。

「それで、その夜、何があったんです？　あなたはその場にいなかったんですよね？」

「いなかったわ。仕事から歩いて帰ってきたところで。それで、J・Zが誰かの運転する車にはねられるところを見たの。フランクの車にそっくりな車にね」

　スターはごくっと唾を呑んだ。

「てっきり死んじゃったと思った。車は私の側を走り抜けていって、私はジェイコブに駆け寄った……」

まるでまたその瞬間を体験しているかのような、長い溜息をついた。

「でも大丈夫だった。彼はすぐに起きてきたの」

「それで、その夜のあなた側の成り行きは？」とエリオットはJ・Zにたずねる。

「俺が学校から戻ってくると――卒業研究をしているということになっていたからね――皆が集まってコソコソ話してた。入っていって、皆の顔を見た瞬間、わかったよ。はっきりと。ミーシャは泣いていた。そして、ローリーの表情は……」

J・Zの顔が歪んだ。

「フランクの目は、輝いていたね。はっきり言って、優越感に酔ってた。皆に正体を知られた――そして、俺にもそれがわかった」

「その夜、全員、そこにいたんですか」

「スージーはあの頃にはもう、ノビーと一緒に農場で暮らしてたわね」とスターが言う。

「そうだったな」J・Zがうなずいた。「あとは全員いた、スター以外は」

「私はグッドウィルで働いていたから」スターが説明した。「歩きで仕事に行ってたの」

「父があなたと対決した後、どうなったんです？」

エリオットはJ・Zへたずねた。

J・Zがふっと遠くを見るような、そしてこわばった表情になった。

「大方の予想通りだ。楽しい経験じゃない。トムは俺に殴りかかろうとした。ミーシャは俺をひっぱたいた。ルースには唾をかけられた。皆、俺をぶち殺したがってたよ、ああ。俺にも、今さら皆にわかってもらったり、受け入れてもらえるような言葉は何ひとつなかったしな」

「受け入れてもらう？　待った。つまり、あなたは彼らの側に立場を変えていたとでも？」

J・Zは真正面からエリオットの視線を受けとめた。

「つまりはな、ベトナム戦争に賛成できなかったのは何もヒッピーだけじゃなかったということさ。とにかく、ああ。君の父親、ミーシャ、ルース、それにあのムカつくトムでさえ……俺は彼らのやり方には同意できなかったが――大体、ほとんど失敗してたし――それでも皆が目指したものの多くには共感していた。そして、俺たちの側がそれを止めようとする色々なやり口が、どうにも気に入らなかった」

たしかに、エリオットにも、体制側のやり方に納得できないところはあった。警官たちがフランク・ブルーのギターを粉々に叩き折ったりミーシャの鼻を折った描写を読めば、怒りを覚えずにはいられない。もしくは、ピュージェットサウンド大学《PSU》の管理棟で非暴力の座りこみを行っていたスージーやスターの目を、州兵が無理にこじ開け、ペッパースプレーを浴びせようとした描写を読めば。

J・Zが続けていた。

「だから、そうだ。あの時には、俺の心はもう、皆の味方についていたと言えると思う。そしてローリーに蹴り出された後、とてもＦＢＩには戻れないとわかった――戻って、また誰かに近づいて親しくなり、俺が心の底では信じている、その同じものを守ろうと戦う人たちを、任務のために裏切るなんて間違ってるとね」

「それに、私もいたしね」

スターがすました顔で言った。

J・Zが彼女に向けた目つきは、カートゥーンでキャラクターが恋に落ちたシーンでしかおがめないほどの、溺愛のまなざしだった。

「ああ、それにステラがいた。俺が彼女を必要としていたのと同じくらい、俺を必要としていた彼女が」

かなりこじらせた、未成年の少女がか。だがエリオットはその言葉を呑みこんだ。四十年経った今、どうこう言うには遅すぎる。

たっぷり一口、ウイスキーを飲んだ。悪くない。というかグレンリベットだ。J・Zをうながした。

「あなたがベルビューの隠れ家から出ていって、そしてその後何があったんですか？」

「俺はただ…歩いていた。まだショック状態だったんだろう。どこに行ったらいいかもわからなかった。何をしたらいいかも。この先、またステラに会うことがあるのかも。そこに白いバン——トラックだったかも——が後ろから追ってきたんだ。ジャンプしてよけようとしたが、フェンダーが軽く当たって、俺の体が飛ばされた。バンは走り去った。俺は茫然としていた。

落ちた時に頭を打って、それ以上のことは見てないし、あの車がどんな車だったかもはっきりしない――昔も、今も」

「集合体《コレクティブ》の中で、白いピックアップバンを運転していた人は？」

「トム・ベイカー。フランクも白いフォルクスワーゲンのバンに乗っていた」

「あれは白いフォルクスワーゲンのバンよ」

スターがきっぱり言った。

エリオットは頭の中でここまでの話をまとめる。

「わかった。それで、そこにスターが走ってきたと。それから？」

J・Zがスターを見た。スターは重々しく、彼を見つめ返した。

「俺はスターに、何があったか話した。すべてを、彼女に話した」

スターがうなずいた。

「そして私はジェイコブに、どんなことも私たちを引き離すことはできないって言ったの」

「それで俺は彼女をシアトルの、俺の部屋へつれていった――まだ本名で借りてる部屋があったんだ。朝まで二人で話して、計画を経てた。その翌晩、スターはグループの皆にでたらめを並べ立てた。スターが荷物をつかんで、あの隠れ家から一歩出た瞬間から、俺たちの逃走の旅が始まった。一度も立ち止まらなかったよ。国境までヒッチハイクし、それからカナダへ潜りこんだ。ビクトリアのステラの家族のところで、何年か暮らしたよ。俺はアメリカからの脱走兵のふりをしていた」

　Ｊ・Ｚは肩をすくめた。

「ざっと、こんなところだ」

　エリオットは口を開く。

「そしてベトナム戦争が終わり、何十年も経つ間、あなたは一度も、自分の家族や誰かに、自分が本当は生きていると知らせようとは思わなかったのか？　この間ずっと、ＦＢＩは誰か、たとえば俺の父が、あなたを殺したと見なしてきた。あなたは――」

「勿論、知らせたよ」

　Ｊ・Ｚがエリオットをさえぎった。熱心な顔で、本気でエリオットにわかってもらおうとしているようだった。

「カナダに着いて、何ヵ月かしたところで家族に手紙を書いた。家族は、まあ当然ＦＢＩに真相を知られたくなかったんだろう。ローリーのほうは、ステラがたしか二十年くらい前に手紙を出して、どういうことだったのか説明したよ」

『お前の父親は、この年月ずっと、J・Zとスターがカナダにいるのを知ってたって言うのか？』

24

エリオットはシェルブルック通りのホテルの部屋のベッドに横たわり、携帯でタッカーと話していた。

「J・Zとスターの話じゃ、そうだ。親父と連絡をとり合ってたというわけじゃないと思うけどな。親父は今でも、あの二人の両方ともをかなり軽蔑していると思うし。二人とも、その点についてはぼかしているが。だが俺が思うに、それでも親父は、昔のお仲間がJ・Zは殺されたと信じているのを知った途端、カナダへ、あの二人の無事をたしかめに飛んだんだと思う」

『……そりゃまた』タッカーが、やっと言った。『そいつは何とも……』

「極端？」

『こじれてるな、というところだ。二人に子供はいるのか？』

「もう成人だが、ああ。息子と娘が二人ずつ」

タッカーが短い笑い声を立てた。

『それで、お前の親父さんは今どこなんだ？』

古い形のシーリングファンが、歪んだ花のような影をくすんだ白い天井に落としている。一九六〇年代、反戦運動で掲げられたフラワーパワーのポスターを、エリオットはふと思い出す。

「よくわからない。そこが心配なんだ。もうそっちのキャビンに帰りついていてもおかしくない。本当に家に連絡入ってないか？」

『間違いない。それに、どうせお前の携帯にかけてくるだろ』

「だと思うけどね。一番心配なのは、親父はカナダを金曜の夜に発って飛行機でシアトルに戻ってる筈だってことだ。親父が、来たメールを全部あの鬱陶しいフォルダに振り分けてるのにもっと早く俺が気がついてりゃ、すぐわかったことだがな。親父の旅行日程は全部〝トラベル〟って名前のフォルダの中にずっとあったんだ」

タッカーが愉快がっているような、あるいは哀れみのような音を立てた。

『親父さんが、見た目の印象ほどだらしないわけがないよな。でなきゃ昔、あれだけ逃げ切れたわけがない』

「まったくだ」エリオットは溜息をついた。「きっと今も、その頃と同じことをしてるんだと思う。じっと身を隠してる。親父は、本の出版はやめたと宣言したが、その話がどの範囲まで広まったかもわからないんだ。それに俺だって、これを信じたとは言えない。俺に信じられないなら、親父を殺したがってた奴がおとなしく鵜呑みにするとも思えない」

『もし親父さんの身に何かあったら、俺たちに連絡が来てる筈だ。今ごろはもう知らせが入ってる』

「まあな」

『親父さんは大丈夫だ』タッカーが安心させる。『やり手の古狐だからな。お前のほうは元気か?』

「俺? バッチリさ、ベイビー」

タッカーが笑った。

『たしかに機嫌はよさそうだがな』

「親父がJ・Zを殺したとは一度も信じてなかったが、グループの中の誰もやってなかったのがわかってほっとしたよ。たとえフランク・ブルーかトム・ベイカーが一度はやろうとしたとしても、もう過去のことだ。誰ももうJ・Zを狙ってない——多分、モンゴメリー主任捜査官以外はな」

『まあ、あと、遺族給付金の問題が出てくるな』

「たしかに。とにかく、フランク・ブルーは九十三年の飛行機墜落で〝風に吹かれて〟地上から消えたわけだし、トムが今さらカナダまで飛んで来てJ・Zを始末しにかかるとも思えない。理由がないよ」

『そっちは片付いても、何者かが本の出版を止めるために人殺しすらやろうとしている、こっちの事実は消えないぞ』

「わかってるさ。政治的な候補を切り捨てるのが早すぎたなと思ってるよ。J・Z殺しの話が出てきた途端、これこそ動機だと思いこんだからな」

『流れからしても、かなり妥当な仮説だった』

「そうは思う。でも、捜査における基本的なルールを一つ忘れてた。〝相手がアヒルのように歩いてアヒルのように鳴くなら、まずはアヒルを怪しいと思え〟ってな」

タッカーが愉快そうな相槌を打った。

「俺は、ウィル・マコーレー相手にオフレコのインタビューを受けられないか、試してみようと思う」

『どうしてだ？　お前にゴロツキをよこしたのはブルーのほうだろう』

「ブルーがどうして俺に手出ししようとしたのか、その理由はわかったからな。だがマコーレーは……今回のすべてが始まって以来、俺はあの男のブログ記事を読み、ラジオ番組を聞いてきた。あの手の狂信者ってのは、何とも、腹の底から嫌な気分にさせられる」

『フランス料理の食いすぎじゃないのか？』

「言っとくと、俺は菓子パンはもう一生分食った。とにかく、俺が人権侵害絡みの事件を扱っていた頃、マコーレーのクローンみたいな連中とも何度か顔を合わせたが、自分たちが神聖だと見なしたものを守るためなら、暴力の行使もよしと主張する変人たちだった。心の中じゃ、必要ならあらゆる手段が正当化されると信じている」

『誰かさんの受け売りに聞こえるな?』

タッカーの声は揶揄するようだった。

「皮肉な話だろ、わかってるよ。だが、ノビーの話はいい線行っていたのかもしれない、親父の本はマコーレーのような連中にとって侮辱であり、嘲りなんだと。マコーレーみたいにプライドの高い連中は、本の出版を自分たちへの挑戦と取ったかもしれない——信じるものへの攻撃、価値観や己の信条を踏みにじられたと。そしてあの連中は、反撃は当然の権利だと信じている」

『俺たちにとっても、反撃は権利だ』

「まあたしかに」

『とは言え、お前を襲撃させたのは間違いなくブルー議員だ』

「ブルーとも話すつもりだよ」

『久々の平和な会話を荒立てたくはないんだが——』

「ああ、だろうと思ってたよ」エリオットはさえぎる。「ブルーはなんて言ってた?」

タッカーの口調が険しいものに変わった。

『熱心すぎる部下が、脅迫の芽を摘もうとして勇み足をしたんだと』

エリオットはさっとベッドに起き上がった。

「脅迫？」

『そういう話だ』

「デタラメだ。向こうが、俺を脅迫犯だと主張してるってのか？」

『お前がＦＢＩとの合同捜査に加わっていると議員が知った途端、そのあたりのことまであやふやになってきたがな。その熱心な部下は懲戒処分にして、二度とこんなことは起こさせないと誓っていた』

エリオットはあきれた鼻息をこぼした。積んだ枕の上に寝転がる。

「ＦＢＩと言えば、ゼルヴィンは月曜にモンゴメリーへ連絡を入れると言っていた」

『ああ、聞こうと思っていたところだった』

「そろそろ生き返る心の準備は、充分以上にできていたようだよ」

『死んでる以上にしんどいことになるぞ』

「だな。でもあの二人には、互いを支えるだけの愛がある」

タッカーが鼻を鳴らした。

『明日はいつ帰ってくる？』

二人で、エリオットの帰りの予定便の話をした。電話を切る前に、エリオットは言う。

「お前もモントリオールを気に入るよ。バカンスでまた一緒に来るのもいいかと思ってる」

『へえ、本当に?』

タッカーの声には笑みがあった。

「ああ、俺たちの二人ともよく知らない場所に行くのもよさそうだと思ってな。二人で探検できる」

『そうだな、どうせそろそろチケットの手配をしないとな、本当に出かけたいなら』

二人はおやすみを言って、電話を切った。

落ちつかず、エリオットは『パワー・トゥ・ザ・ピープル』を読みながら、取っておいたメモをまた見返した。集合体《コレクティブ》の写真を分析し、タッカーが持ってきてくれたFBIのファイルのコピーに目を通す。

ある意味、ミーシャは今回のシナリオの中での悪役が似合いそうだった。頭が回り、積極的で、大胆不敵。まだローランドに対しての未練のような反感、あるいは腹立ちすら抱いているようでもある。一方で愛着も。では、真実は? ミーシャは暴力を手段とすることを恐れないし、クロスボウの射ち方も慣れたものだ。小型飛行機の操縦だってできてもおかしくない。だが、ローランドの家が火事になった時、ミーシャも同じシアトルにいたとは言え、島にはレンタカーで来ていた。論理的に言って、彼女がローランドの襲撃者だったとは考えにくい。

加えて、動機というのは殺人方程式の中で一番軽い部分だとは言え、ローランドのズボンのファスナーが下りっぱなしだったからといってミーシャが半世紀後に復讐を実行したとはあまりにも考えにくい。しかも、彼女にどんなほかの動機が？　集合体《コレクティブ》の面々の中でミーシャは誰よりも——Ｊ・Ｚとスターを除けば——回想録の出版に動じていない。そして彼女は、活動の輝かしい始まりから、グループが散っていった最後まですべてを見届けた。

彼女は、最初から最後までいた——。

エリオットはタッカーにまた電話をかけた。

タッカーは、すっかり起きていたような声で出た。

『時差ボケがなおらないか？』

「もう寝るつもりだよ。ただ、忘れないうちにお前に頼んでおきたいことがあって」

『何して欲しい』

「シアトル市警か、ＦＢＩ支局に、スザンヌ・デウォスキンについて問い合わせてもらえるか？」

『スザンヌ・デウォスキンって誰だ？』

「まさにそこだよ」エリオットは答えた。「スージー・Ｄだ。集合体《コレクティブ》の中心メンバーの中でただ一人、俺が話を聞けてない相手だ。スージーは途中で姿を消し、彼女はグループや目的を渡り歩くような女だったと誰もが口をそろえるが、それでも、俺は気になる。彼女は、あそこにいたんだ。彼女なりの視点がある筈だ。少なくとも、何かの意見が」

『それか、何かの秘密が？』

「誰か、秘密を持つものはいる筈だ」

『ＦＢＩには彼女のファイルはなかったぞ』

「わかってる。それはつまり……彼女がふらっと消えたからか、あまりに印象が薄くて、テロリスト候補に目を光らせて報告する任務のＪ・Ｚでさえ、彼女のことは書く価値もないと感じたとでも？」

『そんなことはないだろう。彼女が短期間しかいなかったから、というほうが妥当に聞こえる』

「でも、彼女は、ほとんどずっといたんだよ。端のほうをうろうろしていただけかもしれないが、それでも写真には写っていた」

『何か出てくるかどうか、見ておく』

「ありがとう」

『いい夢をな』

「そっちも」

と言ったが、エリオットの夢はそう素敵なものではなく、寝汗にまみれてとび起きた。ノブの農場の古い林檎果樹園でクロスボウを持った〈彫刻家《スカルプター》〉から夜闇の中を追われていた夢が、混濁したこだまのように残り、鼓動が激しく乱れている。本当に足場の悪い地面を命がけで走っていたかのように、膝に痛みがうずいていた。

立ち上がり、顔を冷水で洗うと、うす汚れたグラスに洗面所の水を注ぎ、アスピリンを二錠流しこんだ。

ベッドに戻ろうとした時、部屋のドアのすぐ外で、廊下がきしんだ。まるで、誰かがそこに立っているかのように。

かつてまだエリオットが若く、自信過剰で知ったかぶりの捜査官だった時、学んだものだった――それも厳しい形で。嫌な予感は決して無視してはならないと。エリオットはドアのそばへ寄って、じっと耳をすませた。

誰かがドアを破ってきた時にそなえて、武器に使えそうなものを目で探す。だが室内にあるものはすべて、持ち上げるには重すぎるか、固定されているかだ。ベッドのマットレスを引きずってきて相手をつまずかせることはできるだろうが、一番いい手は、ドアから外へとび出して走ることだ。

もし、そこに誰かいるなら、だが。

ベッド脇のテーブルの上で時計がカチッと鳴り、ぼやけた数字が替わった。四時半。起き出して空港への仕度をする時間まで、たった一時間。

廊下には、相変わらずの静寂だけだ。そこにいるのは世界で一番気の長い侵入者か、誰もいないか。

身を傾け、エリオットはドアののぞき穴から外を見た。廊下は無人に見えた。

鍵を外し、ドアを開けた。くすんだ明かり、すり減ったカーペット、無人の廊下。エリオットはドアを閉め、また鍵をかけた。

当たり前だが、大体の嫌な予感は空振りに終わる。今回もその中の一回らしかった。だが十回の外れを引くほうが、一回の致命的な当たりを見逃すよりいい。

ベッドにまた潜りこむと、エリオットはランプを消した。

月曜の朝、目覚まし時計が鳴ると、タッカーがエリオットに覆いかぶさってうなじにキスをし、囁いた。

「今日は大学はなしだ。夏のバカンスの初日を楽しめ」

エリオットは微笑んだ。昨日は帰りの便が遅れて、家に帰りつくまでにやたらと疲れた。夜の最後のフェリーになんとか間に合わせるだけでやっとだった。

また自分のベッドに戻れて、心底ほっとする。朝日が床板をまだらに照らし、窓からは涼しい海風が入ってくる。目をとじ、エリオットは深い、深い眠りへと落ちていった。

次に目を覚ますと、ベッドのすぐ横の電話が鳴っていた。

もそもそと手で受話器を探り当て、外して、エリオットは咳払いする。

「ミルズだ」

やたらと気取った声が言った。

『ミルズ教授？　こちら、ブルー市議会議員の事務所です。議員が、あなたに本日ランチのお時間があるかどうかうかがいたいそうでして』

「ブルー市議会議員？」

市議会議員事務所と名乗った相手は、軽やかな笑いをこぼした。

『まさに、そうですとも！　ランチの時間はおありですか、教授？』

エリオットは思考力をかき集めた。まだぼんやりして眠気が居座っているが、折角の好機を逃す手はない。

「今日……何時に？」

『一時は如何でしょう？』

エリオットは時計へ目をやった。九時十五分。もう？

「ああ、一時で問題ない。どこで？」

『議員はいつもメトロポリタングリルでお食事をなさいます。ご存知ですか？　シアトルの店です。２番通りとマリオン通りの角にある』

「知っている」エリオットは答えた。「出向くよ」

25

『まず我々は、リベラル連中を全員吊るそう』

マコーレーがラジオからほがらかに語りかける中、エリオットはメトロポリタングリルの駐車場に車を停めた。

『誤解なきよう言っておくが、私の親友には何人かリベラルもいる。あんなに善意に満ちた、素晴らしい人々はいないね。だが悲しいかな現実においてはね、地獄への道というのは、そうした善意によって舗装されていくものなのだ。そしてリベラル派は、自分たちのウサギの穴へ、国全体を引きずりこもうとしている。彼らの歪んだ理想主義、セックスへのこだわり、偽りの偶像への信仰心……リベラル派は、現代のヒッピーだ。大きく開いた傷にバンドエイドを貼って、治ったと言い張る。どうかな、世界の飢餓問題は皆にタダ飯を食わせたところで解決できない。世界のどこにも、そんな美味しい話も飯もない』

「そして世界の至るところに、陳腐な言い回しは尽きない」

エリオットは呟いて、エンジンを切った。

メトロポリタングリル——地元ではメットと呼ばれるこの店は、昔ながらのステーキハウスだ。マリオン通りの古い建物の中にあって〝町一番のステーキ〟を誇り、大体は言葉通りのものが食べられる。

エリオットは緑色の雨よけの下を抜け、背の高いマホガニーのドアを通ると、出迎えたタキシード姿の給仕長に案内されて、六メートルの色つきの石柱の間を抜け、マホガニーと真鍮の手すりをすぎ、豪奢な、広すぎる席へ通された。すでにトム・ベイカーが座り、金髪の、紺のスーツを粋に着こなしたがっしりとした男が同席していた。

ブルー議員は、エリオットを認めるとマティーニを置き、立ち上がった。白い歯が見える作り笑いで、握手の手をさし出した。

「会ってくれてありがとう、エリオット。エリオットと呼んでもいいかな？　トムのことは知ってるよな、勿論」

トム・ベイカーがよそよそしくエリオットにうなずく。エリオットはうなずき返し、ブルーと握手を交わした。

「まあ、座りたまえ」ブルーがうながした。「何を飲むかね？　マティーニがおすすめだよ。ここのマティーニは名高い」

ウェイターが、いつの間にかテーブルの横に立っている。エリオットは腰を下ろし、ブラックブルを注文した。

ブルーは背は低いが、いい男だった。人気ミュージシャンだった父親と少し似ている——同じ青い目に、あちこちはねた無秩序な金の巻き毛。だが、血縁だと知っていないと気がつかない程度の類似だ。大きなダイヤのはまった指輪を小指にしていた。別に、ピンキーリングをしているからといって人物がわかるわけではないが。まあ多分。

「我々はもう注文をすませた」ブルーが言った。「だが、ゆっくり選ぶといい」

「四五〇グラムの特上ロース肉ステーキで」

エリオットはウェイターへそう注文した。ブルーを暴行罪で訴えてない以上、このくらいの貸しはあるだろう。

六十三ドルのステーキの昼食にも、ブルーは眉ひとすじ動かさなかった。気軽な調子で地元の出来事や世論について言及し、教育ガバナンス委員会が取り組んでいる問題についてエリオットへ語った。再選のための票をエリオットから得られると思っているなら、ブルーのとんだ思い違いだ。エリオットは礼儀正しく聞いていた。ところどころで、トムと目が合う。トムの表情からは何も読みとれなかったが、おそらくエリオットの顔も似たようなものだろう。

全員の食事が同時に運ばれてきた。キッチンは大忙しだったことだろう。ブルーはステーキナイフを手にして、血色の厚切り肉をカットした。

「君は、どうして私がわざわざ声をかけたのか気になっていると思うが」闊達に笑った。心がこもった、よく響く笑いだった。「しかし先日の誤解について、私から直に謝罪する必要があると感じたものでね」

「つまり、俺があなたを脅迫しようとした件について？」

ブルーの笑いがまた轟きわたり、ほかの席の客がちらりとこちらを見た。

「それは言わないでくれ！　私のような立場の者は、用心深くなってしまうのだ。最悪の結論にとびついてしまう癖がついている」

「ああ。たしかに」

エリオットはトムへ視線をとばした。トムはグラスを傾けている。

「私のような職にあると、人間の悪い面をたっぷり見ることになるのでね」

ならＦＢＩ捜査官を経験してみるがいい、とエリオットは思う。だが言いはしなかった。曖昧な笑みで流す。

「君が、私の父の友人でもあった昔の反戦活動家たちについて調べているとトムから聞かされた時、私はたしかに間違った結論にとびついた。かつて、私の政敵が父の政治的信念と——言っておくと私はそれを恥じてはいないがね——私自身の政治的な立場に、悪意ある関連付けをしようとしたことがあるのでね」

「なら、これでそちらにも安心してもらえるかもしれないが」エリオットは告げた。「俺は、あなたの父や彼の昔の友人の反戦運動については何の興味もない。俺の関心の対象は、俺の父の回想録出版を止めることで益を得る何者かだけだ。それはあなたかもしれないと、そんな言葉も何回か聞いたがね」

二十四カラットの輝きの笑みが消えていくブルーへ、エリオットは続けた。

「ほかの意見では、トムにも一つか二つ、動機があるかもしれないと」

トムは、酒でむせ返りこそしなかったが、あわてて飲み下した。目を細める。微笑んだ。

「ほほう？　動機？」

「通常、殺人未遂には動機があるものだからね」

「殺人未遂？」

くり返したトムは、もう笑ってはいなかった。顔色が黄ばんで見えた。

エリオットは何も答えなかった。ブルーも表情を動かさない。

トムが言った。

「忠告しておくがね、エリオット、私を旧友への殺人未遂で糾弾する前に、よく考えたほうがいい。あと一言でも言えば、君を名誉棄損で訴えるぞ」

「失礼。誤解を生む言い方だったようだ。俺が言っているのは、父への殺人未遂ではない。元FBI捜査官のゼルヴィン——トム、あなたはJ・Z・マクギャヴィンとして知っていただろう——の話では、ある夜自分を轢き殺そうとしてきた相手が、あなたと、ここにいるジョージの父のどちらだったか自信がないそうだ。白い車体をチラッと見ただけだし、あなたもフランクも白い車に乗っていたからな」

「J・Zは生きているのか！」とトムが問い返す。

「ああ」

エリオットはトムを注視した。その猛禽めいた顔に浮かんだ驚き——そして安堵——は真摯なものだった。

ブルーがトムからエリオットへ視線を移した。

「君は、彼と話したのか？」

「二日前の夜にモントリオールで、彼とスターと一緒に、ディナーを食べましたよ」

これほど熱心な聴衆を前にするのは、エリオットの人生初かもしれない。

「二人は生きてたのか？　二人とも、生きてたのか……」トムの声は、ほとんど気を失いそうだった。「ローリーは知ってるのか？」

「ああ、二十年前から知っていた。父が——人々が回想録のことで騒ぎはじめるまで——知らなかったのは、あなたや残りの仲間たちが、J・Zが死んだと信じていたことだ。あるいは、親友たちから、自分がJ・Zを殺したと思われていたこと」

顔色を失っていたトムだったが、その顔がまた紅潮した。

「俺は、ローリーがJ・Zを殺したなんて信じてなかった」

「ああ。どちらかと言うと、あなたはフランクがJ・Zを殺したと思っていたように見えるね」

「は？　そんな馬鹿げた話があるか！」

ブルーが怒鳴った。多くの嘘つきと同じミスを犯している――声の大きさと作りものの激怒にたよりすぎだ。

「私の父は非暴力主義だった。平和を求めた男だ。アーティストでもあった。〈ブラック・ウエディング〉を書いた男だぞ」

フランク・ブルーはいつでも平和好きだったわけではない。初期の集合体《コレクティブ》は、もっと大きな〈ウェザーマン〉やその地下組織と同じく、暴力の行使を恐れはしなかった。むしろ彼らは信じていたのだ、揺るがぬたしかな変化を手に入れるには、暴力という手段が必要だろうと。

だが一九七〇年、ウェザーマン地下組織が、基地のダンスパーティを狙った釘爆弾を作ろうとしてグリニッチ・ビレッジの街なかの隠れ家を吹きとばし、数人のメンバーが死ぬと、ウェザーマンは手段としての暴力を否定した。そして集合体《コレクティブ》も、グループとして存続した間はその路線に従っていた。だが、その後は？　ミーシャは武装強盗の罪で服役。トムにも、三つの暴行罪の記録がある。対するフランクにも、ドラッグ、酒酔い、そして治安紊乱《びんらん》行為で山ほどの逮捕歴がある。あの時代の詩人ではあっても、ソローにはなれなかった男だ。

「あなたの父親が根っからの殺人者だったとは思ってませんよ」

と、エリオットはブルーにうなずいてみせる。

「彼はグループの中の若い女性に恋をしていて、彼女とJ・Zの仲に嫉妬していたんでしょう。

そしてフランクは、J・Zが実は体制側の裏切者だと知り——自分のキャリアの大きな障害にもなると気付き、一瞬の衝動に負けたのだと思う。好機があったがゆえの不幸だ、一度きりの。だが、それきりJ・Zは姿を消した。完全に。そしてスターも、J・Zが殺されたと派手に騒いだ後、やはり消えた。誰も何があったのかわかっていなかった筈だ。すべてが散り散りになった中で、一つの恐ろしい可能性だけが残った——そう突飛でもない可能性だ。J・Zがあの轢き逃げで致命傷を負い、どこかの死体保管所で身元不明の死体として横たわっているかもしれないと」

ブルー議員が唾をとばして怒鳴り出した。

「とんでもないほど下らん話だな、それは！　何ひとつ証拠もない」

「スターはあの轢き逃げを目撃し、J・Zをはねたのは、あなたの父が運転するフォルクスワーゲンのバンだったと心から確信している。しかし、あなたがそれ以上気色ばむ前に言っておくと、今さら、誰も何も証明する気はない。スターもJ・Zも何も求めていない——J・Zは集合体《コレクティブ》の仲間からの許しを求めているかもしれないが。俺にはわからない。とにかくあなたに伝えておきたいのは、今言ったことのどれも、父の本には書かれていないということだ。ひとつも」

トムは、かなり前からずっと黙りこんでいた。そして今、ブルーも静かになっていた。

「——本は出版しないことに決めた、と聞いたが」

やっと、トムが口を開く。

「さて、俺にはわからない。だが本音を言うと、そうなら残念だ、あの本の出来はそう悪くないのでね。それに、ある意味、今の社会のあり方を映しているとも言える」

「全部、読んだのか？　何が書いてあった？」

しまいにトムはそう問いかけてきた。

エリオットは首を振る。

「この馬鹿騒ぎの理由になるようなものは、何も。あれは、ある歴史のターニングポイントにいた、理想家の若者たちのグループの物語だ。一人の男の回想であり、その男の視点から見た話にすぎない。一部の人間が気分を害するような意見や価値観が書かれているともとれるし、人によってはいたたまれなくなる昔話も色々あるだろう。しかし俺には、あの本から、あなた方がこれほど慌てふためく理由も、怒りか恐慌のあまり誰かが人を殺してまで出版を止めようとする理由も、見つけられなかった」

「となると、あの本は出版されないのかね？」

ブルーがそう、エリオットとトムを見比べた。

「父はそう言っていた」とエリオットは答えた。

「それは素晴らしい」ブルーはほっとした顔をした。「そうか。これですべて解決だな」

問いかけるようにトムを見る。

「ええ」とトムが答えた。

エリオットには意外だったことに、レストランを出る彼を、トムが外まで見送りに来た。

「どうせ君は、ローリーが出版を取りやめたことなどかまわず、まだ過去をほじくり返す気なんだろう」

トムが言った。

エリオットは彼に視線を向ける。

「俺は、誰が父を狙っているのか知りたいだけだ、それがあなたの言っていることなら。俺から見る限り、その人物はまだ危険だ。それももしかしたら、父に対してだけではなく。あなたたちもそばにいたんだからな、結局のところ」

トムは何も答えなかった。

まだトムを見つめながら、エリオットはたずねた。

「父がどこにいるか知っていますか？」

「いいや」

「しかし推測するなら？」

トムの視線がエリオットと合った。

「俺は推測ごっこは嫌いだ。ローランドが君に居場所を言わなかったのであれば、君には知られたくないということなのだろうよ」

「父がモントリオールを発ってから一度も連絡がない。心配なんだ」

「ローリーは、自分の面倒ぐらい見られるさ」

「いつまでもそう言っていられればいいが」

トムは、どうやら譲歩らしきものを見せて、言った。

「もし連絡があれば、君に電話するよう言っておこう。君がどう思おうと、ローランドは今いる中でも私のとても古い、近しい友人なんだ。彼の安全を――そして息子である君の安全を、ないがしろにしたりはしないよ」

「結構。しかしあなたには、俺が集合体《コレクティブ》の過去を調べていることを報告すれば、ブルー議員の行動の引き金になるとわかっていた筈だろう。あの男は、自分の対面を守るためなら、元妻が自分に殺し屋を差し向けようとしたことすらうやむやにしようとする男だ」

トムの表情には、はっきりと悔しさがにじんでいた。

「ジョージに、君を脅してもますます意固地にさせるだけだと言っておいたんだ。だが彼は、人をあしらう時に手っ取り早い方法を好むんでね。私は、計算違いをした。だが完全にじゃない。君は無傷ですんだ」

エリオットは車のそばで立ち止まった。

「そう聞いても、心の底からありがたいとは言えないね」

「余計なところに首をつっこむ危険性を、君こそ誰よりよく知っている筈だろう、エリオット。勝手な詮索にいい顔をされなかった経験など、山とあるじゃないか」

トムはくるりと身を翻し、レストランへと戻っていった。

エリオットがニッサン車へ乗りこむと、陽射しの中に停められっぱなしの車はちょっとしたオーブンのようで、すぐにエアコンをつけた。携帯が鳴る。画面に目をやった。

タッカーだ。

電話に出ると、タッカーから言ってきた。

『シアトル市警は、スザンヌ・デウォスキンについては空振りだった。昔の万引きの記録が一つだけで、彼女は法廷には来なかった。姿を消したようだ。ほかには記録なし』

「興味深いな」

『さて、そう言っていいかどうか。何があってもおかしくなかった時代のことだ』

「たしかに。もう一つ、頼みごとをしてもいいか？」

『してもいいが、俺も今手一杯でな、事によってはすぐにかなえてやれるかどうか。電話したのは、それもある。今夜はシアトルの部屋に泊まるよ』

「お疲れさま」

『まったくだ。頼みは何だ？』

「ＮａｍＵｓもチェックしてもらえないか？」

　全米行方不明者システム《ＮａｍＵｓ》は、行方不明者及び身元不明者についての全国規模のデータベースだ。

　タッカーがゆっくりと言った。

『俺に、ＮａｍＵｓにアクセスして、スザンヌ・デウォスキンの名を調べろと？』

「そうだ」

『アメリカから消えたからと言って、行方不明者になったとは限らない』

「わかってる。そして彼女がどこかの田舎で孫をあやしながらのんびり暮らしてるなら、俺に探されてありがたくはないだろう。だが、スザンヌについて何かの届け出が出されているかどうか手っ取り早く調べるにはＮａｍＵｓにかけるのが一番早いし、民間人の俺より捜査官のお前のほうがずっと楽にアクセスできる」

『それならやってやれるが、もし行方不明者として登録されていたとしても、それはただ彼女が地下に潜ったままというだけかもしれない。ゼルヴィンの例もある』

　エリオットは重い口調で言った。

「俺の予想では、彼女は別の意味で、地面の下にいると思う」

『ちょっと待て、スザンヌ・デウォスキンはただのパーティ好きの娘じゃなかったか。そんな彼女を誰が消す？』

「あの子は、ただのパーティ好きの娘だったさ。だからこそ、パーティが終わった後も彼女が家に帰らなかった理由が説明できないいんだよ。ほかは全員、どこかに帰った。なら、スージー・Dは、どこに行った?」

26

ウィル・マコーレーは、エリオットからの連絡をもらってうれしそうだった。

『若いほうのミルズ教授』低い、ベルベットのようになめらかな声で挨拶する。『電話をくれると思っていたよ。君が気を変えるという予感があった。いつ番組に出てくれる?』

「がっかりさせて申し訳ないが、ラジオに出る気はない」エリオットは応じた。「番組のないところでオフレコに会ってもらえないかと思って、電話したんだ」

『番組に出たくない、と言うのか?』

「今回はね」

マコーレーの喜びは薄れ、少しムッとしたようですらあった。

『なら何の話をしたいのかわからんね』

エリオットは口説き落としにかかる。

「率直に言うと、あなたの政治的な立場からの洞察を聞きたい。あの手の機構がどう動くものなのか、あなたなら誰よりよく理解しているだろうから」

少々大げさにおだてすぎた感はあったが、少し間を置いて、マコーレーが言った。

『なかなか、好奇心をそそられてきたな』

「今、シアトルにいるんだ。もしラジオ局にいるなら、これから寄れる。それほどあなたの時間を取らせるつもりはない」

『局にいるわけじゃない。自宅にいてね』少し考えているようだった。『シアトルにいるって?』

「そう。メトロポリタングリルでブルー市議会議員との昼食を終えたところだ」

マコーレーはまだ考えている様子だった。いきなり言う。

『そうだな。なら一杯飲みに来たらどうだ。君と話がしたいしな。君は興味深いよ』

エリオットに道順を教えると、マコーレーは電話を切った。

君は興味深い？　本気か。

エリオットはタッカーに電話を入れ、マコーレーの住所を留守電に残した。実に素敵な住所だった。ウォーターフロント地域だ、勘違いでなければ。

そして、勘違いではなかった。マコーレーの家は六十年代前半の建築で、この地域の邸宅としては大きさはそれほどないが、六十メートルほどもの自然の海岸を一望できる家だった。船着き場をそなえ、ボートハウスまであり、レーニア山、オリンピック国立公園、ワシントン大学のキャンパスまで臨める見事な見晴らしだ。高価で、孤立した家。

マコーレーは玄関口で、グラスを手にエリオットを出迎えた。

「来たんだな」

深い、響きの美しい声で言う。ひとつ確実なことがあった。マコーレーには匿名通報者の役は務まるまい。声に特徴がありすぎる。

「見事な道案内をいただいたので」

「たしかに。その通り」

マコーレーの笑顔はぎょっとさせられるほど好色なもので、エリオットは彼をまじまじと見直した。

マコーレーは、五十代後半というところだろうか。美男ではないが、たしかに魅力的な顔だった。頭は禿げ上がり、群青色の錦織りとベルベット地のゆったりした室内用のジャケットを羽織った体は見事に引き締まっていた。庭のテラスに色気たっぷりのバニーガールの一群でもはべらせているんじゃないかと、そんな疑いが芽生えてくる。

「ゲーム部屋で話そう」マコーレーは背を向けた。「飲み物は何がいい」

「ウイスキー？」

「スコッチか、ウイスキーか？　そこは同じじゃないからね」

マコーレーが先に立ち、広々とした、大きなガラス窓の壁から外光がたっぷり入る部屋を次々と抜けていく。モダンな、インテリアデザイナーだけが家庭的だと信じるような家具が配置されていた。

家の中には独特の香りがあった。洗剤か消毒薬のつんとした匂いと、パチョリのキャンドルが混じった匂い。

「あるなら、スコッチで。あるなら、ブラックブルを」

「ブラックブル？」マコーレーは言葉を切った。「ほう、ほう。君とは気が合うだろうと思ったよ」

ニッと笑う。羽織った室内用ジャケットと同じ目の色をしていた。

奥行きのある部屋へ入っていく。この家の中では、際立って暗い部屋だ。ここだけは窓もスモークガラスで、光を弱めて繊細な調度品を守っている。エリオットの目が慣れるまで、数秒かかった。

部屋中の壁が、獣の首で埋め尽くされていた。突進してきそうな水牛や唸るグリズリーなどの、大きな獲物の剝製たち。命なき動物園が作れそうな数だ。床にはホッキョクグマの毛皮が広げられ、革張りの長いソファにはトラの毛皮が掛けられていた。

エリオットの表情をうかがっていたマコーレーが、笑い声を立てた。

「獲物部屋《ゲーム》と言われて、ビリヤードでもあると思ってたか？」

ガラスと金属のドリンクワゴンへ歩みより、彼はクリスタルガラスのデキャンタを取り上げた。

部屋の一番奥にはガラスケースが置かれ、飾られた現代の武器の中には、アサルトライフルまであった。そしてエリオットに近いほうの壁には、ハルバートや槍などもっと原始的な武器を飾る棚があり、クロスボウもあった。

段々と、父の失踪にマコーレーが無関係だと判断したのは大いなる早合点だったのだろうか、という疑念が芽生えつつあった。

「君は、狩りは？」

マコーレーがたずねながら、琥珀色の液体の入ったショートタンブラーをエリオットへ手渡した。

「四十年もののブラックブルだよ、言っとくと」

「どうも」

エリオットは酒に口をつけた。モルトの香り、男っぽい、だが意外なほど洗練された味。

「うまいね。いや、しない。この壁の戦利品を見る限り、そちらは狩りが趣味のようだな」

「ああ。趣味だよ。何より最高の冒険だね。自分をバラバラの肉塊に引き裂く力のある生き物と戦うのは、極上の体験だ。人というのは生来のハンターなのさ。肉食を可能にする消化器官まで持ち合わせている」

ナスとパルメザンチーズのキャセロールのレシピは、マコーレーには不要の長物だろう。

「そうなのか」

質問ではなく、エリオットはただマコーレーが愚か者だと思っただけだ。

「君の声に、とがめる響きが聞こえるかな？　わかるよ。獣などあまりに簡単な獲物に思えるだろうね、君のように、人間を狩った男には」

マコーレーの強く、輝くような目に、気圧されるほどの興奮が満ちていた。

「そういう言い回しは、俺はしないが」

「そうか？　だがそれこそ君の仕事だ――君がやっていたことだ、ＦＢＩとして。まさにあの昼下がり、パイオニア・コートハウス・スクエアであったことだ。君はアイラ・ケインをまさに獣のように狩り、仕留めたのだ」

「彼を追っていた時の俺の意図は違う」エリオットは応じた。「あの男は裁判所で二人を撃ち殺し、さらに三人を負傷させた。止めなければならない男だった。だがもし射殺以外の選択肢があったなら、俺はそれを選んだだろう」

それが真実であるよう祈った。エリオットは誰にも、これまで――そしてこれからも――一度も、その確信が持てないと告白したことはなかった。そして結局、選ぶ余地などありはしなかったのだ。

「脳天に一発。並外れているね」

「いや。そんなことは全然ない」エリオットは訂正した。「我々がそう訓練されているからだ。頭を狙うよう叩きこまれている。現代じゃ、あまりに多くの犯罪者が防弾チョッキを着用している」

「どんな気持ちだった？　人の命を奪うのは？」

　エリオットは切り口上で返した。

「それが番組でするつもりだった質問か？」

「そうでもないかな。だが聞きたいね」

　どれほど多くの人間がそれを知りたがり、エリオットに問いかけてくるかは、驚くばかりだ。誰より彼に近い二人だけは別だった。タッカーも、父も、一度も聞かなかった。

　あの銃撃の直後、エリオットが抱いた感情は安堵だけだった。生きのびるために必死で戦った。傷を受けていた——それも致命傷と思えるほどの傷を。言葉にできない激痛にさいなまれ、膝を撃ち抜かれて、たとえ望んだとしても逃げられなかった。逃げようとも思わなかった。

　その後、病院で、エリオットは……虚《うつ》ろだった。主として、ほとんど何も感じない自分への不安を抱いていた。だが頭は色々な考えで乱れ、もしかしたらそれも、あの感情の麻痺の一因だったのかもしれない。

　マコーレーに、彼はいつもの返事を返した。

「また味わいたくはない感覚だよ」

そしてそれは、完全な本心だった。

「俺はあの事件に注目してたよ」マコーレーが言った。「実を言うと、あれ以来、君のキャリアにずっと注目している。テロリストの息子が法の番人になったという、その、分水嶺《ぶんすいれい》に魅了されるね」

分水嶺？　分断というなら、マコーレーは正しい。とは言っても彼の認識のひとつは誤りだ。

エリオットは言った。

「俺は父をテロリストとは見なしていない」

「そりゃ自分の父親だ、勿論そうだろう。だが政府はそう見ていた。ＦＢＩもだ」また歯を見せて、マコーレーは笑った。「君に言っておくと、俺は何より勇気という美徳を評価するし、君にはその勇気がある。熱狂にイカれた殺人者を一人で追いつめた勇気。家族の、父親の期待にそむく勇気」

「どうも」エリオットは落ちつかない気分で言った。「だが……」

「君を引っかけたり揚げ足を取ったりするつもりなどなかったんだよ。番組に来てくれれば、俺から敬意を欠いた扱いをされる心配などしなくてよかったんだ。俺は、深く君を尊敬しているんでね」

段々と、このマコーレーの小さな動物王国の、テラスだろうとどこだろうと、豊満なバニーガールの群れがはべっている可能性がエリオットの中で低くなっていく。

「その心配はしていない。インタビューを受けたくないだけだ。人から注目されたいとは思わないし、不要だ。今は、歴史を教える身だしね」

マコーレーは静かに、同情にあふれた口調で言った。

「それは、君にとって、とても苦しい道だろう」

その目はエリオットの内側を直に見通し、まるでエリオットが――大体は自分自身からでさえ――押し隠している心のざわつきや、鬱屈まで見抜かれているようだった。

「歴史が好きなんだよ」エリオットは答えた。「教えるのも好きだ」

マコーレーは「ふふん?」と、疑わしいX線写真を目の前にした医者のような相槌を打ったずねる。

「俺に何が聞きたい?　一九六九年にどこにいたか?」

深い、ラジオパーソナリティの魅力あふれる笑いをこぼした。

「俺は十二歳だった。ほかの正気の人間たちと同じく、俺も、君の父上と友人たちが俺たちの国を変えようとするのを眺めていた。うっかり自分たちを吹きとばしてしまえと思ってたよ。毎晩、そう祈ったものさ。連中の中にはちゃんとそうなった奴らもいたな。君の父上は違ったがな、残念ながら。父上は、だまされやすい大学生たちの精神を毒するという、長く輝かしいキャリアに進まれた」

「先々週の金曜、どこにいたのか聞かせてもらっても？」エリオットはたずねた。「随分機嫌もよさそうなところで」

「グース島でのいわゆる〝銃撃事件〟の夜？」マコーレーはじっとエリオットを凝視した。

「新聞は間違ってるね、だろう？　犯人《ホシ》は――そう言うんだろう、ＦＢＩじゃ？――クロスボウを使っていた。ライフルではなく」

エリオットは筋肉ひとすじ動かさなかった。だがその無反応さが逆に雄弁だったのかもしれない。マコーレーの口調は、愉快そうですらあった。

「クワンティコで、それも教えてるに違いないな。感情を殺す。だが君が、テーザー銃なり、どうせ身につけているだろう何かの武器を俺に向ける前に言っとくが、俺は君の父上を襲ってはいないよ。家に火もつけていない。俺のクロスボウで狙ってもいない。ただ、俺には警察内にいい友人たちがいるんでね。年上のミルズ教授よりも大勢」

エリオットの携帯が鳴った。タッカーからの着信音。

「失礼」

マコーレーから目を離さず――相手は微笑してグラスを傾けている――エリオットは携帯を探り当てた。

「やあ」

『俺とまず話をせずに一人でどこにも行ったりしないと、そう合意ができてたと思ってたぞ』

「タイミングが肝心でな」

『まだマコーレーのところか？』

タッカーの口調は厳しかった。

「当たりだ。もう帰るところだよ」

『スザンヌ・デウォスキンは、全米行方不明者システム《NamUs》のデータベースに登録されていた。失踪人としての正式な届けが、一九七四年に出ている』

「その失踪届は誰が？」

『彼女の両親だ。今は二人とも他界したが、妹が、ＮａｍＵｓができてから彼女を登録し、情報を更新している』

タッカーが、さらにつけ加えた。

『俺はその妹に電話した』

それには意表を突かれた。

「話したのか？」

『妹の話では、スージーは頭がよくて可愛かったと――そしてかなり奔放だったそうだ。時には、家に電話も入れずに何ヵ月も帰らないこともあった』

「家はどこだった？」

『ノースダコタ州のファーゴだ』

「彼女からの最後の連絡はいつだ？」

『今から説明する。スージーはいちいち電話を入れてくるような娘ではなかったが、決して――実際に一度も、バースデーカードを送り忘れることはなかったそうだ。妹はカードの束を持っていてな、クレヨンで描いて手渡しされた数枚から始まって、一九七二年製の市販のカードで終わっている』

「クレヨンのカードか……」とエリオットは考えこみながら呟いた。

『毎年ずっとな』

「それが来なくなったのは、一九七三年？」

『一九七三年、四月十五日だ。父親の誕生日だった。スージーは最後の電話で父親と口論になっていたので、家族はまだそれを怒っているのだろうと思った。根に持つようなタイプじゃなかったそうだが。だが五月の母親の誕生日、そして六月の妹の誕生日にも、スージーからのカードは来なかった。家族は失踪人届けを出そうとしたが、スージーが自由気ままな奔放娘だったという評判のせいで、地元警察はその届けを受け付けるまで何ヵ月も渋った』

エリオットは考えこむ。

「彼女が写っている写真で、七十三年のバレンタインデー近辺の日付のものがあるから、どうやら二月半ばから六月半ばまでのどこかで消えたようだな」

『そう見える』

「調べてくれてありがとう」

『声が変だな。まさか――』

「五分後に電話する」

今はもう、マコーレーは脅威ではないとわかっていた。少なくとも、『パワー・トゥ・ザ・ピープル』と集合体《コレクティブ》に関する今回の件では。もうここを切り上げても、問題ない。

『忘れてくれるなよ。お前を探してマコーレーの家にＳＷＡＴをつっこませたら、後始末が面倒だからな』

その言葉に、エリオットは笑いをこぼした。電話を切る。

マコーレーが言った。

「どうやら今の相手は、君のＦＢＩのボーイフレンドかな？」

エリオットは彼をまじまじと見た。おだやかな口調で言う。

「俺のことをよくご存知のようだ、ミスター・マコーレー」

「よしてくれ、ウィルと呼んでくれ。ああ、君のことは随分よく知っているよ。俺には情報源があるし、言ったようにパイオニア・コートハウス・スクエアでの銃撃戦以来、君に興味津々だからね」

エリオットは返事を考えようとしたが、うまくいかなかった。この男にはどこか不安なところがあるが、彼の興味というのがただの気まぐれな執着なのか、もっと不吉なものなのかは判然としない。はっきりわかっているのは、彼がローランドへの襲撃に関わっていないということだ。ローランドの危機は集合体《コレクティブ》の中から生まれ、そしてそこで帰結するものだった。タッカーの報告で、それが確実になった。

エリオットは、結局言った。

「俺は心配するべきかな?」

「どうしてそうなるのか、わからんね。俺は君をもっと知りたい、それだけさ。オンエアでも、それ以外でも」

「オンエアはなしだ、それだけは言える」

そしてそれ以外の関係も、あり得ない。だがここでそこまではっきり言う必要もあるまい。

「そう結論を急がないほうがいい」マコーレーは歪んだ微笑を浮かべた。「君は、自分が人生で衝突や矛盾を味わってきたと思うかな? 保守派のゲイにはかなうまいよ。そもそも、多くのゲイが、そんなものは存在しないと信じている」

「俺は、保守派のゲイがいるのは知っている」エリオットは答えた。「俺など、そちらから見ると日和見のリベラル派、というところだろうな」

「君は、どちらかというと中道に近い感じだね。それでもやはり、君を知りたいよ」

エリオットは眉をひそめた。

「だが、俺に恋人がいるのは知っているんだろう」

「君にだって友人はいるだろ？」

たしかに、エリオットには友人がいる。タッカーにも友人がいる。ただウィル・マコーレーが二人のどちらの友人の輪の中にもはまるとは思えないだけだ。

彼の沈黙を正確に読みとったのだろう、マコーレーが言った。

「君はきっと驚くよ、エリオット。君が思う以上に、俺と君は似ているのさ」

27

『そりゃお前が背が高くて黒髪のいい男だっていうのもポイント高かっただろうな』

マコーレーとの会話の報告をエリオットから聞くと、タッカーがそう言った。

『つまり、お前に勇気があるのは本当だが、お前がでっぷり太った丸鼻の中年男だったら、マコーレーだってお前を招いてスコッチを飲み交わしたり剝製を見せびらかしたりはしなかっただろうって気がするね』

「変わった男だった」エリオットはうなずいた。「番組で見せる人格とはまた違う。とにかく、今回の容疑者からはあの男を外していいと思うね」

エアコンの送風口を自分の方へ向ける。車のダッシュボードの時計は五時半。もうじき日が暮れる。

『親父さんから何か連絡は？』

「いや。なあ、もしお前がよければ、今夜俺もお前の部屋に泊まっていいか」

『当たり前だ、全然かまわない。ただ俺は遅くなるぞ』

「わかってる。さっき聞いた」

『気分でも悪いのか？』

タッカーが、ふと思いついたように心配する。エリオットは笑った。

「元気だよ。ちょっと用もあるし、こっちに泊まるほうが楽だと思っただけだ」

『勿論。帰ったらベッドでお前が待ってるってのは、いつだろうといいもんだ』

期待をかき立ててくれる言葉だったが、進行中の事件を複数抱えるというのがどういうことか、エリオットも身にしみている。疲れ切って家に戻り、ベッドに倒れこみ、ほとんど直後に鳴り出す目覚ましに悪態をつくのがせいぜいだ。

エリオットは返した。

「了解。俺はベッドの、左から三人目の男だ」

『そして美しい灰色の目をした、本当に、とても、勇敢な男だろ。バッチリだ。じゃ、待ってろよ』

エリオットは小さく吹き出し、電話を切った。

タッカーの部屋へついたのは、六時すぎだった。いつものように室内は片付いていたが、空気がこもっていて、タッカーがしばらくここに来た気配はなかった。エリオットがモントリオールにいる間も、タッカーは島で夜をすごしていたようだ。少し気分がいい。タッカーが、島を自分の本当の家として考えるようになったことが。

エリオットは冷たい水をグラスに注ぎ、ソファに座って、ノートパソコンを立ち上げた。手早くメールをチェックする。

相変わらず父からの連絡は入っていない。答えを期待してというより、一瞬の激昂から、エリオットは〈無事かどうか知らせてくれ〉という件名のメールを送り付けた。

過保護すぎる親にでもなった気分だ——そしてどうせ、このメールはローランドのスパムフォルダ行きだろう。ローランドが出版を中止したと皆が思っている限り、彼の身はきっと安全だろうし。

カナダから帰ってきた後、どこかで殺されてないなら、だが。その可能性は低いだろう。モントリオール滞在中に真相の影が見えてきたエリオットは、今ではすっかり確信を持っていた——決定的な証拠という最後のピースなしでつかめる、最大限の確信を。

次の問いは、だ。果たして、その真相をどうする？

タッカーを巻きこみたくはなかった。一つには、すでにタッカーにはもうギリギリまで職権を濫用させている。そしてもう一つには、ゼルヴィン潜入捜査官の死の疑惑が晴れた段階で、FBIはこの件への興味を失っている。つまり、事件の対応はシアトル市警まかせになったということだ。だがシアトル市警を巻きこめば、事はおだやかにはすまない――そしておそらく、誰かの血が流れる。死人が出るかもしれない。ローランドは決して許してくれまい。

もしかしたら、ほかの道があるかもしれない。

たとえ自分が追いつめられたと悟っても、そして人を殺す覚悟はすでに示していても、ローランドの襲撃者はその最後の一手をためらうだろう。殺しが好きなわけではないし、トムが言ったのと同じく、ローランドは犯人にとって誰より古い、近しい友なのだ。その古い友はローランドに本を出さないでくれと頼み、説得を試み、それが失敗に終わってローランドを止められないとわかった時、ついに行動に踏み切った。だがそれでも、ローランドへ逃げ道を残していた。あっさり仕留めるようなことはしなかった。

事実、グース島でのクロスボウの襲撃を思い返すに、きっとローランドは正しかったのだ。あの矢は、エリオットを狙っていた。何故なら、やはり、犯人はローランドを殺したくなかった……そしてローランドが、我が身の危険よりエリオットへの危害をはるかに深刻に受けとめるだろうと知っていたからだ。実にいい狙いだった。

ローランドは、真相に気付いているだろうか？

おそらくは。本の出版を考え直すそぶりを見せればエリオットの身は安全だと、ローランドは正確に読んでいた。

そうだ。もう、今は気付いている筈だ。ローランドはきっと、あのパリの、いやモントリオールの可愛い愛の巣で、J・Zとスターが仲良く無事に暮らしているのを自分の目で見た瞬間、悟ったに違いない。ほかのパズルのピースはすでに持っていたのだから。

そしてローランドのあの性格だ、エリオットのところへ戻って真実を話したり助けを求めることなどせず、自分の手で解決しにかかったのだ。ということは――どういうことだ？ライオンの巣に入っていって、自首しろとライオンの説得でも始めたか？

神のみぞ知る。だがこのライオンはすでに後戻りできないのだし、ここでついに一線を越えて、ローランドを――ウィル・マコーレーの言葉を借りれば――バラバラの肉塊に引き裂いてしまうかもしれない。

そして、さっきの問いに戻るのだ。これから、どうする？

ローランドは今のところ事態を収められていない。できていれば、エリオットに連絡が来ている筈だ。

警察に知らせるか、それとも一人でローランドを連れ戻しに行くか？　なるべく平和に片付けたい。父のためだけでなく。タッカーには前もってどこまで言う？　すべては無理でも、せめて――。

エリオットはそこでぴたりと止まり、自分の今の考えのこだまを聞いていた。

数分前には、ローランドが何も知らせてくれなかったことを憤っていたのに、今、エリオットは同じことをタッカーにしようとしていたのだ。それどころか、タッカーにされてあれほど狼狽したのと同じ行為を、そのままやり返そうとしている。

あの、サンルームで体を重ねた夜にタッカーが言っていたことを、エリオットは一言残らず思い出す。エリオットが自分の言葉に耳を貸さないのではないかという疑い、判断を信用されておらず、意見を軽んじられているのではないかという迷い。

勿論、そんなことはない。エリオットはただタッカーを、自身の正義とエリオットへの誠意の間で板挟みにしたくないのだ。そしてエリオットの、タッカーを守りたいという本能的な思い――タッカーを危険な目に合わせたくない、いかなるリスクも負わせたくないという……。

エリオットは短く、あきれた笑いをこぼした。

タッカーが何と言うか、聞かなくともわかる。

エリオットが言ったのと同じことを言うだろう。きっと、もっとずけずけと。

ちらりと窓の外を見た。日暮れだ。

タッカーを巻きこみたくない。それはシンプルな本心だ。だが、彼との約束がある。

そしてタッカーが一緒に来てくれて、援護についてくれたなら心強い。間違いなく。

どこかに妥協点が見つかるかもしれない。タッカーは山ほど仕事を抱えている。かなり遅くになるまで留守電メッセージを聞かない可能性もある――そしてその頃にはすべて無事に片付いているかもしれない。エリオットは伝言を残し、運を天にまかせればいい。そんな一九六〇年代風の、カルマまかせの解決策はどうだろう。

エリオットはタッカーの携帯にかけた。

まるでかかってくるのを待っていたかのように、タッカーが二度目の呼出音で電話に出た。

『どうした？』

こうなるか。エリオットのカルマはお話にならないようだ。彼は言った。

「俺は……親父がどこにいるのか、わかったと思う」

『どこだ』

「ノビーの農園」

一瞬置いて、タッカーが言った。

『ノビーというのは、寝ている牛を驚かして倒して回ったり、丸太乗りコンテストで片っ端から優勝したイカれ男じゃなかったか？』

タッカーについて、ひとつ確かなことがある。話を聞き流すということがない。時に、不気味なくらい覚えている。

「遠い昔の話だよ」

『ノビーは、仲間のガールフレンドに横恋慕して回っていた男だろう。一緒に革命ごっこをする恋人が、結局できなかった男だ』

エリオットは驚いて、その分析に考えこんだ。

「一体どこからそう思った？」

『お前が言ったあれこれからだ。俺が聞いていた感じだと、お仲間の男は全員いい思いをしてた。ノビーだけは、違った』

「彼女はいたぞ。スージー・Dが彼の農場でしばらく一緒に暮らしてたんだ。実のところ、彼女の消息はあそこで途絶えている」

『最高だな。お前がトマトを買ってきた農園だろ。ベルビューの外側にあって、昔お前がブルーベリー摘みをしたり両親とピクニックをした場所？』

「その場所だ」

『よし、そこで合流しよう』

タッカーは、予想を超える勢いで事態を掌握していく。エリオットが慌てるほどのよどみのなさだった。

「ちょっと待て、俺はまだ何も――」

タッカーがさえぎった。

『そこに行くつもりはないなんて言おうとするな、お前が行く気なのはわかってる』

「俺は行くよ。ノビーは俺を知ってる。だけど俺たち二人で農場に押しかけていったら、どう見たって、何のために来たのか目的がバレバレだ」

『そうか、じゃあ俺の番だ。今からお前が農場を一人で訪問したとしても、目的はバレバレだ。そしてもしお前が、俺が合流するまで待つと今ここで約束しないなら、俺は電話を切った瞬間、シアトル市警に通報するからな』

「お前な、タッカー、たまには俺の話を――」

『駄目だ。後でお前は、余計な首をつっこんだとか自分を信用しないのかとか、好きなだけ俺に嚙みつけばいい。だがこれだけは覚悟しとけ、援護なしで一人であの農場につっこんでみろ、お前がまずいスムージーを味見するより早く農場中を警官だらけにしてやるぞ』

何故、逆らう？　タッカーが援護についてくれるというのは、今日聞いた最高のニュースだ。

エリオットは言った。

「俺が言おうとしてたのは、お前は俺より先に到着しそうだってことだよ。向こうをビビらせるようなことは何もするな」

『銃は持ってるか。俺の予備を使うか？』

「持っている」

『そうなのか』

タッカーは驚いたようだった。

「当たり前だろ、チンピラを雇ってこっちを脅そうとした男に手ぶらで会いに行くと思うのか？　親父を殺す計画に加担したかもしれない男の孤立した屋敷に、武装もせずのこのこ上がりこむとでも？」

『思わないな。そういう言い方をされると』

「ほかに言いようがないだろ」

『わかった。ところで、最後に射撃訓練をしたのはいつだ』

タッカーが、決してジョークというわけでもなさそうに聞いた。

「パイオニア・コートハウス・スクエア」

エリオットは無感情に返した。短い沈黙の後、タッカーが言った。

『あれの再現は避けよう』

「まったくだ。じゃあ現地で」

『俺はメロンでもなで回して待ってるよ。ぐずぐずするな、ミルズ』

28

エリオットはぐずぐずしなかった。実際、記録的なスピードでシアトルを横切る。結局は農場に先に到着し、ヘッドライトを消して、ゆっくりと空の駐車場へ車を入れた。

車から下り、ドアをそっと閉める。この辺りは夜、遠くまで音が響く。生あたたかい空気が重く湿っているのは、おそらく畑にはりめぐらされた給水パイプのせいだろう。無駄のなさそうな駆動音が聞こえる。遠い農場の母屋の光が木々の間から見えた。静かだ。水がポタポタ落ちる音のほかには、コオロギのさえずりや、北から響くフクロウの狩りの声だけ。

エリオットは長い土の道を行きつ戻りつしながら、タッカーを待った。シャクヤクや、受粉期のトウモロコシの匂いが、ぬるく静かな夜に甘ったるく漂っていた。

銀の月光の下、小ぶりな白いテントがいびつなマッシュルームのように見えた。明かりは少ない。こちらに有利だ。

来いよ、タッカー。

だがそんなことを念じる自分が、我ながら情けない。タッカーは一体どんな理由をつけて仕事場を離れたものやら。今やってる仕事が何であれ。

ハイウェイからやってくるヘッドライトが見えた。見つめていると、そのヘッドライトがチカッとまたたき、エリオットはほっとした。タッカーの仕事用の車が速度をゆるめ、灰色の影となって慎重に駐車場へ入ってくる。タイヤが土を踏んだ。

車を停め、タッカーが出てくると、エリオットのほうへやって来た。月光の下、彼の姿は巨大な黒い影のようだった。これほどの大きな体でよく音もなく動けるものだと、エリオットはいつも驚嘆する。

タッカーは彼に腕をのばし、低く言った。

「お前はどういう形でやりたい？　ご挨拶からか？　お前が正面のドア、俺が裏口？」

「まずぐるりと見て回ってから、ドアをノックする」

タッカーが唸った。

「こっちの頭が途中で吹っ飛ばされそうなやり方だな」

「相手は若くないよ。ノブはもう七十歳近いだろ」

「引き金を引くのに体力は大していらないぞ」

エリオットはうなずいた。

タッカーが言う。

「それに——お前がわかっているのは知ってるが、それでも言っとく——お前はもう捜査官じゃないし、この件は俺の管轄外だ」

「わかってる。もしお前が手を引きたいなら——」

「いいや。はっきりさせておきたいだけだ。俺たちは正当な理由なく、ここにいる。しくじれば、相当まずいことになる。俺たち両方にとってな」

「だから、ここは俺に仕切らせてくれ、タッカー。お前より俺のほうが立場が自由だ」

「主役はお前だ、まかせた」

タッカーがうなずいた。口だけだろうが、それだけでもタッカーにしては譲歩してくれたと言える。

エリオットは自分のグロックを抜き、弾丸をこめた。

「家の裏手にパティオがある。こんな夜、二人はよくそこでのんびりと酒を飲んだりマリファナを吸っていたもんだ。もし二人がそこにいれば、すぐにケリがつく。もし二人とも家の中なら少し厄介だな。家の中について俺が覚えてるのは、天井までぎっしり古い家具と山ほどのガラクタが詰まってたってことだけだ」

「向こうの武器は？」

「そうだな、クロスボウを持っているのはもうわかっている。ノブが銃を持ってた記憶はないが、この農場の家にはもう何世代も前から住んでいるんだし、ノブは軍人だったから、どこかにショットガンくらいはあるだろうな」

「ほかの人間は？　敷地内に住んでる者は？　ほかに家族はいないのか」

「不明。だが、俺はいないと思う」

「じゃあ、始めるか」

タッカーが口調を引き締めた。用心しろ、と言ってはこなかったが、それは自分の仕事だと考えているのがエリオットには伝わってきた。

二人は二手に分かれ、野菜の列の間を音を立てずに抜け、未耕作地を横切って母屋へと向かった。古い建物の一、二階の両方の窓から、明るくのどかな光があふれ出している。

近づくにつれ、エリオットの耳にかすかな音楽が聞こえてきた。ボブ・ディランの〈ライク・ア・ローリング・ストーン〉。歌声が不変の問いを投げかけてくる。「どんな気分だい？」と。

正直言って？　最低だ。父親が心配でたまらないし、タッカーがクビになるような結末にならないよう祈っている。ノビーに対してこんなことをしたくもない。そして、また撃たれたりしないようにと、心の底から祈ってもいる。なにしろ、誰だって、初めての体験というのは忘れがたく強烈なものなのだ。

ひとまず立ち止まり、エリオットは月光が照らす地面にタッカーを探した。姿はなく、腰丈の野の花の群れが不自然に波立つのが見えただけだが、たしかめなくともタッカーがそこにいて、配置につこうとしているのはわかっている。

月は夜空に高く昇り、禍々しいほどしらじらと地上を照らしていた。

家まであと数メートル。一階のカーテンは開いていて、まさにゴミ屋敷のような部屋の中がよく見えた。こんな無秩序の中に住みながら、ノビーはどうやってあんなに上手に農園を経営しているのだ？

銃を低く構え、エリオットは建物へさらに近づいた。家の前まで行くと、横手へ回り、白い羽目板にもたれて息を整えながら、耳をすました。

ぼそぼそと、複数の声が聞こえた。

二人だ。男。はりつめていた不安がゆるんだ。低く、聞き慣れたローランドの声音を耳にして初めて、自分がどれほど心配していたのか気付いた。何を話しているのかまでは聞こえないが……。

家の裏手からだ、中からではない。つまりはチャンス。耳に集中し、夜の野生の音や家の中からの音楽を意識から締め出した。二人の声はのんびりと、落ちついていた。切羽詰まった様子はない。今すぐ危機に面してはいない。

エリオットは家に沿って静かに移動し、慎重に音を殺しながら植木鉢の破片や雨水溝をまたぎ、低木の茂みを回りこんだ。

「もう一本、ボトルを持ってくるよ」

ノビーの声がはっきり言った。

ああ、そうしろ。そうしてくれ。家の中へ行け。エリオットはじりじりと進み、裏口のスクリーンドアがバタンと閉まると、物陰から出て、蔓《つる》の絡まるパーゴラの下に置かれた素朴なピクニックテーブルと、その前に座るローランドへ歩み寄った。

ローランドは闇の奥を見つめていた。紙コップを傾けて最後の一口を飲み干し、横へ置いた。その顔は、彼らしくもなく物憂げだった。煉瓦を踏んだエリオットの靴底の音に顔を上げると、それがはっと慄然とした表情に変わった。

ローランドが立ち上がった勢いで、木のベンチが倒れそうになった。

「一体お前がここで何をしてるんだ?」

動揺しながらも、声を低く抑えている。そのことがエリオットに最後の確信を与えた。

ローランドは知っているのだ。当然、もうわかっている。

「父さん」エリオットも声を低くする。ローランドと裏口の両方に意識を向けた。「タッカーについて行ってくれ」

タッカーが逆側から、音もなく近づいてきた。「ミスター・ミルズ、一緒にこちらへ」とそっと声をかける。

ローランドはエリオットからタッカーへ、そしてまたエリオットへと視線を戻した。

「行ってたまるか。お前ら二人、一体どういうつもりだ?　俺がなんとかすると、お前に言っておいただろうが」

「彼には手荒なことはしない」とエリオットは返した。「ただ、話をするだけだ」

「あなたがここにいると事態が複雑になる」とタッカーが言う。

「俺がここにいるとだと?」ローランドが唾をとばした。「お前ら何か吸ってラリってんのか?　俺は助けてもらう必要なんかない。お前らが出てくるまでは何の危険もなかったんだ」

「危険がないとか、冗談だろ」

ローランドが焦った顔で家のほうを見た。

「お前はもう消えろ、エリオット。今すぐ!」

「勘弁してくれ父さん、向こうは父さんをここから帰すつもりなんかないんだ」エリオットは言い返す。「自分の秘密を守るために父さんを殺す覚悟は決まってる。自首するよう説得できるとでも思ってたのか？　あり得ない」

「もう行かないと、ミスター・ミルズ」

強くうながしたタッカーを、ローランドが激しい敵意の視線で刺した。

家の中からの音楽のボリュームが、いきなりはね上がった。ローリング・ストーンズ〈悪魔を憐れむ歌〉。

ミックステープ。まさに時代を感じる――。

エリオットははっとした。悪態をつく。

「ノブに気付かれた」タッカーへ言った。「正面から出るつもりなんだ」

「そのまま逃げると思うか？」

エリオットは素早く考えをめぐらせた。ノブこそ、もうずっと身を隠していられる時代じゃない、とエリオットに告げた本人だ。地下に潜れたのはもう過去のことだとも。

「いや、逃げる先がない」

「どうしてお前らは放っておいてくれなかったんだ……」とローランドが呻いた。

「あの男は軍人上がりだな？　こっちも身を隠そう」タッカーが、エリオットの考えを読んだように答えた。

月光に照らされて長々とのびた地面と畑、そこを通り抜けた先にある安全な車までを、エリオットは目で測った。

「この家を使うのが一番いい手だろうな」

「お前らがあいつを追いつめたんだ！」

ローランドの非難の声。

エリオットはタッカーを見やる。タッカーがうなずいた。この先のパターンは、二人とも知りすぎるほど知っている。ノブに逃げ場がなく、投降する気もないとすれば、かなりの確率で、三人全員を消そうとしてくるだろう。しまいには、打つ手がもうないと悟って自分の命を断つところまで想像がつく。

エリオットは家のほうへうなずいてみせ、二人で裏口のスクリーンドアへ向かった。ローランドは激しい悪態をついている。タッカーは携帯電話をかけていた。耳をつんざくような音楽で言葉は聞こえなかったが、シアトル市警に連絡して援護を要請している筈だ。エリオットとしてもこんな展開は望んでいなかったが、すでに事態は彼の手から離れた。

もしかしたら、最初からずっとそうだったのかもしれない。

エリオットは、煉瓦のパティオにまで迫っている、骸骨のような木々が並ぶ古い林檎の果樹園に目を走らせた。死んだ木々の森。〈ノブのオーガニック農場〉で何が収穫されるにせよ、林檎はなさそうだ。

うっすらと月光に光る木々の幹の向こうに、影が動いた気がした。

「家の中へ！」とエリオットは命じる。

彼らは下がった。エリオットの背後でギイッと鳴るスクリーンドアの音が、それなりの安全地帯を約束している。少なくとも、その幻想を。

エリオットには、己の状態の無防備さがはっきりとわかっていた。タッカーは家の中へ入ったし、ローランドもすぐだろう。たとえタッカーから体当たりで屋内に叩きこまれるしかないとしても。だが、エリオットの姿は、裏口のランタンの光に照らされている。そしてもしクロスボウがすでに狙いをつけていたなら、エリオットの動きより矢のほうがずっと早い。やみくもに銃を撃つことはできないし、銃を構えようとすればたちまち殺されるだろうと、よくわかっていた。どう転んでもあと数秒の命かもしれないが。

そこでエリオットは銃を下げ、できる限りおだやかに声をかけた。

「ノビー？」

背後でガタガタと何やらもみ合っている様子だったが、エリオットはあくまで、ねじくれ、折れた木々の形に目を据える。その中から、ひとつの影が分かれて浮き上がった。

ノビーが前に進み出る。現代風のクロスボウをかまえており、金属皮膜の矢の、丸みを帯びた小さく無慈悲な矢尻《やじり》が、エリオットの心臓に狙いをつけていた。

29

ノブの顔は、まるで他人の顔だった。何百年も年老いたようで、それでいて黒々と底知れぬ目は、年齢など超越して見えた。

エリオットの背後が、またガタゴトと騒がしくなった。

「駄目だ」

ローランドが声を上げる。エリオットが初めて聞く、その声はほとんど恐慌に満ちていた。

「やめろ、絶対に駄目だ！」

何やら切羽詰まった物音がした挙句、どうやってかローランドがエリオットの前へ出て、立ちはだかった。

家の中からの音楽が、いきなりぷっつりと途絶えた。誰かがコードを引き抜いたように。世界からすべての音が消えてしまったかのように。

タッカーがやったのだろう。相手に声が届かなくては交渉など不可能だ。だから、こうして一秒でも時間を稼ごうとしてくれているのだ。

ローランドの声はかすれを帯びていた。

「オスカー。聞いてくれ。誰より、お前にはわかるだろう――一体あのすべては何のためだったんだ？　俺たちの行きついた先が、自分たちの子供を殺すことだったなら？」

ノブの表情が、それを聞いて変わった。

「俺が始めたんじゃない」答えた声には苦悶がにじんでいた。「俺じゃない。お前が息子を巻きこんだんだ。お前の、あの下らない本のせいだ。どうして俺の頼みを聞いてくれなかった、俺が――俺たち皆が、あんな本を書くなと頼んだのに？」

「もしわかっていたら、お前の言う通りにしてたよ」

「どうして放っとけなかったんだ？　誰も覚えちゃいないんだ。誰も知りたがっちゃいない」

エリオットが口を開いた。

「スージーの家族は知りたがっている。ずっとスージーを探しつづけてきたんだ。今もまだ、妹が彼女を探している」

ノブが首を振る。否定というより、頭のもやを払うかのように。エリオットの目の隅で何かが動いた。ノブの後ろへ回りこもうとしているタッカーに違いない――これでどうしてローランドがクロスボウの前にとび出せたのかもわかった。

エリオットの腋の下が湿り、背を汗がつたった。彼のほうが上背はあるがローランドのほうが体の幅に勝ってずっしりしており、しかもローランドはノブの狙いの真正面に立っている。

今すぐローランドを倒して覆いかぶさり、自分の体を盾にして守ることはできるが、そんな行動に出たらまず、もっとも避けたい事態を招くだけだろう——ノブが、あの人殺しの凶器を宙に放つ。結末はひとつしか見えない。

エリオットは声を、落ちついたおだやかなものに保った。この場の皆が求めることがあるとすれば、釈明と主張の機会だ。

「一体どうしてあんなことになったんだ、ノビー？」

ノブの顔が歪んだ。それとも光の揺れのせいなのか。エリオットの後ろから、裏口のランプのガラスにまとわりつく蛾の羽音がパタパタと聞こえていた。

「ただ……そうなったんだ。どうしてかなんてわからん。今日まで一度も、どうしてだったのか、わからないんだ。ベトナムから帰って、もう二度と嫌だったのに——あんな……」

「あなたはスージーと一緒にこの農園で暮らしてたんだろう？」

エリオットは話の先をうながす。

「そうさ。俺から、ここに住まないかと聞いたんだ」

ノブの皺だらけの顔が、追憶に明るくなった。

「彼女はイエスと答えたよ。ベルビューの隠れ家での暮らしに嫌気がさしてたんだ。自分の部屋もプライバシーもない、毎日、戦争と革命のことばかり。彼女は自然を歩き回って池で泳ぎたいと言ったよ」

「そうだ、俺も覚えている」ローランドがうなずいた。「スージーが農場へ引越したのをな。だが居ついたとは思ってなかった」

「そうだろ、どうして彼女が俺なんかのそばに居つく?」ノブが苦々しく問い返す。「誰も俺なんかにかまってる暇はないさ」

「そういう意味じゃない」

「どういう意味かはよくわかってるさ。本当のことだ。だけどな、スージーとなら違うかもって思ったんだ。スージーだけは、違うんじゃないかってな」

タッカーがさらに距離をつめる。うっかり余計な音を立ててしまわないよう、エリオットは心臓が数秒止まった気がした。わずかな足音、落葉や小枝が割れる音ひとつでも、ノブはさっと向き直って矢を放つ。タッカーも発砲するだろうが、たとえ脳天に命中したとしてさえノブが最後の反射で死の引き金を引かないとは言いきれない。

口がからからに乾き、エリオットはなんとか湿して言葉を出そうと苦労した。

「ただの事故だったんだろう。皆、それはわかってるよ」

ノブが足を引きずるように前へ出る。その表情には悲しみと、懇願の色があった。だがクロスボウは揺らぎもしない。そして彼がまだ話しつづけているからといって、血まみれの結末が避けられるとは限らない。

「俺ははじめのうち、てっきり……スージーは、お互いをよく知り合おうとか、まずは友達になろうとか言いつづけた。俺だって、友達はいいと思うさ、でも友達だけのつもりならどうして彼女はここにやってきたんだ？　スージーに時間をやろうとしたたし、友達にもなろうとした。でも彼女は俺のことなんかどうでもよかったんだ。ただ、ここに住みたかっただけだ。街なかに、皆と一緒に住むのに、もううんざりしてたんだけだったんだ。俺のことなんか好きでもなんでもなかった。あの女は短パンを穿いてケツを見せつけ、チャチな薄着で胸をさらして平気でうろついてたよ。俺を何だと思ってたんだ？　誰だと？　父親か？　兄貴か？」

「なんてことだ、オスカー……」

ローランドが呟く。疲れ切った声だった。

「彼女を追い出そうとは思わなかったのか？」

エリオットがたずねた。ノブを責める立場にはないが、感情に惑わされないすべを身につけていてもなお、彼はスージー・Dに愛着を覚えるようになっていた。消えた娘。写真の中で微笑む幽霊。軽んじられ、あっさりと忘れられていった彼女。

「スージーが好きだったんだ」ノブが言った。「彼女も俺が好きだと言った。時間をあげたかったよ。彼女はいつもフリー・ラブとセックスの解放について語ってた。俺はくり返し、チャンスをやったんだ」

ノブは言葉を切る。眉をひそめていた。

エリオットはたずねる。

「それから、何が起きたんだ？」

「ある夜、ただ……手に負えなくなった。俺たちはちょっとハイになって、ちょっとラリってた。楽しくすごしてた。キスをしはじめて、だがまたスージーが気を変えて、俺はもう、うんざりだった。彼女に引きずり回されて、焦らされたりな。そんなことはもうできないって、教えてやろうとしたんだ。スージーは怯えて叫び出した。叫んで、叫んで……誰にも聞こえないのに。このド田舎だ。俺はやめたよ、手を引いた。でもスージーは、まだキャーキャーと叫んで……」

ノブはまだスージーの悲鳴が聞こえているかのようにひるんだ。

「やたらと高い声だった。耳に刺さるような。頭がズキズキした。どうして彼女はあんなことを？　俺が黙らせようとしても、まるで黙ろうともしなかった。それでしまいに、俺は彼女を殴った」

目に涙を溜めながら、それでもノブは黄ばんだ歯をむき出しにして、猛々しい表情に変わる。

「彼女は叫ぶのをやめなくて、俺はまた殴った。その後は、ただ殴りつづけた」

チラッと視線が下がる。拳に負ったダメージをたしかめるように。だがクロスボウは揺るがず、次の瞬間ノブはまたエリオットを、そしてローランドをにらみつけた。言い放つ。

「いや、お前にはわからないさ。お前はそんな目にあったことが一度もないだろう、ローリー。お前は人生で一度もひとりになったことがない、孤独を味わったことがない。孤独が、人の心をどう食い荒らすかなんか知らないだろう」

「そう思うのか？」

ローランドの声はくぐもり、張りつめて聞こえた。

「お前はいつも恋の中心にいて、好きなだけありついていたじゃないか。お前は、ほしいものは、全部手に入った。たっぷりとな」

エリオットはその口調の変化が気に入らなかった。まだ淡々と保った声で、うながす。

「それで、スージーは死んだ。それから？」

「俺は、意識をなくしたんだろうな。次の朝目を覚まして、夢だったのかもと思ったよ。どこにも……彼女が見つからなくて。逃げ出したのかもしれないと思った。ありがたかったよ。ほっとした。その後、家の裏に歩いていって、掘り返されたばかりの、こんもりと土が盛り上がった地面を見たんだ。それで、本当にあったことだとわかった」

「思い出したよ。お前は電話してきて、カナダへ行くと言った」ローランドが言った。「俺たちはJ・Zの正体を知ったところで、地下に潜るのはいい提案だと思った」

「J・Zのことなんかまったく知らなかったさ、お前に言われるまでな。俺はパニックになってた。逃げなきゃならないって、それだけはわかった。スージーの持ち物をまとめて、車にとび乗ったよ。彼女の服を、ベリンハムの救世軍の店に全部寄付した。ほかに何を持っていたのかは忘れちまったが、あれやこれや、寄った先々で放っぽっていった。俺はただ、ひたすら車を走らせた」

ノブが眉をしかめて、続けた。

「時々、道の横に立っていたり、ヒッチハイクしようとしているスージーの姿を見た気がした……」首を振る。「俺はただ、動きつづけた。さまようみたいに。そしたら戦争が終わって、皆が国に帰ってきた。俺も家に帰った」

驚いているような表情を浮かべていた。

「てっきり、いつか誰かがスージーのことを聞きにくるだろうと、ずっと待ってたが、誰も来なかった。一人も、彼女の話すらしてこなかった。俺は家の裏にパーゴラを建て、彼女の墓の上に煉瓦を敷きつめた」

「そしてあなたは彼女のことを忘れた」とエリオットが言った。

その言葉がノブの神経に刺さったようだった。彼は猛々しく言い放った。

「いいや。一日たりとも、彼女のことを考えずにすごした日はない。彼女が昔、一番好きな花だと言ったから、シャクヤクを育てたんだ。忘れてなんかいない」

音もなく機をうかがうタッカーの影を視界にとらえながら、エリオットは言った。

「そうかもしれない、だがあなたは――」

タッカーがとびかかる。エリオットはローランドを地面へつき倒した。もがくローランドの体に両腕を回して全力で押さえつけながら、その間も視線でタッカーを追う。タッカーはノブに体当たりし、たくましい腕をクロスボウにのばしてノブの手からぐいと武器を奪いとった。だがそれより早くノブが放った矢が宙を裂き、ローランドにかぶさるエリオットから六十センチも離れていないピクニックテーブルの脚にドッと突き立った。

夏の夜に、サイレンが鳴りひびく。

「どけ、起きる」

ローランドのくぐもった声は喧嘩腰で、エリオットはごろりと父の上からのいた。

ローランドは立ち上がると、よろよろと、顔を伏せてパティオで泣き崩れているノブへ近づいた。旧友を両腕で抱きこむと、ローランドはうなだれたノブの頭ごしにエリオットをにらみつけた。

「満足か？　これで誇らしいか？」

倒れた時に打った膝がズキズキと痛む。エリオットは苦労しながら立ち上がった。

「死人や怪我人を一人も出さずにすんでうれしいね、ああ」

クロスボウを手にこちらへやってきたタッカーを、エリオットは片足を引きずって出迎えた。

「大丈夫か？」

タッカーがうなずく。その表情はまだ険しく、猛々しかった。「そっちは？」

エリオットは喉の奥で相槌を返す。

ノブの野球帽が外れて落ち、貧弱に残ったまばらな白髪がひどく哀れだった。打ちひしがれた彼の姿も、その苦しげな嗚咽も、ただ痛ましかった。

　ローランドがまだ苛烈な、エリオットが聞いたこともない声で言い放つ。

「どうして放っておかなかった？　あんなに頼んだだろう。俺が始末をつけると言っただろう」

「どうして放っておけたと思うんだ。父さん、ノブが友達だったのはわかってるよ。でも父さんが殺されてたかもしれないのに？　ここから父さんを帰すつもりはなかった筈だ。彼がどれだけ行きすぎた手段に出たのか、もう忘れたのか？」

　タッカーがエリオットの肩に手をのせる。エリオットは無視した。言いつのる。

「彼はスージーを殺したんだ。その報いは受けるべきだ」

　このローランドの表情を、前にどこで見た？　そうだ、『パワー・トゥ・ザ・ピープル』の表紙だ。あの中で遠い昔の警官相手にわめき立てていた怒りに歪んだ若者の顔が、そのまま年老い、エリオットをにらんでいた。

　前にも、ローランドから敵を見るような目で見下されたことはある。だからと言って、この瞬間が楽になるわけではない。

「報い？　そんなものが、本当に？　誰のためにだ？　俺はスージーを知ってたし、はっきり言えるが、彼女は俺以上に刑務所など無意味だと思ってたぞ」

「父さん――」

「それもオスカーのような老人を牢屋に放りこむのか？　中で死ぬのがわかってるのに。お前だって、俺と同じくそこまでわかってるだろう。何の意味があるんだ？　こいつは犯罪者なんかじゃない。誰かを傷つける気なんかなかったんだ」

エリオットはできることなら、そしてとりわけ今は、ローランドと喧嘩したくなかったが、あまりに一方的なその言い分に、ぱっと怒りの火がはじけるのを押さえられなかった。

「無力な年寄りという弁護は、ノブが父さんの家を燃やす前だったら効いたかもな。それか、飛行機を借り、慣れた弓矢を手にして父さんを追い回す前だったらな」

ローランドが顔をそむけ、エリオットに背を向ける——それは、声なき最後の言葉だった。

30

「まず我々に知らせるべきだった」

パイン刑事が、八回目になろうかという言葉をくり返した。エリオットが聞き逃していると思っているのかもしれない。

やわらかな薄紅色の光が命のない果樹園に射し、夜明けが、木々を白く輝かせていく。〈ノブのオーガニック農場〉は今や犯罪現場となっていた。オスカー・ノブは二時間前に連行されたが、エリオットとローランドはまだ事情を聞かれていた。それほど話す中身があったわけではない。単にパインが自分の権力を――最大限に――誇示したいだけだろう。

「そうするべきだったな」

エリオットは同意した。

その歩みよりにも、パインが感銘を受けた様子はなかった。

「ノブの自白だけじゃ、証拠になるかどうか」

「自白にたよる必要はない」エリオットは答えた。「これでノブが犯人だとわかった今、彼の足どりをつかむのは簡単だろう」

「我々の捜査能力を信用してくれてありがたいですな」パインが嫌味たらしく言った。「いささか遅すぎたが」

エリオットは聞き流していた。意識の半分はタッカーに向けられている。数メートル先に立ち、携帯で話しているタッカーに。タッカーと目が合った。いつものごとく表情からは何も読ませない。電話向こうの誰かの言葉に返事をしていた。

エリオットの残りの意識はローランドに向けられていた。ローランドは、パティオの向こう端のピクニックテーブルに座っている。ローランドを聴取しているのはアップソン刑事だった。ローランドはくたびれ果てて見えた。アップソン刑事は同情の表情だ。彼女が、耳の後ろに髪をたくし上げた。

「それで、あなたが信じるには、我々がパティオを掘り返せばスザンヌ・デウォスキンの死体が出てくると？」

「ああ」

「結局、あなたの父親を殺して回想録の出版を止めようとしていた右翼の陰謀は存在しなかったわけですな？」

　パインの問いはたっぷりと皮肉をはらんでいたが、面倒だったので、右翼の陰謀説はそもそもパインの説だとはエリオットも指摘しなかった。

「なかった」

「結局真相は、オスカー・ノブが、あなたの父親の回想録が出れば自分とスザンヌ・デウォスキン失踪の関連に誰かが気付くんじゃないかと恐れた、ということだった」

「その通り」

「それで、本の中に、その関連はありましたか？」

「ああ。状況証拠だが、あった。もし誰かがスザンヌの足どりを追ったなら、まっすぐノブにたどりついただろう。そして、ノブ本人は勿論、物的証拠がここに残っていると知っていた」

　パインがつられて足元の煉瓦の床を見た。口を開く。

「どうもさっぱりわからんのは、そのグループの全員がスザンヌのことを知ってたわけでしょう？　この年月、いつ誰が彼女について聞いてきてもおかしくなかった筈だ。今回の本の、何がそんなに特別だったんです？」

「それは、集合体《コレクティブ》の誰ひとり、もうずっとスザンヌのことなど気にしてこなかったからだ。どうせどこかで孫でも育ててるんだろうと決めつけていた。だがもしあの本が出版され、グループ以外の人間が読めば、誰かがスザンヌの行方に疑問を抱き、探しはじめるかもしれない。スザンヌの両親は彼女の捜索願を出しているんだ。彼女には、その帰りを待つ人がいた。俺は、ノブの恐れは妥当なものだったと思う。あの本は彼にとって危険だった。小さな危険にしかすぎなかったものの。スザンヌは出ていった、とノブが言えば、誰もそれ以上のことは証明できなかった筈だ。あんな薄弱な根拠だけで家宅捜索の令状が出るわけがない」

「たしかに」

パインは、嫌な経験を思い出した口調で言った。

「だが集合体《コレクティブ》のメンバーは、J・Zの身に何が起きたかわからず、罪悪感を共有していたので、皆が、出版をやめろと父に圧力をかけることに賛成した」

「そしてあなたの父親は、ノブがスザンヌ・デヴォスキンを殺したと知っていた」

「いや、父は知らなかった。それはたしかだ。おそらく島で襲撃を受けた後になって、疑惑を抱いたんだろう。多分、集合体《コレクティブ》の中の誰かから本を出すなと脅されていることまではわかっていたが、まだゼルヴィン捜査官に関することだと信じていた。モントリオールへ行ってゼルヴインとその妻と話した後で、段々と真相が見えてきたのだと思う」

パインが勘ぐるような口調で言った。

「そしてここへやってきて、一緒にマリファナ煙草を吸ってワインを飲み、昔のお仲間に自首を勧めようとした？」

「そういうことだと、思うよ」

パインの表情からすると、エリオットはどんな仮説でも鵜呑みにすると小馬鹿にされているようだった。

そんなふうに、事情聴取はさらに三十分続き、同じことを幾度もくり返し確認された。

やっとパインがその遊びに飽きると、エリオットはローランドのところへ向かった。ローランドは青白い、そして笑みのない顔で彼を迎えた。

「車で送ろうか？　島に戻るのなら……」

「いいや」ローランドが応じた。「オスカーの保釈手続きを取るつもりだ」

まだ険しく、断罪する目をしていた。

エリオットは口を開け、それから閉じた。こわばったうなずきを返す。

タッカーと一緒に草地を横切りながら、足場の悪い地面で重い装備をよろよろ運んでいく鑑識の人々とすれ違った。朝陽が花の輪郭を金に染めている。新たな一日の始まりに、蜜蜂たちが忙しく飛び回っていた。

「家に帰ろう」

タッカーが言う。その声は平板だった。

その気分はエリオットにもよくわかった。タッカーの横顔を読もうとする。

「お前の部屋に?」

「いや。家だ。休暇をもらった」

エリオットの心が沈んだ。

「停職処分か?」

タッカーの口元がくたびれた笑みを浮かべた。

「いや。違う、モンゴメリーが今日一日、休暇にしてくれた。彼女は昨日ゼルヴィンと話してな、おかげで、俺たちにとてもご機嫌なんだ」

「お前とゼルヴィンに?」

タッカーは、疲れのせいで笑いに聞こえない音をこぼした。

「お前と俺だよ」

それが頭に染みこむまで、一瞬かかった。

「……そりゃ何より。一人でも機嫌のいい人がいてよかったよ」

やっと、エリオットはそう返事をした。

それきり何も言わずに二人で駐車場につくと、そこでは警官たちが不安げな様子の農園の従業員たちを追い返していた。エリオットは、あの赤毛でギンガムチェックシャツの娘の姿に気がつく。彼女は今にも泣きそうだった。

「じゃあ、ステイラクームのフェリーで会おう」

タッカーが言った。エリオットはうなずく。

「後でまたな」

膝がこわばって痛む。苦労しながら車へ乗りこもうとした時、背後から大声で呼ばれた。

「エリオット！」

振り返ると、ローランドが土の駐車場を大股に横切ってくるのが見えて、エリオットは出迎えながら、第二ラウンドの覚悟をした。そして啞然とする――まさかだった。ローランドからぐいと引かれ、荒っぽく、抱きしめられるとは。

驚きの一瞬の後、エリオットも父を抱きしめ返した。

ローランドの声はこもっていたが、エリオットには一言残らず聞こえていた。

「お前は俺の息子だ、愛しているよ。どうしてお前がじっと見ていられなかったか、俺がそんなこともわかってないと思われたまま、ここから帰せるか」

エリオットの喉が詰まった。目が沁みる。真実を言うなら、死んだローランドに認められるより、生きているローランドに一生ずっと憎まれるほうがはるかにいい。ノブには可哀想なことをしたと思う――そしてノブを慕う人々やノブと農園に関わる人々につらい思いをさせたのも申し訳なかったと思う。だがエリオットは決して、己がここまで取ってきた行動を悔いはしない。彼にとって、ほかの選択肢などなかった。

もしかしたら、今、タッカーのことが前より少し理解できたかもしれない。

「お前は立派な男だ、エリオット」

ローランドがもごもごと言う。エリオットを離すと、彼は振り向かずに歩き去っていった。


「きっと、モンゴメリーはお前にコーリアンと会ってくれとたのむつもりだ」

タッカーが、長い静寂を破ってそう言った。

二人はベッドにいた。グース島の家に帰りついて。だが二人が眠れるまでには長い時間が要りそうだった。

エリオットは、タッカーの腕の中で横たわって、何秒か考えこんだ。首を曲げ、タッカーの固くこわばった顎を見やる。苦笑いを浮かべた。

「嫌なんだな。この話の、端から端まで」

「嫌だ」タッカーはエリオットの視線をまっすぐ受けとめた。「だが、お前が決めることだ」

エリオットはうなずいた。たしかにそうだが、タッカーに嫌な思いをさせていい気分になれるわけでもない。

「もしかしたら、俺の態度は完全にフェアとは言えなかったかもしれない」

エリオットはそう認めた。

「かもしれないな。だがお前は正しい。俺たちは、お互いを信頼できると信じられなければ」

「俺はお前を信頼してる。前にお前に言ったことは——怒りにまかせて言ったことだ」

「わかってる」タッカーはエリオットを凝視を受けとめて、微笑んだ。「ちゃんとわかってるよ。ノブの言葉で、考えさせられたんだ。彼は、お前の父親が孤独というものを知らないと、愛されないというのがどんなことなのか知らないと言っただろう。それは、お前も同じことだ。お前は生まれたその日から、自分が愛されていると知っていた。だからお前にはわからないし理解できない、俺のように、それを知らずに生きてきた人間がどう感じるか」

エリオットの胸に直接タッカーの手が差しこまれ、心臓を引きずり出されたようだった。エリオットは口を開け、タッカーを安心させようとする。どうやって？　タッカーだってこれまでの経験から、すでに理解している筈のことを？

だがタッカーが彼の言葉を制して、ほとんど優しいほどの、不思議な力強さで言った。

「俺は、お前と、俺たち二人の間にあるものを守りたい。そして俺はきっとまた、多分この先ずっと、お前の引いたラインを踏み越えて、お前を怒らせてしまうだろう。それは俺が、こんな気持ちを誰もが得られるわけじゃないと——これが守るべきもので、戦う価値があるものだとわかっているからだ」

「俺もそれはわかってる」エリオットはうなずいた。「お前とは違う育ち方をしたかもしれないが、お前への気持ち——これは、ほかの誰にも感じたことがないものなんだ。これを失うようなことはしたくない。俺も、これを守るために戦いたい」

そしてタッカーの率直さ——さらに優しさ——に応えようと、エリオットはつけ加えた。

「だが、人生はしゃぼん玉の中で生きるようなわけにはいかない。現実がある」

「ああ。俺もそう思う」

エリオットは目をとじた。

「コーリアンのことをどうするかは、まだ言えない。俺自身まだ決められてないんだ。もしコーリアンから情報を引き出せるなら、あいつと会う意味はあるかもしれない。お前の捜査の役にも立つし、被害者家族のためにもなる。だがもしあの男が、観客やまたイカれたゲームの参加者をほしがっているだけなら、近寄らないほうがいいだろう。できれば俺もそうしたい」

タッカーは何も言わなかった。

エリオットは目を開けた。

「これだけは言える。何も決めてないし、考える気もない——お前が約束したバカンスに、二人で出かけてくるまでは」

タッカーの頬がゆるんだ。

「了解だ」

二人で少しの間黙っていてから、エリオットは呟いた。

「この何週間か、親父やその仲間のことを読んで……皆が何を信じ、何のために戦い、何をしようとしてたのか……ひとつ俺の心に残って、胸を打たれたのは、なんて言うか、あの若者たちが、心から世界は変えられると信じていた、その真摯さだ。彼らは、不可能などないと信じていた。どんなことだろうと絶対にかなえられると」

「必要なのは愛だけだ」とタッカーはかすかに微笑む。

「そうさ。愛だけでどうにかなるか俺にはわからないが、でも愛から第一歩を始めるのは悪くない」

タッカーが答えた。

「愛こそ唯一のスタート地点だと、俺は思うね」

フェア・プレイ

2016年12月25日　初版発行

著者　ジョシュ・ラニヨン［Josh Lanyon］

訳者　冬斗亜紀

発行　株式会社新書館

〒113-0024 東京都文京区西片2-19-18
電話：03-3811-2631
［営業］
〒174-0043 東京都板橋区坂下1-22-14
電話：03-5970-3840
FAX：03-5970-3847
http://www.shinshokan.com/comic

印刷・製本　株式会社光邦

Printed in Japan　ISBN978-4-403-56030-9